等我长大
好不好

叶落无心

×

著

台海出版社

图书在版编目（CIP）数据

等我长大好不好 / 叶落无心著. -- 北京 ： 台海出

版社， 2020.7

ISBN 978-7-5168-2601-0

Ⅰ．①等… Ⅱ．①叶… Ⅲ．①长篇小说－中国－当代

Ⅳ．①I247.5

中国版本图书馆 CIP 数据核字（2020）第 079341 号

等我长大好不好

著　　者：叶落无心		
出 版 人：蔡　旭		封面设计：chacha
责任编辑：俞滟荣		

出版发行：台海出版社

地　　址：北京市东城区景山东街 20 号　　　邮政编码：100009

电　　话：010-64041652（发行，邮购）

传　　真：010-84045799（总编室）

网　　址：www.taimeng.org.cn/thcbs/default.htm

E－mail：thcbs@126.com

经　　销：全国各地新华书店

印　　刷：大厂回族自治县德诚印务有限公司

本书如有破损、缺页、装订错误，请与本社联系调换

开　　本：880 毫米 ×1230 毫米　　　　　1/32

字　　数：270 千字　　　　　　　　印　　张：8.5

版　　次：2020 年 7 月第 1 版　　　　印　　次：2020 年 7 月第 1 次印刷

书　　号：ISBN 978-7-5168-2601-0

定　　价：45.00 元

● 这个女孩，是我等了半世，捧在手心却迟迟舍不得拆开的礼物。

目 录

CONTENTS

● 我的小安哥哥，要乖乖等我长大，拜托，千万别喜欢上别人。

第一章

人生苦短，要勇敢

高速公路被昨夜的细雨洗刷一新，在夕阳下泛着莹润的光泽，公路两侧是成排的杨林，盈盈的树冠，在几十米高的空中，张扬着它们的翠绿，微风拂过，翠绿中又抖出银光，传递着生命的蓬勃。

一辆老旧的越野车在雨后的公路上疾行，车窗迎风徐徐打开，一个女孩拿着相机连拍了几张照片，将西方连绵起伏的沙山，还有山间缭绕的云团尽收在镜头下。

收好相机，她将手伸到车外，想过触摸那仿佛就在眼前的一大团云朵，触摸到的却只有呼啸而过的风。风吹过她纤长的睫毛，浅淡的眉眼，还有轻弯的嘴角，最后吹乱她松松束着的黑色长发。

她关上车窗，将疾风隔绝在外。

她叫韩沫，今年二十二岁，在 S 市的 S 大读书，这个年纪的女孩本该青春无敌，热情洋溢，可她的眉宇间却凝着一种超乎年龄的冷淡，就像缭绕在山间的云。

坐在韩沫身边的女孩叫言柒，是韩沫的同学、室友，也是驴友。言柒比韩沫大两岁，是那种典型的娇俏美人，棕黄色的长卷发和精致的妆容勾勒出明媚动人的五官，而圆润挺直的鼻梁上面一颗小小的痣，显出一种不服输的倔强。

言柒调整了一下坐姿，揉着酸涩的腰问正在开车的导游："黑哥，我们已经开了五个多小时了，还有多久能到啊？"

黑哥是她们找的导游兼司机，脸方额阔，肤色黝黑，一笑起来露出一口大白牙，典型的北方男人样貌。因为为人热情，又很健谈，游客都爱亲切地叫他黑哥。

黑哥扫了一眼车上显示的时间，对她们说："今天路况不好，恐怕要晚上十点多才能到酒店。你们要是饿了随便吃点东西垫垫吧。"

"唉！好吧。"言柒无奈地叹了口气，从包里拿出两包刚买的枣片，一包递给沫沫，两个人边吃边聊。

"沫沫，你为什么这么喜欢敦煌？"言柒问。

言柒生于北方，听多了江南烟雨，便对细雨绵绵的江南水乡情有独钟。这次旅行，她本想去西湖看看湖光山色的温婉清幽，感受一下泛舟湖上的浪漫，谁知沫沫坚持要来走丝绸之路。她以为这里有什么壮阔的美景，一冲动就跟着沫沫报了个半自由行的旅行团。

如今，面对着一望无际的黄沙，走不尽的漫漫前路，言柒怎么也感受不到美，只觉内心都是绝望的苍凉。

"因为……"沫沫咽下嘴里的枣片，回答说，"我很小的时候看过一本游记，上面写了敦煌和莫高窟的故事。看完那本书以后，我就特别想来看看真正的莫高窟。"

游记上说，古老的丝绸之路上有一座曾经繁华的城池叫作敦煌，历经千年，它已经被埋葬在苍茫的黄沙之下，但它留给世人一座莫高窟，那些千年不灭的画卷仍在倾诉着往昔千年的故事。

就是从那本游记开始，沫沫真正喜欢上中国的历史，她读了很多史书，查过很多资料，也看过很多历史题材的电视剧，了解得越多，越痴迷于那纵横上下五千年的历史。

"还有……"沫沫笑了笑，那笑容极淡，淡得几乎看不出笑意，"有人对我说：'这世间有万千风景，苍茫黄河，万里黄沙，何必心心念念地想着一处花园？'我想，如果我看到苍茫黄河，万里黄沙，可能就会明白这世界有多么大，有多少美景。"

言柒闻言，好奇之心立刻从游记转移到了"花园"，笑问："是谁说的？这么有哲理，该不会是你的小安哥哥吧？"

沫沫摇头："不是。"

"哦，我知道了。"言柒激动得拍了一下沫沫的大腿，"是萧诚，对不对？"

沫沫没有回答，是默认了。

黑哥听她们说起风景，习惯性地推荐道："我们西北虽然没有江南精致的山水，但有很多让人震撼的风景，就比如胡杨林。你们听说过胡杨树吗？"

沫沫和言柒同时摇头。

"这种树生命力特别顽强，活着昂首一千年，死后挺立一千年，即便倒下，也是一千年不朽。等你看见那一片有着'三生三世'的树木，你就明白花园的风景有多平淡无奇了。"

言柒和沫沫立刻来了兴致："胡杨林远不远，我们想去看看？"

"最有名的额济纳胡杨林很远，要七百多公里。不过这附近也有一片胡杨林，明天去过敦煌，如果时间来得及，我带你们看。"

沫沫立刻点头。

吃饱喝足，已是日落星满天，沫沫继续倚在车门上，看着车窗外的景色。

单调的风光久看易倦，不觉间困意袭来，沫沫闭上眼睛迷迷糊糊地睡着了。也不知睡了多久，耳边忽然传来一声巨响，她来不及睁眼，只觉身体一空，随即车身急速旋转。短短几秒钟的天翻地覆和刺耳的摩擦声后，车在猛烈的撞击下停住。沫沫不知道发生了什么，只觉整个人好像被撞得散架了一样，之后，她的意识就有些模糊了。

直到全身的麻痹过去，小腿的疼痛逐渐剧烈，她才有些清醒过来，下意识伸手去按痛处，疼痛更加剧烈，黏热的液体从手指间滚滚而出。

沫沫顾不上疼，急忙转身看向车外，外面一片漆黑，分不清方向，也分不清天地。她在黑暗中辨识了很久，才发现他们的车已经翻了，停在高速公路旁边的护栏边，在她们的正前方，还有一辆大货车，车身倾斜着停在路边。

原来是前面一辆货车突然爆胎，他们的车急转弯躲避，因为转弯过快，车子翻了，撞在护栏上。

沫沫急忙回头看身边的言柒，见她趴在那里一动不动，惊慌地用力推她："小柒，醒醒，小柒！"

言柒没有被唤醒，黑哥却被唤醒了，黑哥一边推车门，一边对她们喊道："我们快离开车，快点。"

见黑哥推不开车门，从车窗往外爬，沫沫也忍着腿上的剧痛，努力地从半开的窗户往外爬。她面前的窗子开得不大，幸好她从小学习舞蹈，身材纤瘦，很快爬了出来。之后她又和黑哥一起把半昏迷状态的言柒带到了安全地带。吹了风，言柒也醒了过来，吓得倒吸了一口冷气。

黑哥身强体壮，没什么大碍，两个女孩就没那么幸运，言柒的头被撞了一下，有点晕，所幸没有其他地方受伤。沫沫的伤势稍微严重些，小腿被裂开的座椅支架划出了一条很长的血口，血流不止。

黑哥观察了一会儿车子的情况，看见车子没有漏油，飞快地从车厢里找出急救箱，为沫沫简单处理了伤口。

"救援车离这里有些远，要两三个小时才能到。"黑哥对着沫沫和言柒连声道歉，"对不起，害你们受伤了。这次意外我们旅行社承担全部责任。"

沫沫摇摇头，说："这是一场意外，谁也不能预料。"

"是啊，还好刚才转弯及时，否则我们就钻到那辆大车的车下面了，如果是那样，我们肯定是被压扁了。"黑哥说。

"幸好我们都活着，只要活着就好。"言柒不由得感叹起来。

沫沫没再多说什么，坐在一边的黄沙堆上，望着星空，不是她不想说话，只是腿太疼了，疼得她说不出话来。

人在经历疼痛的时候总会有些脆弱，总会想起依赖的人。这一刻，她很想听听他的声音，哪怕只是听他唤一句：沫沫。

沫沫拿出手机，找出通讯录中的第一个名字——安诺寒。她的手指在名字上几经徘徊，却终究没有按下去。

言柒见她一副矛盾的表情，往她的身边挪了挪，毫不意外地看见了手机上的名字："为什么不打电话？怕他知道你受伤，会担心你吗？"

沫沫点头。

"那你可以不告诉他，随便聊些其他事。"

沫沫又迟疑了一会儿，摇摇头，收起手机："算了，他现在应该在工作，我不想打扰他工作。"

"这个时间还工作？他是上夜班的吗？"言柒低头看看手表，已经晚上九点多了。

提起安诺寒，沫沫的眼睛很亮，比沙漠上空的星星还要璀璨："他的工作一向很忙，几乎每天都工作到凌晨，全年无休。"

"天哪！这也太不人道了！"言柒惊叹。

黑哥闻言，也加入了八卦的行列："这工作节奏怎么比我们导游还不人道。他做的是什么工作？"

"他在一家商用飞机制造公司，做控制系统设计。"言柒替沫沫回答，显然是没少听说安诺寒的事情。

"飞机设计师，挺厉害，是男朋友吗？"黑哥也开始八卦了。

"不是，他是我……哥哥。"

"哦。"黑哥多年来走南闯北，阅人无数，一见沫沫的表情有些尴尬，便不深问了。

他随便换了个话题："我前几天听一个游客说，我们国家也在制造自己的飞机，还说我们很快就能坐上自己国家制造的飞机了……"

"嗯嗯，他也是听说中国需要飞机设计师，辞去了英国RR公司的工作，回到了S市。"

"RR？就是那个豪车公司？我听说那个公司的车特别贵，大都是给英国皇室或者贵族用的。"黑哥又问。

沫沫答："RR公司不只生产汽车，还生产飞机发动机。"

"不在RR公司工作，回来为我们研发自己的飞机，你这个哥哥真是不错啊！"黑哥由衷地赞叹。

……沫沫笑着抬起头，仰望天空。地广人稀的地方，星光格外璀璨，车子在大漠边缘，恍若和夜色融为一体。

风声沙沙而过，夜色越来越浓，等待越来越难熬。

手机的来电音乐蓦然在静夜中响起："不如就此相忘于尘世间，今夜无风无月星河天悬……"

沫沫拿着手机的手一颤，差点把手机掉在地上，她慌忙用双手握紧手机。听见电话铃声时，她的表情明显是惊喜的，但她却看着屏幕上面闪烁的"安诺寒"三个字，迟迟未接。直到来电音乐快要结束了，她才缓了口气，接通电话："小安哥哥？"

因为缓了一口气，她的声音很平静，听不出看见来电显示时的激动，也没有腿上的伤口剧痛引发的轻颤。她的声音，听来就像宁静的夜晚里，一句普通的问候。

"沫沫——"对方的声音很低沉，带着一丝疑虑问她，"你在做什么？"

她看看撞得扭曲的车，再看看满地黄沙，漫天繁星，回答道："看风景。"

"在高速公路上看风景？"对方的声音更加低沉，明显对她的回答不满意，"你是不是遇到什么事了？"

"额？"沫沫吃惊得差点站起来，紧张地四处张望，"你怎么知道我在高速公路上？"

"我在你的手机上设置了定位。"他理所当然地说着。

……沫沫无语了，他居然设置了手机定位，什么时候设置的？她怎么不知道？她仔细回想，终于想起她的手机是去年生日的时候，他送给她的生日礼物，估计他送手机之前就设置了定位。

"我看到你在高速公路上停留了一个多小时，你所在的位置是荒山，根本没有服务区。"安诺寒的声音难得一见的不淡定，"沫沫？你到底遇到了什么事？"

看来，此刻不是追究定位设置的问题，而是解释她在高速公路上"看风景"的问题。

"是出了点意外，车子坏了，我们在等救援车辆。"她不希望他太担心，含糊地回答。

"车子怎么会坏，旅游公司用车的时候都会仔细检查的。"

因为是寂静的夜晚，手机的通话声显得格外清楚，言柒和黑哥坐得很近，自然把他们的对话收入耳中。

言柒小声说："不愧是飞机设计师，逻辑思维真缜密。"

黑哥也压低声音说："设计控制系统，自然要做到一切皆在掌控。"

言柒和黑哥互相看一眼，会心地一笑。

沫沫完全笑不出来，尴尬地挠挠头。面对这个逻辑思维缜密，又一切皆在掌控的男人，她除了说实话，貌似别无选择："车子因为刹车急了，撞到护栏。"

"撞车了？你有没有受伤？"

"没什么大事，腿上有点擦伤。"沫沫知道腿上的伤瞒不了太久，决定如实招来，免得回去露馅，又要被他说教一番。

"头晕吗？"

"不晕。你放心，我没事的。导游已经帮我联系了医院，一会儿救援车会直接把我送去医院检查的。"

"好，我知道了。"说完，安诺寒便挂断了电话，不但没有安慰她几句，就连说"再见"的机会都没给她。

沫沫拿着电话愣了好一会,满脸疑惑地抬头看看同样满脸疑惑的言枭，还有黑哥："呃，他可能是工作太忙了。"

言枭果断地点头："对，有可能。他确认了你没事，就放心去工作了。"

"工作真忙。"黑哥补充道。

沫沫艰难地笑笑，低下头，脸埋在半屈的膝上。那些她不愿意回味的记忆又挤进她的思绪里，或快乐，或不快乐，让她的心又有些乱。这就是她不想给安诺寒打电话的真正原因。听见他的声音，就会忍不住想他，想他的时候就会忍不住心乱如麻。

她深深叹了口气，想要舒缓心中的憋闷，却毫无作用。

就算见识了人间最美的风景，走过了苍茫的山河，她还是念念不忘心中那一处花园，怎么办呢?

救援的车辆在一个多小时后到达，彼时沫沫腿上包扎的纱布已经全被血浸染成红色，她的意识有些模糊，身上越来越冷，她只能紧紧握着手机，那是唯一能让她感觉到温暖的东西。

救援车送他们去了最近的医院，医院很小，急诊科里一个病人也没有。医生匆匆从休息室走来，为沫沫打开纱布，仔细检查了一番伤口。

"医生，她的伤严重吗?"黑哥焦虑地问。

"没有伤到骨头，但伤口很深，需要缝针。"医生说，"这样吧，你们先做一个脑部 CT 检查，确认脑部没有伤，我再给她缝针。"

经过了一系列检查，言枭和黑哥被确诊内外无伤，沫沫也只是皮外伤，没有伤筋动骨。只是伤口被缝了十二针，她要留在观察室里输液。

半小时后，过了麻醉时间。腿上的缝合处抽痛不止，她咬紧牙忍着疼痛，手心里握着的手机沾满了汗水，眼泪就在眼眶里打转。

从小到大，她都被保护得很好，几乎没有受过伤，也没有生过大病。偶尔有些小感冒，也会被照顾得无微不至。如今，她身在他乡，独自一人承受剧痛，心里忽然特别难过，她难过，不是因为受不了这疼痛，而是因为思念，思念她的父母，安叔叔和淳阿姨，还有安诺寒。

"沫沫，你想哭就哭吧，哭出来就没这么疼了。"言柒握着她的手说。

沫沫摇摇头："我没事。小柒，你也累了，去酒店休息吧，不用陪我。"

"不行，医生说你输液的时候要有人在旁边。"

"那你先在旁边的床上睡一会，等我输完液，你就走吧。"

"好吧。"言柒揉揉干涩得快要睁不开的眼睛，她确实困了，"我躺一小会儿，你有事叫我。"

"嗯。"沫沫点点头。

言柒刚站起身，只听观察室的门外响起对话声，先是黑哥的声音问："咦？帅哥，你找谁？"

一个很好听的声音答："韩沫。"

"你认识她……"

黑哥的话还没问完，门已经被推开，言柒循声回头，只见一个年轻的男人站在门前。他长得很高，身姿清逸，容貌俊朗，目光深邃，微薄的唇紧抿着，有一种拒人于千里之外的凉薄之意。他身上的深蓝色西装看来像是批量定制，质地粗糙，剪裁也不太合身，略大了一些。可不知为什么，这身看似十分不精致的衣服穿在他身上，竟然穿出一种不染浮华的清隽，格外与众不同。

言柒正想问沫沫，这个极品帅哥是从哪里冒出来的，回头见沫沫激动得完全忘了自己是伤者，猛地从病床上坐起来，惊喜地叫了一声："啊！小安哥哥？你怎么在这里？"

"你说呢？"他看着沫沫，那双专注的目光中，仿佛大千世界、繁华美景都与他无关，能入他眼眸的，只有病床上的人。很明显，他是来找她的。

面对安诺寒凝重的目光，沫沫怔了一秒，立刻露出笑脸，笑得一脸轻松："我没事，就是受了一点小伤，很快就能好。"

"小伤？"安诺寒看着她，替她补充一句，"缝了十二针。"

"呃……你怎么什么都知道？"

……

言柒看一眼病床上惊喜的沫沫，见她根本记不起给他们介绍，便主动和帅哥打招呼道："嗨！我是沫沫的室友，我叫言柒。"

"您好，安诺寒。"简洁又不失礼貌地自我介绍完毕，他立刻低头看看沫沫的腿，又看看沫沫身上的其他地方，连一点余光都不曾留给旁人。

被无视的言柒退到一旁，仔细打量眼前的男人。

原来他就是传说中的安诺寒。她原以为做飞机设计师的男人，肯定是那种典型的理工男，戴着黑框眼镜，神色木讷，眼中只有工作，不修边幅，也不在意其他事，所以沫沫才会与他相识二十二年仍春心不动。没想到他居然是个颜值这么高、身材这么好的帅哥，更重要的是，还对沫沫这么在意。

两个人为啥没擦出一点火花呢？言柒有些不懂了。

黑哥不知什么时候走进病房，悄悄拉了拉刚退到门边的言柒，满脸疑惑地低声问她："这是，那个飞机设计师吗？"

言柒连连点头。

"他工作的地方离这里很近？"黑哥又开始八卦。

言柒掩口轻声答道："他在 S 市，距离这里……三千多公里。"

"三千公里？来看她？那肯定是亲哥哥了。"

"不是，沫沫说，是邻居家的哥哥。"

黑哥：……

病房内，沫沫悄悄看一眼坐在椅子上等着她从实招来的安诺寒，心虚地低下头，小声解释道："我也是不想你担心，才没跟你说。"

"我知道，你总是这样，什么事都自己撑着。"他无奈地摇摇头问，"伤口疼吗？"

她想摇头，却忽然目光一闪，装出一副痛苦不堪的表情，呻吟道："哎呀！疼啊！疼死我了。"

安诺寒忽然笑了，他笑的时候，脸上再没有一丝寒意，满满的全是暖意。他从上衣口袋里拿出一盒止疼药，取了两片，递给沫沫，又从床边的柜子上拿起半瓶矿泉水，拧开瓶盖："应该是麻药没作用了，吃点止疼药吧。"

"你怎么会有止疼药？"沫沫拿着药问。

"刚才经过护士站，护士给的。"

沫沫不懂了，刚才她经过护士站，怎么没有人给她？

她累了，没去想太多，乖乖吃过了药，在安诺寒的帮助下躺回床上。也不知是止疼药有效，还是眼前这张二十二年都没看厌的脸有奇效，她真的不觉得伤口疼了。

一缕光芒从窗子射入，天亮了。

太阳出现在地平线，红彤彤的，照亮了大半个沙漠，景色十分壮观，那种美超脱边界，超脱时空。置身在广袤无垠的沙漠中，人总会觉得自己好渺小，可有时候，人又很强大，可以探索自然，创造世界，改变宿命。

不知不觉，沫沫睡着了，一觉醒来，输液已经结束了，医院的走廊里人来人往，有些喧闹。

安诺寒站在病房的一角，压低声音打着电话。

他说："我下午回不去了，你帮我汇报设计方案吧，有什么不明白的，打电话给我……沫沫的伤，还好。"

说到她的伤，安诺寒看了她一眼，见她已经醒了，说了句："有事再打电话吧。"便挂断了电话。

他快步走到她的床前，问她："伤口还疼吗？"

她摇头，反问："是深雅姐姐吗？"

"嗯。"

她笑笑，笑容依旧灿烂："我不疼了，你快回去吧。"

他郑重地考虑了一下她的提议，点头说："好，今天下午，我带你一起回S市。"

"我？我不要！"她坚决反对，"我要去看敦煌莫高窟。莫高窟的参观票特别难买，我提前一个月预约，才买到今天下午三点的票，我要去看，一定要去！"

"你的腿伤得这么重，怎么去？"

"我爬也要爬去。"

安诺寒看着她，一副他能决定一切的架势，她狠狠地看回去，用眼神告诉他，什么都可以商量，唯独去莫高窟这件事，她绝对不妥协。

最后，他终于让步了："好吧，下午我背你去看敦煌莫高窟。看完之后，你跟我回S市。"

"你背我？可是……你没有票啊，怎么进去？"

"门票包在我身上，刷不到A类票，我们旅行社有B类票，保证能进去。"说话的是不知道从哪里冒出来的黑哥，黑哥依旧热情，依旧会聊天，聊得沫沫无言以对，只能认命。

于是，当天下午，安诺寒背着她去了那座千年的遗迹，一级级台阶，拾级而上，一处处洞窟，缓步而入。

她轻轻趴在他挺直的背上，借着他的脚步走过千年的古道，恍惚间，她仿佛又回到小的时候，他背着她走过沙滩，涉过雨水。年少的安诺寒总是脾气很好，他的手臂总是很有力，他的笑容总比阳光温暖，他给她的回答总是一个字：好！

"小安哥哥，抱抱！"
"好！"

"小安哥哥，我要吃冰激凌。"
"好！"

"小安哥哥，求你了！你让我再睡五分钟，好不？"
"好！"

"小安哥哥，我不想上学，你带我去游乐场呗。"
"好！"

"小安哥哥，我要离家出走，你带我走吧。"
"好！"

"小安哥哥，你娶我做老婆吧……因为，我的同学都嘲笑我嫁不出去！"
"好……"

她比他晚出生了整整十年，所以从她有记忆开始，她身边就有一个很帅很帅的小安哥哥。无论遇到什么事，她最先想到的总是他，而他总会帮她解决一切麻烦，为她驱赶一切不开心。年幼无知时，她想当然地以为——小安哥哥永远都是属于她的，就像她的爸爸，妈妈。

直到她九岁那年，她在他的家门外，听见安诺寒和他父亲的对话。

他说："沫沫才九岁，她还是个孩子……就算她长大了，在我的眼中，她始终都是个孩子。"

他说："爸，你们有没有为沫沫想过，她现在什么都不懂，可以接受你们的安排。等她长大了，遇到她真正喜欢的人，你们也要像逼我一样逼她吗？"

一个九岁的女孩自然不能完全理解他的意思，但她还是隐约地明白了——他从不属于她，过去不是，将来也不会。

第二章

你是我年少的梦

游览完莫高窟，才下午三点多。黑哥见时间充裕，又为她们增加了一段胡杨林的行程。沫沫和言柒正欢喜，安诺寒接了一个电话。

打电话的除了无处不在的苏深雅，还会有谁？

苏深雅在电话中说，她在校对设计图的时候发现一些小问题，需要安诺寒尽快确认。而且，明天制造加工厂家要来讨论产品的加工过程，完成设计图的会签，所以设计图上的几个问题需要马上解决，刻不容缓。

言外之意，就是让他马上买机票回去工作。

沫沫深知苏深雅的用意，却无话可说，毕竟人家打着的是工作的旗号，是飞上天的大事，远比她游山玩水重要得多。

沫沫见安诺寒接了个电话后，毫不犹豫地买了晚上的机票回S市，有些失落地拉着言柒说："小柒，对不起，我要走了。你一个人怎么办……"

看沫沫一脸的内疚和担忧，言柒故意装出很嫌弃的表情对她说："我一个人都游过大半个中国了，这不是好好的。黑哥可是这里口碑最好的导游，他会照顾我的。再说了，你这半个废人留下来，能保护我吗？还不是要我照顾你，你快点走吧，让我省点心。"

听言柒这么说，沫沫心里才没有那么难受。

言柒看了一眼正在订票的安诺寒，又见沫沫满脸心不甘、情不愿的样子，不禁有些疑惑："他怎么接了个电话就要走？打电话的人是谁呀？"

"他的未婚妻，他们在一起很多年了。"提起苏深雅，沫沫的心里多少有些酸意，她尽量笑着，尽量让自己的笑容看起来很自然，却不知道自己笑容多么勉强。

"他有未婚妻？！"言柒吃惊地大叫一声，随即意识到自己的失态，急忙捂住嘴，压低些声音说，"难怪了……"

"难怪什么？"

"难怪你们两个，郎才女貌，两小无猜，却没在一起。"说到此处，言柒又叹了口气，一副非常遗憾的表情。

"别乱说，我们哪有什么情意？"沫沫看见安诺寒走过来，生怕他听见言柒的胡说八道，急忙否认，"我们两个的年龄差了十岁，想法完全不同，就像活在两个星球上。"

言柒面对着沫沫，没有看见身后有人走近，直言说道："差了十岁，确实有点多。你才二十出头，他已经三十多岁了，对生活，对感情，都没什么激情了。你正是轰轰烈烈爱一场的年纪，还是萧诚那样青春无敌的类型适合你，你们两个在一起……"

"小柒！"沫沫急忙打断她的话，以免她说出更不靠谱的话来，"时间不早了，我该走了，你去好好玩吧，记得多拍点照片发给我。"

之后，不等言柒反应过来，安诺寒已经抱起沫沫，放在他从机场租的越野车上。沫沫最后跟言柒挥挥手告别："你好好玩吧，我先走了，拜拜！"

"拜拜！"纵然一万个不愿意沫沫离开，言柒也深知人生无常，世事难尽如人意，笑着与她挥手，各走各的路。

飞机划破长空，直入云霄。黄沙戈壁在视线里越来越渺小，直至被片片流云湮没，之后，夕阳在云层中逐渐落下，从万丈光芒，不可直视，到隐退在云层后，再无踪迹可寻，亦如人生经历了起起落落后，终归尘土。

再无风景可看，沫沫悄悄转头，看向身边的安诺寒。他自从上了飞机，就一直在用手机看设计图，那设计图是在电脑屏幕上拍下来的，非常模糊，图上的线条又密密麻麻的，在手机屏幕上根本难以分辨。而他，目不转睛地看了一个多小时，不时揉着眼睛。

看到他这样辛苦，沫沫又忍不住心疼了，轻轻推推他："你为什么用手机看图纸，怎么不用电脑？"

他的目光从手机屏幕转向她，言简意赅地回答："走得急，忘带了。"

"哦。"她决定默默地内疚一会儿。内疚中，她想到了一个关键的问题。现在正值暑假，同学们都回家了，言柒还在天高云阔的丝绸之路上畅游，她的寝室里根本没有人。

如果她住回寝室，每天拖着一条残腿，叫天天不应，叫地地不灵，岂不是很可怜？不回寝室，她该去哪里好呢？

对了，去校医院。虽然那里人多嘴杂，消毒水味特别难闻，但好歹有医生和护士能关照她。

想好了去处，她立刻拍拍身边正在看图纸的安诺寒："小安哥哥，一会下了飞机，你直接把我送去校医院吧。只是，不知道这么晚了，能不能办住院手续。"

"你要去住院？"安诺寒微微皱眉，似乎在思考她的提议。

"对呀，我住在学校医院，打针吃药方便，无聊了还能跟临床的同学聊聊天，多好啊！"她做了一个多么聪明的决定。

"但离我的公司太远了，我不方便。"

"我方便就行了，你……"她刚说了一半，便看见安诺寒不赞同的目光。每当他用这种有点冰冷的眼神看她，她就怂了，"好吧，那你说，怎么做更方便？"

"你住我家。"

"啊！"沫沫猛地坐直，想都没想就连声拒绝，"不行，不行，不行！"

"为什么？"

她当然不会告诉他，她是多么努力，才习惯了没有他的生活，才说服自己与他渐行渐远。现在，她受着伤，心理防线肯定薄弱，与他朝夕相处，她万一把持不住，到时候，她的腿伤养好了，心脏肯定会生病。

"因为，因为我这么年轻貌美又单纯的女孩，跟你孤男寡女共处一室，万一你兽性大发，我怎么办？"

"你！"安诺寒伸手捏了一下她的脸颊，他每次被她气到都会这样捏她的脸，"小小年纪，别那么多不纯洁的思想！"

"我二十二岁了，不小了！我妈在我这个年纪，都结婚了。"

……他低头继续看手机上的设计图，表示这个话题已经结束了，不需要再讨论了。

沫沫当然不会放弃，用力地推了他一下，没有反应，她又推了他两下："我不去你家，说什么都不会去，死都不会去！"

"好吧。"安诺寒头都没抬，仍看着设计图说，"下飞机后，我给韩叔叔打电话，告诉他你出了车祸，腿受伤了，缝了十二针。让他来照顾你。"

沫沫顿时笑靥如花："我去你家！就这么愉快地决定了。"

说完这句话，她在安诺寒的嘴角看到了一丝似有若无的笑意，她忽然觉得一股热血往头上涌，嘴角也忍不住弯了起来。

自从安诺寒十九岁离开了家，他的性格变了很多，不像以前那么爱笑，话越来越少，这两年连表情都少了，每次见到他，她都有种面对着一尊毫无情感的雕像的错觉。其实仔细算算，他们这两年见面的次数也是屈指可数，所以此刻看见他久违的笑容，她更觉得特别温暖，特别美好，让她忍不住也想跟着笑。

飞机降落在 S 市，已是深夜十一点。安诺寒背着她走了很远，才走到停车场，到了停车场，他又找不到自己的车停在哪里。他背着她在停车场里绕了大半圈，才找到了他的车。

一路上，她没有问他累不累，因为不必问，也能看见他的衬衫被汗水浸湿了。

她也没有问他，为什么不记得自己的车停在哪里。因为她知道，他做事一向细心谨慎，记忆力又特别好，他会忘记自己的车停在哪里，多半是因为——走得急，忘记了。

"小安哥哥……"

"嗯？"

她有很多话想说，伏在他的肩头，却又什么都说不出，擦干眼角快要落下的泪，说了一句："我饿了。"

"好。"除此之外，别无他话。

她在 S 市读书的两年，是安诺寒工作最忙的两年，她从来没有主动联系过他，他也只在她生日的时候，请她吃顿饭。她以为，他们都变了，变得不那么在意对方，不那么了解对方。

原来，什么都没变。在安诺寒的心中，她始终都是长不大的孩子，需要他疼爱照顾的孩子。只要她需要，他一定会出现在她身边，竭尽所能地保护她。

从机场回来的路上，安诺寒的车开得飞快，不到一小时就到了他的住处。安诺寒在 S 市工作已有三年，她来 S 市读书也有两年，但他们并不常见面，她也从未来过他的家，只知道他住在公司提供的集体公寓里，步行几分钟就能到办公室，上班方便，加班也方便。

今夜一见，这里还真是个好地方，远离市区，独守一隅，清净自然。院子里的静山动水，垂柳溪流，九曲小径，在午夜的路灯下，更显宁静。

安诺寒的家住在十七楼，进门先是餐厅，一张圆餐桌，上面吊着一盏精致的水晶灯，左侧是厨房，右侧是客厅，宽敞明亮，视野开阔。

安诺寒抱着她走进门，放在沙发上，第一句话问的就是："你想吃点什么？"

她想起安诺寒的厨艺，更是饥饿感倍增："我想吃牛排。"

"我家冰箱里现在没有牛排，明天我去买。"他打开冰箱看看，沫沫也瞄了一眼，里面只有些面和鸡蛋。

"那我想吃鸡蛋面。"沫沫说。

他脱下身上的蓝色工装，拿了两人份的食材就去了厨房做饭。

她随意地打量着他的家，装修还是他喜欢的简洁低调风格，石材配上金属，有质感却没有家的温暖，一如房子的主人，长得倒是赏心悦目，却少了烟火气。

他的家中唯一有点生活气息的地方就是客厅外带落地窗的阳台，里面有一张躺椅，一个茶桌，茶桌边摆了一个花架，上面有五盆雏菊，别有一番清新雅致。人间芬芳无数种，他偏爱雏菊，还是那种青绿色的小雏菊，不芳香，不瑰丽。

她曾经问过他："为什么喜欢雏菊？"

他答："因为雏菊很像你……永远长不大。"

最初听到这个答案，她气得差点吐血，以至于直到现在，她看见雏菊，还是想吐血。

安诺寒做事向来高效，两碗热气腾腾的鸡蛋面很快就煮好了。他端着面出来，放在餐桌上，把她抱到桌前的椅子上。又去洗手间拿了一条温湿的毛巾交给她，毛巾是崭新的，有一股香皂的清香。

擦干净手，沫沫低头闻了闻，还是记忆中的味道。

"小安哥哥，你记不记得第一次给我煮面是什么时候？"

"记得。"他说，"那是十一年前了，我离开家，一个人生活。你来学校找我，说想吃好吃的，我身上一分钱都没有，就带你回我打工的餐馆，给你煮了一碗面。我记得，那就是一碗清水面，我除了盐，什么都没放。我以为一定不会好吃，你却吃了一大碗。"

"很好吃，真的。"她满是回味的表情，"咦？你是因为没有钱，才给我煮面吃？你那时候分明是说，你煮的面很好吃，想让我尝尝啊！"

他哑然失笑："傻丫头，我当然不会跟你说实话。"

"那你第二天怎么有钱请我吃汉堡了？"

"因为我也在那家快餐店打工，跟老板申请了一顿'福利餐'，我还特意拜托老板和同事，别让你知道我在那里打工。"他说着十几年前的事情，仿佛一切就在昨天，每一个细节都历历在目。

"那些年，你都是自己打工赚钱吗？小淳阿姨也没给过你钱？"

"给过，我没要。那时候年轻气盛，只想脱离那个家，不再跟他有任何的牵扯，所以不管多辛苦，都只想依靠自己。"

"你为什么要瞒着我？是害怕我告诉安叔叔吗？"

安诺寒摇摇头："不是，我只是单纯地不想你难过而已。"

"那你现在为什么告诉我了？"

他抬头，看着她："你已经长大了，经历了那么多事，不会再为这些小事难过了。"

可是，她现在知道真相，还是觉得心酸。

沫沫也抬头，看着他。隔着氤氲的热气，他们望着彼此，许久，许久。

其实，有很多话放在她的心里很久，她早就想说，始终找不到合适的时机。恰逢这样的午夜时分，彼此的回忆被勾起，她藏在心里的话该说出来了："不管经历多少事，我都会记住——是因为我，你离开了家，离开了安叔叔和淳阿姨……他们一直很难过，尤其是安叔叔。"

……他沉默了。

"小安哥哥，你有深雅姐姐，有你挚爱的事业，还有朋友，你每天都有很多事要做，可是，安叔叔和淳阿姨老了，他们只有你……你有空的时候，给安叔叔打个电话吧，他很想你。"

他仍没说话，只转过头，看向窗外的天空。即使是晴天，外面也看不见几颗星星，只有孤单的一弯新月。

此刻，他们的家，应该是繁星满天，星月交相辉映，很美吧？

难得的岁月静好，难得的畅谈心声，如此美好的夜晚，偏偏有人来搅局。

安诺寒的手机上又出现了"苏深雅"，沫沫特意瞄了一眼时间，已经十二点了。如果她没记错，她第一次看见这个名字，也是在午夜十二点，也是在他的手机屏幕上。十年过去了，苏深雅这个半夜打电话的习惯还没变。

看见手机屏幕上的名字，安诺寒的眉峰略皱了一下，却还是很快接通电话。

"你到哪里了？"苏深雅有些着急地问他。

"回到公寓了。"

"太好了，我已经把设计图打印好了，我拿图纸去找你。"

沫沫装作没听见，低头吃面，不得不说安诺寒的手艺又长进了不少。

安诺寒看了身边的沫沫一眼，说："你在办公室等我吧。"

"嗯，好的。"

挂断电话，他便开始穿衣服。

"你不吃了？"

"嗯，我还有些工作要去做，不吃了。你吃完饭就去休息吧，不用等我。"他穿上外衣，指了指右侧的门，"那间是卧室，床单是这周刚换的，没有人睡过。"

"我知道了。你忙你的，不用惦记我，更不用急着回来。"她笑着把没有受伤的腿伸到他眼前，"我的腿是受伤了，又不是断了。再说了，我这不是还有一条好腿，想去哪里蹦一蹦就行了。"

"好吧，你小心点，别扯到伤口。"

"不会啦，啰唆！"她白他一眼。她可是学跳舞的，身体协调性那么好，怎么可能摔倒，"走吧走吧，千万别急着回来，让我一个人清净会儿。"

……

他走到门前，忽然停住脚步，回头对她说："沫沫，其实，我十九岁离家，并不是因为你。我离开，是因为我不想再被他约束。"

"呃？"她的思维有点跟不上他的节奏。

"以前，我的确怪过他。我离开家是为了让他知道，没有爸爸，我一样可以生活得很好。"他顿了顿，转过身看向她，对她说，"现在，我早就已经不怪他了，我不回家，只是因为我有很多事要做……等我有了假期，我会回去看他们的。"

……

"所以，你别觉得内疚，与你无关。"

"哦。"这回她听懂了，他说了这么多，就是为了让她不要内疚。可是她已经内疚了十年，该错过的已经错过了，该放手的也放手了，现在才知道不是她的错，至少不全是她的错，貌似有点晚了。

安诺寒走了，这一走就没了踪影。她说让他不要着急回来，他还真不着急回来。她吃饱喝足，躺在沙发上刷完了朋友圈，他还没回来。

难道是谈完了工作，再顺便做点别的事？

"见色忘义，真是有异性没人性！"沫沫气得躺不住了，索性爬下沙发，一瘸一拐地去了洗手间。

他的洗手间也是极简主义风格，一眼看去，除了毛巾空无一物，连装饰品都没有。必备的洗漱用品都收在了柜子里，全部是男性用的，牙具也只有一套。

沫沫迷茫了。一个有未婚妻的男人家里为什么没有女人生活过的痕迹？

难道，他们没有住在一起？

可就算不住在一起，也该经常来。如果换了她是安诺寒的未婚妻，她一到假期肯定要赖在他家里不走，定然把自己的洗漱用品放在这里以备不时之需。苏深雅为什么没这么做？

她好奇地回到客厅，仔仔细细看了一圈，也没见什么女人用的东西，除了鞋柜里有几双女款的拖鞋。那拖鞋崭新，数量和男款拖鞋一样，看来更像是为一些不可预期的客人准备的。

他们会不会分手了？毕竟结婚都可能离婚，恋爱分手再正常不过。

想到这种可能性，沫沫急得连腿疼都顾不上，拖着受伤的腿走进他的卧室。他的卧室更简洁，木纹灰色的床和衣柜，同色系床头柜上放一盏白色的台灯，没有照片，没有女人的东西，就连衣柜里都是清一色的男装。

到底是什么情况？这个问题，她思索了很久，怎么想都觉得不符合逻辑。她站得太久，脚已经麻了，还是想不明白，干脆一屁股坐在他的床上，继续想。想着想着，她发现他的床很有弹性，挺舒服，索性躺在上面。枕头被压得有些变形，露出下面嫩黄色的一角，少女系的色调与房间内的沉稳的灰色系格格不入。她立刻掀起枕头，只见下面有个黄色的小枕头，枕面上有一个可爱的加菲猫图案。

她对着枕头愣了好久，纷乱的情绪还是很难平静。

她已经记不得是多久之前，总之她还很小，身高好像只到他的腰。她经常去安诺寒的家里玩，天黑了也不想回家，死活非要赖在安诺寒的床上睡。因为他的枕头太高，他怕她睡疼了脖子，特意去她家里取了她的枕头。

第二天，她把枕头留给了他，美其名曰她的枕头睡起来很舒服，送给他做生日礼物。其实，她就是为了以后蹭他的床，有枕头可以睡。

后来，他离开家生活，再后来他去英国，又来到 S 市，她早已忘记了这个枕头。想不到这么多年过去了，她已经长大，而他还留着它，而且放在他的床上，就仿佛，他们在同床共枕……

想到这里，她的脸上一阵滚烫，她急忙伸手拍了拍红透的小脸，在心里无数遍告诫自己，别想太多，别想太多。

她抱着枕头，靠在床上，又闻到了独属于他的气息，一股清淡茶香，依旧那么熟悉。

她闭上眼睛，不知不觉就睡着了。睡梦里，她还是那个死皮赖脸的小破孩儿，每天黏着安诺寒。

在细雨绵绵的午后，她撑着雨伞走向海边，走到安诺寒身后。

她一生都忘不了那美好的画面——迷离的细雨，碧蓝的海水，颀长的背影。

她想用自己的雨伞为他遮挡一下雨，撑着伞走近他，才发现他好高，无论她多么努力地踮起脚，举高手中的伞，也无法把伞撑过他的头顶。

安诺寒被雨伞遮住了视线，好奇地转头，正看见她滑稽狼狈的样子。

他忍不住笑了出来，俯身坐在潮湿的沙滩上，目光还望着半空中翱翔的飞机模型。

她开心了，因为这个高度她刚好可以把雨伞撑过他的头顶，帮他挡住越来越大的雨："小安哥哥，下雨了，你怎么不回去？"

他说，他要测试他设计的飞机模型，他要设计出这个世界上最安全的飞机，她弯着眼睛，带着一脸天真无邪的笑问他："你真的能做出来吗？我看你做的飞机模型总是掉下来，今天下午掉了三次呢。"

他捏捏她还带着婴儿肥的脸蛋，恨恨地道："我这是在做实验，通过实验推算风力和机翼形状对飞机飞行的平稳性有什么影响。"

"那你计算出来了吗？"

"还没有，不过……我很快会算出来的。"他信心满满地说。

"很快是多久？"

……他回答不上来，咬着牙又捏了一下她的脸："你又胖了，再胖下去，我可抱不动你了！"

"可是我妈妈说：只有多吃东西，不挑食，才能快点长大。"她有点矛盾了。是快点长大重要呢，还是被他抱着重要呢？

无知的她，为这个问题纠结了好久。

"为什么要急着长大？"安诺寒捏捏她的小脸，又捏捏她肉肉的胳膊、小手："现在多可爱，像加菲猫一样，一团肉。"

她对安诺寒的形容词很不满意，狠狠瞪他一眼："我长大了才能嫁给你呀！呃……我才没有加菲猫那么胖好不好？"

"嫁给我？你为什么想嫁给我？"安诺寒笑得眼睛半眯着，眉峰飞扬，比童话书里的王子英俊一百倍。

她脱口而出："因为你比灰姑娘嫁的王子漂亮。"

安诺寒忍俊不禁："你呀！什么时候才能长大？"

"快了！快了！你等着我！"

他的笑意更浓，眼睛里映着对面的碧海蓝天："我能等你，时间等不了你……你会长大，我也会……"

"你等我就行，我不管时间等不等我！"

"傻丫头！"

那时候，她是真的傻，却也是真的喜欢他。不是因为他长得很帅，而是喜欢他所有的一切。喜欢他的声音，喜欢他温暖的手，喜欢他一个人静静看书的样子，也喜欢他坐在沙滩上，专注地做飞机模型的神情。

她还喜欢听他谈理想，喜欢坐在海滩上，听他说他的"飞机梦"。

那时候，天空很蓝，海水很清，水天相接之处，分不清哪里是天，何处是海。他们坐在沙滩上，靠得很近，就像远方的海水和蓝天紧挨在一起。

但是海水和蓝天只是看上去很近，其实隔着很远很远的距离，他和她又何尝不是？

他已经十八岁，已经成年，他清楚地知道自己想要什么，追求什么，等待什么。而她只有八岁，还是个不谙世事的孩子。

雨滴从伞的边缘落下来，迎着碧蓝的海水，美得如梦如幻。那时候，他还是爱笑的，至少她每天都能看见他的笑容。

如果可以，她真想回到那个时候，没有萧诚，没有萧薇，没有苏深雅，他就住在她家的隔壁。想他时，她随时可以去见他……

第三章

走投无路，绝处不逢生

清晨，沫沫被手机的来电音乐吵醒，闭着眼睛摸到手机，接通电话。

"昨晚在哪里过夜？从实招来！"言柒暧昧的询问声传来。

"呃——"她睡在哪里了？她睁开眼睛细看周围，发现自己昨晚睡在了安诺寒的床上，头枕着她可爱的小枕头，身上盖了一条毯子。她记得她睡前没有盖毯子，那么一定是安诺寒回来了。

"我刚刚打了寝室的电话，没人接听。快点招，你是不是没在寝室住，是不是住在你的小安哥哥家里了？"言柒继续审问。

沫沫向来不爱说谎，而且这种情况下，如果否认倒显得欲盖弥彰，不如坦然说实话："嗯，他让我住在他家，方便照顾我。"

"嘿嘿，确实很方便。"言柒的笑声听起来非常不单纯，"其他事情也方便。"

"方便也没用。我们两个根本不可能。"

"咦？我没说你们两个……怎么样呀？沫沫，你想多了。"

沫沫尴尬了，只能尴尬地转移话题："你玩得怎么样？没有我陪你，一定很无聊吧？"

"不无聊，黑哥安排的景点都很好。"言柒给她说了胡杨林的风光，听起来玩得很开心，她心里的内疚稍微平复一些。

"你的腿伤好点没？还疼吗？"言柒问。

"不疼了。就是走路有点疼，行动不太方便。"

"让小安哥哥抱你呗。"

她倒是想啊，可惜："他工作可忙了，昨天还加班到半夜，哪有时间管我啊！"

"沫沫，他没时间管你，你怎么不去找萧诚？"

提起萧诚，沫沫立刻第 N 遍郑重地否认："小柒，我都跟你说多少遍啦，我和他绝对没可能。"

"这么好的两个男人你都不要，真搞不懂你怎么想的。"

……

沫沫无言良久。

感情的事，不是想怎么样就能怎么样的，终究还是要看缘分。没有缘分，就算共度了二十二个春秋都没产生感觉，孤男寡女同处一室都没有激情，可悲可叹啊！

和言柒聊完天，沫沫看看时间，已经八点多了，不知道安诺寒睡醒了没有。她侧耳听听门外，似乎有些轻微的动静。

她爬下床，一条腿蹦到了门前，推开门，看见桌上的残羹冷炙已经变成了新鲜出炉的早饭，还是她小时候最喜欢的鸡蛋火腿三明治配牛奶。

她咽咽口水，搜寻着安诺寒的身影。终于在客房里看见他忙碌的身影。原来，他正在帮她收拾行李，将她的衣服一件件拿出来，挂在衣柜里。

衣服？她忽然想到一个重要的问题，急忙大喊："别动！我自己来。"

他被她的惊呼声吓了一跳，抬头看见她飞一样地扑了过去。因为扑得有些急迫，牵痛了腿伤，她的脚步有些不稳。其实以她的身体柔韧性，完全可以调整一下站姿，稳住身体，可她还没来得及调整，他已快一步伸手将她抱在怀里。

当她又闻到那种熟悉的清冷气息，脑子顿时化作一团糨糊，直勾勾地盯了他好半天，才想起推开他，站稳。又过了好半天，她想起了刚才为什么事"激动"，而此时，他的手中已经拿着她的"睡衣"了，并且用一种很不解的目光看着她。

她一把将"睡衣"夺过来，藏在身后，挤出一副很难看的笑容："我自己收拾就行了。"

"你的腿不方便。"

"你不知道吗？男人不能随便翻女孩子的东西，这是侵犯隐私！"

"隐私？"他略想了想，目光一动，似乎明白了她所谓的隐私是什么意思，"那件衬衫是我的吧？"

"你的？什么是你的？"她打死也不能承认，自己偷了他的衬衫做睡衣。

"你手里的那件衬衫，我也有一件，我记得我放在家里了。"

"噢？是吗？好巧啊！"

她装傻的模样遇上他能看穿一切的目光，对视了好一会，她终于撑不下去了："好吧，就是你的，我觉得你的衬衫穿着很舒服，才借来穿穿。"

"哦，借的？你打算什么时候还给我？"

……她没想到他这么计较，把藏在身后的衣服拿出来瞄了一眼，想要还给他，可是衣服袖子都磨得起毛了，真没法还。

更何况，她穿了这么多年，都习惯了，也舍不得还啊。

思来想去一番，她试探着问："要不，我再给你买件新的吧？"

"好。"

……他还真不客气。

要到了一件新衬衫，安诺寒似乎心情大好，格外细心地扶着她洗漱干净，又抱着把她放在椅子上，让她吃早餐。

"你也吃点吧！"她说。

"我已经吃过了。"安诺寒说，"刚才和同事一起吃的。"

说起同事，她才想起他还有工作，忙看看手表："已经九点多了，你不去上班吗？"

他摇摇头说："我请了半天假。"

"请假？"在沫沫的记忆中，她只听过安诺寒说加班，还没听过他请假。她以为这个词永远不会出现在他的世界里。

"我昨晚一直在跟总设计师确认设计图，早上七点多才全部搞定。总设计师给我半天假，让我在家陪你，下午再去参加讨论会。"

"啊？"沫沫惊叹一声，"你工作到现在才回来？也就是说，你连续两晚都没睡？"

"嗯。"

"你不困吗？"

"我习惯了，工作忙的时候，经常这样。"接收到沫沫有些担忧的目光，他又说，"而且，我也不是一直没睡，昨晚在公司的沙发上睡了一个小时。"

两天才睡一个小时？他回到家居然还有精力给她做早餐。

　　她顿时觉得眼前这份早餐弥足珍贵，对着手中的三明治左看右看，有些不舍得吃了。

　　于是，她把早餐放下，又问安诺寒："你每天这么忙，很累吧？"

　　"还好吧，很多同事比我还要忙，我们部门有个项目主管，几乎每天工作到凌晨才能下班。"

　　"每天凌晨？"沫沫简直没法想象这种工作和生活状态，"他的身体吃得消吗？"

　　"他说自己习惯了，回到家里也睡不着。"

　　"那他的家里人呢？也不管他？""他一个人生活，办公室对他来说，和家里的书房没有区别。"安诺寒不自觉地看了一下自己的房子，目光流露出似有若无的孤独感。

　　"你们为什么这么忙啊？工作有那么多吗？"有个问题，沫沫早就想问。她真的不明白，做个飞机设计师怎么就这么忙，忙到不眠不休，甚至没有时间回去看父母。

　　"工作确实很多。飞机在天上飞的，一旦遇到意外情况，所有乘客无一幸免，所以，飞机的安全可靠比一切都重要。飞机上的每一个零部件，哪怕就是一个螺丝钉，我们都要经过反复的计算和一次又一次的试验考核。"安诺寒一向话很少，说起他的工作，他立刻像是变了个人，眉飞色舞的，也不吝言辞了。他告诉她，中国的商用飞机制造比西方欧美晚了很多年，要加快发展速度，就要压缩研发周期，也就需要所有人加班加点地工作。

　　他还说，以前在英国的时候，他只是晚下班几个小时，或者用别人喝下午茶的时间工作，就已经算是很努力了。可是回到了中国，他才发现所有人工作都很忙，他们公司有个年逾六十的总设计师，常年四处奔波，经常通宵改报告，看图纸，或者讨论方案。

　　"六十岁的人不是该退休了吗？"她不解地问。

　　安诺寒说："本来应该是退休的，但是他还想把负责的项目做完，所以没有离开。"

　　沫沫听得目瞪口呆，已经年过花甲的老人还能这么拼，安诺寒这么年轻力壮，只是加加班、熬熬夜，好像真的不太辛苦。

　　"那深雅姐姐呢？她也很忙吧？"她试探着问。目光再次打量他极其简单的家，如果他的同事们都忙得连睡觉都没时间，那么他的家里没有苏深雅的东西好像也是可以理解的。

　　突然提起苏深雅，安诺寒的表情僵了一下，目光转向别处点了一下头。

　　"那你们岂不是连约会的时间都没有？"

　　"嗯。"安诺寒看一眼她手中的三明治，催促她说，"快吃吧。吃完饭，我带你去医院换药。"

　　"换药？"沫沫忙摇头摆手，"我不急着换药，你还是先睡一觉吧。"

　　"我不困。我先陪你去换药，回来再睡。"

　　看出他的心意已决，她这残了一条腿的人也拗不过他，只好点点头，加快速度吃饭。

　　吃完饭，安诺寒开车带沫沫去医院换药，医生检查了沫沫的伤口，说："恢复得不错，一定注意不能拉伸，尽量少走动，多静养。"

　　换完药之后，医生看看沫沫的脸色，再看看她单薄的小身板，对安诺寒道："你的女朋友太瘦了，要好好补一补，有利于伤口愈合。"

　　"我们——"沫沫原本也想解释，见安诺寒没有否认，还郑重地点了一下头，她到了嘴边的解释又咽了下去。

　　医生看一眼欲言又止的他们，继续说："多喝点鸡汤，放些当归、红枣，有助于伤口愈合。"

　　安诺寒点头。

　　沫沫也跟着点头。

　　医生对他们的反应很满意，又对安诺寒继续说道："你女朋友的腿一个月不能大幅度运动，可能到康复的时候两条腿的粗细会不同，你每天要帮她按摩按摩。至于按摩方法，你去网上找找视频就知道了。"

　　按摩？腿会不一样粗细？

　　她还想再多问几句，安诺寒却没给她机会，扶着她走出了医生的诊室。

　　取药很顺利，只是沫沫的情绪不高，犹豫了半天，沫沫还是忍不住问道："小安哥哥，我的两条腿真的会变得不一样粗细吗？"

　　"所以以后还要自己出去玩吗？"

　　沫沫低下头，虚心接受批评，同时心里为自己辩白，我不是自己一个人出去的，车也不是故意翻的，我也不想缝针，我流血也疼。

　　看着沫沫一副伤心欲绝的表情，安诺寒心软了，揉了揉她的头发，说道："不要担心，医生只是说有可能，并没有说一定会，而且我询问过护士了，只要活动一下，做做按摩，就不会有问题。"

　　"真的吗？"沫沫的眼睛立刻亮了起来。

　　"我什么时候骗过你？"

　　她仔细想想，还真没有过。她拍拍心口，笑着说："那我就放心了……啊？按摩，你要给我按摩？"

　　"嗯。"

　　"我不要！"她宁愿两条腿不一样粗细了。

　　……

　　安诺寒送她回了家，又去超市买了些东西放在冰箱里，才去卧室休息一会，还没睡上两个小时，他又被工作的电话吵醒了，匆匆给她叫了一份外卖的午饭，便去了公司。

　　沫沫吃过午饭，躺在阳台的长椅上，欣赏着雏菊，和言柒聊聊甘肃的人文风情，写了一段游记，西方的天边已被落日映成浓烈的红色。她顺手拍了一张晚霞与阳台的照片，发了一条朋友圈："从未见过这么美的晚霞。"

　　刷了一会儿朋友圈，她感觉有些饿了，也有些口渴。人一饿了，什么都想吃，回想起零食和饮料的味道，她忍不住咽咽口水。

　　安诺寒去超市之前，特意问过她："你现在喜欢吃什么零食？喝什么样的饮料？是茶饮还是果汁类的？"

　　她坚决地摇摇头："我什么都不要，零食太油腻，饮料含糖量太高，会长胖。"

　　"你这么瘦，应该吃胖一点。"

　　"不行，吃胖了跳舞就不好看了。"

　　唉！她现在想起当时说的话，真是恨死自己了。可现在恨自己也没用，她只能不抱希望地慢慢走到冰箱前，想找找有没有什么自己能吃的，却不想打开冰箱，她就呆住了。

　　冰箱塞满了各种低糖低脂的零食，还有一排摆放整齐的无糖饮料，从无糖可乐、无糖乌龙茶到无糖果汁，应有尽有。

那一瞬间，她的眼睛湿润了。

在她小时候，安诺寒无疑是对她很好的。她贪吃，他经常给她买各种零食，放在她的房间里。让她只要是馋了，就能吃到爱吃的东西。

所以，她小时候胖成加菲猫，全部都是他的功劳。

等到长大了，她开始节食减肥，他也去了英国，他离她很远，也很忙碌，再也没有机会无微不至地照顾她，而她也渐渐习惯了自己照顾自己。

她以为他变了，不是从前的小安哥哥，现在看见冰箱里这些东西，她忽然觉得一切都没变，变的只是他们的年纪。

抱着零食和饮料坐在沙发上，她继续刷朋友圈，她发的晚霞图片下面已有一串回复：

室友小宜："这是哪里？"

某男同学："晚霞好美！"

言柒："小安哥哥家的阳台不错哦，很有情调。"

室友甜甜："小安哥哥的家？"

老爸："在小安家？"她的老爸一向观察力极强。

安叔叔："沫沫，你在小安家？多拍几张照片看看。"

很明显，她的老爸又和安叔叔在一起。

她的老爸和安诺寒的爸爸是老朋友了，他们都出生于中国的 X 市，虽然选择了不同的人生，但却因为机缘巧合，一起出生入死，变成了可以以命相托的兄弟。后来，发生了一些事，他们决定离开 X 市，一起去了澳大利亚找一片远离是非喧嚣的净土，隐居避世，过着悠闲安逸的生活。

沫沫出生于澳大利亚，幼年的记忆总是混混沌沌，似有若无，沫沫六岁之前的记忆只有几个模糊的片段，都是她抓着一个小男孩的衣袖，人家走一步，她就跟一步，嘴里无数遍地喊着"小安哥哥"，不厌其烦。

当然除了安诺寒，陪伴她长大的还有她的爸爸、妈妈，隔壁的安以风叔叔、司徒淳阿姨。

她的爸爸叫 Hanson，澳籍华裔，他从不告诉任何人他的中文名字叫韩濯晨，也叮嘱过她很多次，让她不要对外人说。她的爸爸还有个习惯，走到哪里都要带上一群保镖，还要派人保护她，即使澳大利亚的治安还不错，他也不放心。小时候，她不明白为什么，到了七八岁的年纪，她才知道原因。

她的爸爸韩濯晨曾经是一名警方派去犯罪集团的卧底，在查案的时候得罪过很多杀人不眨眼的坏人，一直担心被人报复。

为了避开是是非非，也为了他们一家人的安全，他离开中国到了墨尔本，经营着一家运输公司，生意不错，足以给她一生富足的生活。

她的妈妈叫 Amy，中文名字叫韩芊芜。

她是个音乐老师，不仅钢琴弹得非常好，而且又年轻又漂亮，很多人都不信她结过婚，更别说生过孩子。据说她刚去学校教钢琴的时候，不少男人追求她，有些男人明知她结过婚仍不甘心放弃。直到她的爸爸出面，跟其中一个人"恳谈"了一次，具体怎么"谈"的，没人知道，反正"谈"过之后，那个男人彻底死心了，其他男人也对她的妈妈敬而远之。

在沫沫很小的时候，她曾经满心好奇地问："妈妈，为什么你和爸爸姓一样的姓？"

"因为你爸爸以前是她的'叔叔'。"回答沫沫的是安诺寒的爸爸——安以风。他们父子的性格截然不同，安以风很喜欢笑，成熟俊美的脸上总是挂着一成不变的坏笑，看起来性格特别随和，脾气超级好，至少沫沫是这样认为的。

他的工作是在一个健身中心教人自由搏击，身材健硕挺拔，一身霸气，但是他是出了名的怕老婆，只要他老婆用严厉的眼神看着他，他马上像个犯错误的小学生，找个墙角自我反省。

"安叔叔，我妈妈为什么管我爸爸叫叔叔？"沫沫看看年轻漂亮的妈妈，再看看温柔慈爱的爸爸，还有点搞不清辈分关系的她被这番话弄得晕头转向。

"你爸爸把你妈妈养大，后来又娶了她做老婆……"

"风，你别再乱说了！沫沫还小，会误会的。"阻止他胡言乱语的正是安以风的太太司徒淳。

司徒淳摸摸沫沫疑惑的小脸，笑道："沫沫，你别听安叔叔乱说。事情是这样的，你妈妈从小就没有了父母，在孤儿院里长到十一岁，你爸爸看她很可怜，就让家里的女管家收养她做女儿。后来，你妈妈长大了，他们彼此喜欢，就结了婚。"

沫沫终于懂了，愉快地点头："我懂了。"

在沫沫的记忆中，司徒淳是一个非常雅致的女人，安静时美丽如白菊般清雅，浅笑时眉眼间透着妩媚的风情，那是历经世事的女人独有的风韵。

在沫沫的印象中，司徒淳特别温柔，每次安以风出门，她都要为他整好衣领，理平衣襟，在他耳边小声地叮咛："小心点，早点回家！"

所以沫沫始终搞不懂，安以风到底怕她什么？

夕阳正是最美的时候，沫沫坐在阳台上一边啃着面包，喝饮料，一边给安诺寒的家拍照，门锁突然发出按密码的提示音。她坚信这个时间，安诺寒那个工作狂一定不会回来，能有他家门锁密码的人一定就是苏深雅了。

她知道苏深雅会来看她，也做好了心理准备，可是突然要面对她，心里还是有些慌。她正在思索要怎么聊天才不会尴尬，门就被打开，安诺寒走进来。

"你怎么这么早回来了？"惊喜来得太突然，她一下子从椅子上站起来，牵痛了伤口，她深呼吸了两次，才忍住没叫出声。

"下班了。"

"今天不用加班吗？"

他放下手中看起来很重的背包，指了指："我把资料带回来了，在家里看。"

"为……"她下意识地想问为什么，心中却瞬间有了答案：因为要照顾她。

她扭头看向阳台外的风景，嘴角抑制不住的笑意越来越深。有些话不必多问，有些话也不必多说，她懂得他对她的好，就像他懂得她对他的依赖。

如果可以，她真希望她的腿永远都不要好，时光就定格在这里，他们就这样岁月静好地度过每一天。

安诺寒看一眼她手中的零食，立刻脱下外衣，直奔冰箱找食材，俨然一副居家好男人的形象，而且很快就做好了一份精致的西式晚餐，又是她喜欢吃的黑胡椒牛排和意大利面。其实她也没有不喜欢吃的东西，尤其是他为她做的食物。

看着眼前跟油烟奋战过的安诺寒，沫沫忽然觉得他很神奇，穿上工作装立刻变成冰冷的工作机器，脱下工作装立刻化身"好老公"，他是怎么做到变换自如的呢？或许这就是双子座的双重人格吧。

牛排配上红酒，流淌过舌尖的味道格外香醇。沫沫因为腿上有伤，不宜过量饮酒，只喝了小半杯，还是感觉整个人飘飘忽忽，躺在沙发上一动都不想动，只想看着他，即使是收拾餐桌这样的事情，安诺寒做起来都特别赏心悦目。

安诺寒整理好房间，从包里拿出电脑，坐在沙发的一侧，以一种极不舒适的姿势工作着。这个场景很怪异，她半躺在沙发上，占了大半的位置，他整个人缩在另一侧，尽量与她保持一点距离，可也只是一点点而已。

她十分想不通，客卧里分明有一张书桌，根据书桌抽屉中外文资料推测，那里是他平时工作的地方。

今晚，他为什么不去呢？

"为什么"三个字几次到了嘴边，都被她都生生咽了回去。最后，她决定装作若无其事地换了个姿势，半倚着沙发扶手用手机看小说，尽量给他多一点空间。

小说看到无聊处，她不安分的目光又落在他的脸上，一不小心就被他的侧颜勾走了魂魄。都说男人工作的时候最迷人，原来是真的。认真思考时微凝的眉峰，轻抿的嘴角，特别的性感。

这个画面太美好了，让她忍不住手痒，想要记录下来。她悄悄地点开手机的拍照功能，对着他拍了一张照片。本想偷拍一张，却忘了手机不是静音状态，"咔嚓"一声响，吸引了安诺寒的注意。他转过脸看着她。

"我是想……想……"她努力编理由。

"想发给我爸？"

她立刻点头，这真是个完美的理由，她真是十分佩服他的智商。

"他……"他清清嗓子，问，"真的很想我？"

她继续点头："真的，他每次跟我聊天，都会问起你，问你的近况，问我知不知道你什么时候有假期，知不知道你什么时候能回去。"

他低头，看了一眼手中的资料，沉默了一会儿，就在她以为他已经结束了话题，继续投入工作中时，他忽然说："我们公司下个月初有九天假期，不知道我能不能休假。"

他的意思是，他下个月要回墨尔本？

"你和深雅姐一起回去吗？"

"我一个人。"

"你为什么不带深雅姐一起回去？"她试探着问。

"她，没有时间。"说完，他低头继续看电脑，显然是想要结束这个话题。

"哦。"

她依靠在沙发的扶手上，静静地看着他。如果说在此之前，她有些怀疑，那么现在，她已经可以确定，他和苏深雅在感情上出了问题。

否则，他不会每次提起她，都是一副回避的态度。

她很想问清楚，可看他全身心投入工作的样子，又不想打扰他，只能忍住所有关心和好奇心，继续看手机上的电子书，一直看到熬不过睡意，趴在沙发上睡着了。

半梦半醒的时候，她感觉他抱起她，她已经醒了，却舍不得他的温暖，装作睡着，由着他将她放在床上，盖好被子。把她放在床上以后，他没有马上离开，而是对着她的手机看了一会，把手机接上了充电器，才离开。

她再也没有睡意，看着门缝里透出的光，一直到凌晨两点，他关了灯，她才安心闭上眼睛。第二天，她收到电商网站派送的快递，看到装帧精美的纸版书籍，闻到久违的墨香味，她才明白，他是在看她读书软件中存了哪些电子书。

他不希望她长时间用手机看书，怕她看坏了眼睛，但他不会说出来，他只会默默地做一些事，让她去体会。他就是这样的一个人，什么都不愿意说出来，只放在心里，他从不在意别人懂不懂他，只做自己想做的事，成为自己想成为的人。

触摸着沉甸甸的一箱书，她的心中某一个冰冷许久的角落好像又出现了变化，压抑了很久的情感好像又被点燃。她忍不住去想，如果，她再试着争取一次，现在的她，他是否能够不再把她当作孩子？她能不能不再是被他疼着宠着的小妹妹，而是那个可以和他并肩作战，一起追求梦想的爱人？

她用力摇摇头，不，她不能这么想。

在没搞清楚他和苏深雅有没有分手之前，她还是不要胡思乱想，免得自己把持不住，又陷进去。

沫沫做了几个深呼吸，让自己静下心来看书。从早到晚，她躺在床上看了一天的书，看得手都酸疼了，安诺寒还是没回来。她等了又等，等到午夜十二点，他还是没有回来。她忍了又忍，还是没忍住给他发了一条信息：

"今晚还回来吗？"

仍然没有回复。

她拿着书回到卧室，想把安诺寒给她买的书放到书柜上方的书架上，摆放的时候，她意外地发现了一个盒子，里面放着一本旧相册，一部他以前用过的旧手机，还有一块手表，竟与她的手表是同款。

她拿出相册，坐在沙发上，缓缓地掀开……

这时，手机上响起信息的提示音，她急忙把相册放在茶几上，拿起手机看见安诺寒回复的消息："现在回去。"

十分钟后，他回来了，带着一身浓郁的酒气和不太清醒的神智。

"你去应酬了？我还以为你在加班。"她问。

他摇头，摇晃着走到沙发前，坐了下去，却没有坐在沙发上，而是倒在了地上。不知道是不是她的错觉，她看见他的眼眶发红，眼中有种深刻的悲伤。她本来有很多很多的问题想问，现在，已经没办法问了。

她走到他身边，看着他的眼睛问："你怎么了？发生了什么事？"

他摇头，闭上眼睛，全身无力地靠在沙发的扶手上，看样子是喝醉了。

"小安哥哥，你怎么了？是不是和深雅姐姐吵架了？"

他仍摇头。

她继续猜测："是不是工作上遇到了什么不顺心的事？"

这一次他没再摇头，眼角竟然有一滴泪落下。

"到底怎么了？"沫沫有些慌了，"你说话呀！"

他仍不说话，紧紧皱着眉，像是极力压抑着悲伤。她急了，拉着他的衣襟用力摇："你说话呀，你别这样！"

他坐直身体，睁开眼睛看着她，他的眼中满是红色的血丝。

他终于开口了，含糊不清地说了一句："他……走了。"

"谁走了？去哪了？"

"我们总设计师……昨天我还劝他要好好休息，他也答应我周末休息两天。他还说，等实验考核结束，他要跟我好好喝一场……他说还要再工作二十年，要和我一起看着飞机上天……可是，他走了……"

"他去哪了？为什么走？"

"他在出差途中心脏病发，抢救无效……"

……

这一瞬间，一股强烈的震撼凝聚在心口，她什么话也说不出来，只能看着他，看着他红了的眼眶，看着他沉浸在近乎绝望的悲痛里。

或许是太过沉痛，无法承受，他对她说了很多话。他说："当年我回国，就是因为他对我说：回国吧，参加我的项目，我们一起把世界最先进的飞机送上天！我辞去了 RR 的工作，跟他回来……可是飞机还没上天……我们明明说好的……"

说到这里，他已经哽咽得说不出话，身体似乎再也撑不住，附身过来靠在她的肩上，她不知道说些什么来安慰他，只能用尽全力抱紧他微微颤抖的身体，他也抱紧她，脸埋在她的肩上。

安诺寒是真的喝醉了，醉得一塌糊涂，抱着她一直不肯放手，不停地对她说："沫沫，你知道吗？这些年，有太多的人突然离开。两年前，飞机制造公司的总工程师就倒在了试飞的基地上，飞机上天了，他倒下了，再没起来……还有靳先生，他是材料行业资深的专家，上个月我赶一份报告，晚上十点多向他要资料，几分钟之后他就发给我，第二天，我想向他请教一些数据来源，电话就打不通了，直到前不久，我才知道他病逝了……他是在医院里给我发的资料，第二天，他就不省人事了。我连一声'谢谢'都没来得及跟他说……"

他说："除了他们，还有很多很多人，把所有的时间都给了航空事业，没有一分钟留给自己……"

她的手指轻轻抚过他颤抖的脊背，这一刻，她才真正理解了他，理解了他为什么要离开家，离开她。他坚持学习飞机设计，去英国读书，来 S 市工作，并不是他想要逃避什么，他只是热爱着这份事业，也爱着和他一起奋斗的同事，他们就像战友一样，为了一份热爱和坚持付出一切，包括亲情、爱情、友情……

在这个看似世俗功利的世界，真的还有很多人，他们在为了情怀而拼尽一切。

他抱着她说了很多很多，直到睡着了。她忍着腿上的疼痛，用上了全部的力气，总算把他扶到了沙发上，躺好了。

她累得瘫坐在地上，拿起茶几上的冷水喝了几大口，又喘了一会，才算缓过气来。

不经意地转头，她看见刚刚放在茶几上的相册。她轻轻掀开，第一张映入眼帘的是她出生时的照片。安诺寒看上去只有十岁，怀里抱着她。那时的她还是一个可爱的婴儿，挥舞着小手，对着他笑，水盈盈的眼睛里还有未干的眼泪。

第二张是她抓周的照片，所有的东西都被丢得乱七八糟……她努力伸着小手，紧紧抓着他的衣袖，对着他笑。

……

第二页，她已经学会走路了。安诺寒牵着她的手走在沙滩上，她跟不上他的步伐，却不肯放弃，急切地扯着他的手，跌跌撞撞地跟着他。

后来，她又长大了一些，蹲在海边的礁石上，拾着被搁浅的海螺，胖胖的笑脸上已经隐约可见女孩精致的五官。安诺寒在不远处的沙滩上用手指画画，他的表情很认真，可印在沙滩上的却是一只头超级大，五官完全变形的加菲猫。

翻到第三页，沫沫的眼睛不禁有些湿润了。

初春，湖光潋滟，樱花缤纷，她躺在遍地的白色花瓣上，枕着安诺寒的腿睡着了，他小心地帮她把一片落在唇边的花瓣拨开，十七八岁的他更加帅气，棱角分明的侧脸凸显出他的个性中的叛逆。

盛夏，细雨微斜，她高举着粉色的雨伞，旋转着，大笑着，因为飞溅的水花溅在安诺寒深陷于沉思的眼眸，让他看上去十分狼狈，但他却快乐着。

深秋，火红的枫叶点缀着空蒙的山色，安诺寒在山间追着沫沫，树枝划破了她的裙子，她笑得越发灿烂……

寒冬，冰天雪地的黑夜，冰雕的酒店似童话里的城堡。

皑皑白雪中，安诺寒用厚厚的白色皮毛包紧沫沫，抱在怀里，她满脸惊喜地指着天上的极光，他则努力地把她的小手往怀里扯……

……

一张张载满回忆的照片，每一张都是他和她的合影，记录着他们一同走过的年少时光。

年少的时光，就像墨尔本的风，清新而温暖。

第四章

墨尔本 晴

墨尔本是一个风景和气候都很宜人的海滨城市，繁华却不浮华，热闹却不喧闹，包罗万象又巧夺天工的建筑，撑起了墨尔本历史沉淀后的文化底蕴。

在墨尔本一个不知名的海滨，有两栋毗邻的别墅，白墙墨瓦，方圆相映，有种中国独有的韵味。别墅的庭院很大，前面是山水树木，后面是一片花园，种满了红色的彼岸花。

沫沫就出生在其中一座房子里，而安诺寒住在另一座房子里，他们的家只隔着一个藤蔓缠绕的篱笆，近在咫尺。

幼年时，沫沫的愿望是安诺寒可以每天都陪她玩，给她买好吃的东西。

而安诺寒早已脱离了这种低级趣味，一心只想成为一个优秀的飞机设计师。

他们的愿望第一次发生冲突，就是在他选择大学的时候。安诺寒的学习成绩非常好，以他的成绩，很顺利就被英国剑桥大学航空航天学院录取，但是八岁的沫沫却抱着他的大腿哭得死去活来，不让他走。

原本小孩子哭哭闹闹也是正常，不用理她就好了。可偏偏安以风最心疼沫沫，看她如此伤心，就让安诺寒留在墨尔本读大学。

在沫沫的印象中，安诺寒虽然个性冷淡，和父母之间的关系不太亲密，但也从不会在父母面前发脾气。那是他第一次生气，后果很严重，好像积压在心中很多年的怨气一下子就爆发了。

他甚至口不择言地对父亲大吼："你凭什么决定我的将来？"

"就凭我是爸爸。"

"你是我爸爸？"安诺寒忽然一声冷笑，"我十岁之前，你连我是谁都不知道，你根本不配做我爸。"

因为这句话，安诺寒被打了，右脸肿得老高，好多天都没消肿。

最后，安诺寒没有去英国，选择了墨尔本大学的飞行器设计专业。但他不是因为挨了打，而是因为沫沫嗓子疼，连续几天吃不下东西，他放心不下。

学校开学两个多月后，安诺寒在沫沫的央求下回了家，他们的父子关系才略有些缓和。

事情虽然过去了，但安诺寒的那句"我十岁之前，你连我是谁都不知道"，总在沫沫的脑海中萦绕不去，她问了妈妈很多次，这句话是什么意思？

妈妈总告诉她："你还小，不懂。"

她锲而不舍地每天问一遍，问了一年多。终于有一天，妈妈被她缠得没办法了，告诉了她真相。

原来，安诺寒十岁之前并不知道爸爸是谁。他从出生就跟着妈妈生活，没有见过自己的爸爸，也不知道爸爸叫什么名字。

但他经常会收到"爸爸"的来信，那个从未谋面的爸爸，总是通过信件教导他、抚慰他，并声称自己工作很忙，无暇照顾他。

安诺寒喜欢上飞机，也是因为他的"爸爸"。那时候，他才六岁，他的妈妈告诉他，他的爸爸在另一个城市工作，很远很远，没办法回来看我们，但是总有一天会回来的。

不久后，他收到了一份"爸爸"寄给他的礼物，是一个飞机模型，还有一封信，信上说：小安，我是爸爸，我知道你很想我，我也想你们。等着爸爸，爸爸很快就会坐着飞机回来看你们。

从那天开始，他喜欢上飞机，或者说他把对爸爸所有的思念都寄托在飞机上。

安诺寒十岁之前，身边只有一个"影子爸爸"。

他把"爸爸"幻想成一个非常伟大、非常温柔，也非常疼他的形象，"爸爸"是他孤独童年中最强大的精神支柱，支撑着他在很多的嘲笑与非议中成长。可是，忽然有一天，他的爸爸出现了，他才知道他的爸爸并不伟大，而是一个所有人眼中的"坏男人"。

虽然一切和他想象的差距很大，他还是努力地想去接受这个与想象完全不同的爸爸，因为他相信，不论安以风是个什么样的人，那些信，那些爱是真挚的。让他无论如何都没想到的是——那些让他期待、让他欢喜的信件都是假的。他的爸爸从来都不知道他的存在，那个给他写信的人是他的妈妈。

沫沫听到这里，吃惊得从床上坐了起来："是小淳阿姨写的信？"

"是的，这个真相对小安的打击很大。那时候他正处于叛逆期，他把事情放在心里，没有对任何人提起。"沫沫的妈妈叹了口气，才说，"他心里的结解不开，性格越来越孤僻。"

沫沫有些懂了，却又不是很懂。

"为什么小安哥哥十岁之前，不知道爸爸是谁？小淳阿姨为什么不告诉他？"

"因为……"她的妈妈想了很久如何措辞，最后只对她说了一句，"很多事，都是身不由己的。"

沫沫摇头，表示完全不懂。

妈妈拍拍她的小脑袋："你长大了就懂了。"

这一年，沫沫九岁，在父母和安诺寒的眼中，她是个什么都不需要懂的小孩子，其实与同龄的孩子相比，她算是很早熟的，也很善良，是父母和师长眼中的好孩子。唯一美中不足的就是因为长期营养过剩，生活无忧无虑，她比同龄的女孩胖了许多，小脸比圆规画的还要圆，小手胖得像个小馒头，让人忍不住想咬一口，肚皮更是圆滚滚的，就像在怀里揣了个皮球。

在学校里，偶尔会有人笑她胖，她也不放在心上，反正安诺寒说她胖得很可爱，就行了。

深秋，阴雨连绵两日，潮湿的海风带着些许凉意。

沫沫正在家里认真地写作业，安诺寒从学校回来，放下东西就来了她的家，她的房间。

见她正在思考问题，那种认真的表情特别可爱。他忍不住俯身凑到她桌前，亲了一下她肉乎乎的小脸。

"小安哥哥，你回来了？"她惊喜地爬下椅子，胖乎乎的小脸笑开了花，长长的马尾辫兴奋地摆动着。

"沫沫，想吃冰激凌吗？我带你去。"

"真的？"惊喜来得太突然，她还没有适应过来。

"当然是真的，小安哥哥什么时候骗过你！"

他的确没欺骗过她，一次都没有。

"那你等我一下，我只差最后一道题了。"

"好，你写吧，我等你。"他耐心地坐在她身边，看着她写作业，直到她写完了，检查了一遍，把作业收进书包，他才带着她出门。

他们去了司徒淳开的饮品店，点了一杯她最爱吃的奶油冰激凌。沫沫抱着超大号的冰激凌杯，一边吃，一边盯着眼前的安诺寒看。

一周没见，他好像又变帅了，帅得让她的眼里容不下其他人。

他的五官完全遗传了他父母的优点，既有他爸爸英气逼人的眉眼，刚毅的轮廓，又有他妈妈温润的唇。而他最迷人的是，他身上有两种矛盾的气质融合在一起，笑起来的时候会让人感到特别温暖，好像整个世界都进入了盛夏时节，而他不笑的时候，冷硬的眉眼渗出冷冽的寒意，让人不敢去靠近，又忍不住想去靠近。

一边吃冰激凌，一边欣赏帅哥，不知不觉，一杯冰激凌吃完了。

安诺寒看一眼桌上即将空了的水晶杯，问她："吃够了吗？要不要再吃一杯？"

"想吃，可是今天有点冷。"沫沫用双手抓紧了外套的衣襟，安诺寒立刻把身上的夹克脱下来披在她身上。夹克上带着他的味道，闻着这个味道，沫沫总会觉得特别安稳，也特别开心。

他对服务生说："再来一杯。"

冰激凌端上来，她刚要吃，忽见窗前出现一个很美的女孩。那是一个东方女孩，洁白的纱裙，缥缈的黑发，几分弱不禁风的纤瘦让她好似一尘不染的仙女。

见到这个女孩的第一眼，她的脑子里便冒出了今天刚刚在书中看见的四个字——倾国倾城。

倾国倾城的美女经过他们的窗前，不经意看了一眼，立刻拉着身边的好朋友转回来，走进店里。美女开门时，沫沫忍不住盯着美女的脸看了又看，标准的瓜子脸，脉脉含情的双眼，小巧莹润的唇，真是美得无可挑剔。沫沫不自觉地捏捏自己脸上的肥肉，才发现自己又胖了。

经过他们的桌边，美女忽然停住脚步，装作很惊讶地叫了一声："安，你也在这里啊？真巧。"

安诺寒抬头，认出美女是他认识的人，礼貌地起身打招呼。

"好可爱的小妹妹，是你妹妹吗？"美女很会聊天。

"嗯，是。"安诺寒答。

沫沫特意留意了一下他的表情，他居然在微笑，他很少对人笑的。而且他居然说她是他的妹妹，好像是在急于撇清关系一样。

沫沫低头吃冰激凌，一口接着一口，甘甜的味道流连在口中，竟有一丝苦涩。

美女迟迟不走，好像想说什么，看看沫沫，欲言又止。

安诺寒也低头看她，低语道："慢点吃，又没人跟你抢。"

……沫沫继续吃。

尴尬地沉默了一阵，美女咬咬嘴唇，带着一副楚楚可怜的表情问："安，我有些话想跟你说，你方便跟我单独聊聊吗？"

安诺寒见她语气郑重，点点头，低头对沫沫叮嘱说："沫沫，你在这里等我一会儿，我很快回来。"

她乖巧地点头。

安诺寒便跟着美女走出去。

看见他们走到门前的台阶上便站住，沫沫凑到窗边，圆圆的脸贴在冰凉的玻璃上，想看清他们的表情，无奈安诺寒背对着她，她看不到，只能看见美女半仰着头望着他，黑眸里流动着她看不懂的情愫……

他们在街边聊了很久，沫沫一个人坐在桌前吃冰激凌，一杯接着一杯。冰激凌吃多了，寒意遍及全身，无论她怎么扯紧身上的夹克，还是冷得她浑身颤抖起来。

又过了很久，安诺寒回来了，身上染了淡淡的香气。

沫沫很讨厌那个味道，往后挪了挪椅子，坐远些。

"你怎么吃这么多？"他吃惊地看见桌上又多出来的玻璃杯，忙捉住她冰冷的小手，用力地搓着她的手背，还在她手背上哈着热气，"冷不冷？"

她默默地点头。

他拉着她的手将她拖到怀里，他身上的气味让她很不舒服。可她贪恋他怀里的温暖，所以甘愿忍受着让她不舒服的气味。

"你呀，能不能不要这么贪吃！再这么吃下去，不变成小胖猪，也会冻成冰激凌！"

"小安哥哥。"她搂着他的颈项，脸贴着他的脸，"那个漂亮姐姐是谁？"

"她叫萧薇，是我的大学同学。"他随口答着，拿起一张纸巾，为她擦擦嘴边的奶油。

"你们好像很熟，她和你是同班同学吗？"

"不是，她读的是经济系。"他说，"我们是一个航模协会的，前段时间有个活动，她参加了我的团队。"

"哦！"她悄悄看了一眼萧薇入座的方向，萧薇正好也在看他们，用一种特别暧昧，特别期待的眼神。

"小安哥哥，你是不是喜欢她？"

他被问得一愣，下意识地看向萧薇的方向，正碰上她热切的目光流连在他们所在的方向。他的目光一滞，嘴角露出一抹浅淡的温柔。

看出气氛不对，沫沫急忙扯住他的手，用力地摇着："你说过，你只喜欢我的。"

安诺寒笑了，那笑容就像听了一个很可笑的笑话，憋不住笑出来。他的笑容让她莫名地想起同学们嘲笑她时的笑容，一模一样。

她委屈地扯着他的袖子，用力摇着他的手臂，委屈得眼泪就在眼圈里转："你答应过我的，你不可以反悔。"

"别哭啊！"面对她猝不及防的眼泪，他急忙拿起纸巾，一边给她擦拭眼角，一边哄着她："好了，我答应你，我不反悔……不要哭了，再哭小安哥哥不喜欢你了。"

于是，她忍住没哭。

她努力地对他笑，她总以为，只要她笑，他就会一直喜欢她。

孩子就是孩子。她以为自己能很快长大，殊不知在有些人眼里她永远都是个孩子。

一个月后，沫沫终于迎来了暑假，她最期盼的日子。因为暑假，不但她会放假，安诺寒也会回家住，她可以每天都去找他，跟他一起看书，下棋，逛街。

恰逢今天天气很好，海风吹拂而过，花园里红色的彼岸花随风舞动。安诺寒答应要带她去放风筝，一向贪睡的她很早便起床，翻出安诺寒喜欢的白裙子，穿在身上。

沫沫对着镜子左看右看，怎么也搞不明白为什么白裙子穿在别人身上那么美，穿在她身上显得如此臃肿。于是，她决定不再去思考这个问题，抱着风筝走下楼。

宽敞的客厅里，她的爸爸眉头深锁，微合双目靠在沙发上，脸色有些阴沉。她的妈妈坐在他身边，一边揉着他的额头，一边劝他："沫沫还是个孩子，她对小安只是一种心理依赖，根本不是真正的爱情。就算沫沫不是孩子，是真的喜欢小安，感情的事也强求不得。你劝劝安以风，别再为难小安了，小安有权利决定自己喜欢谁，不喜欢谁。"

"我知道，我会跟安以风好好谈谈的。不过，沫沫太依赖小安了，我怕她一时没办法接受。"她的爸爸说。

"沫沫没办法接受，也只是一时的，等我慢慢开导，时间久了，她自然就懂了。不如这个假期我们带沫沫去旅行吧，让她避开一下……"

听到这里，沫沫急了，几步跑下楼梯，大声说："我不去旅行，我要留在家里，我不要离开小安哥哥。"

她的父母彼此对望一眼。

"沫沫，"她的妈妈走近她，轻声劝道，"最近你的小安哥哥和安叔叔有些矛盾，心情不好，你让他静一静吧。"

"他为什么心情不好？"

妈妈犹豫了一下，最后还是决定告诉她，毕竟有些事是她早晚都要面对的："你的小安哥哥交了女朋友，你安叔叔不同意。"

"女朋友？"沫沫立刻摇头，"不会的，他说过，他只喜欢我一个人。"

"那是不一样的喜欢。他把你当成妹妹，你对他，也只是妹妹依赖哥哥的情感。"妈妈摸着她的脸说，"你还小，根本不懂什么是爱情，什么是婚姻，等你长大了，你就会懂了。"

"我懂，我什么都懂……我不跟你说，我去找小安哥哥。"她抱着风筝跑去旁边的房子，那是安诺寒的家。

她说她懂了，其实她心中还是一片迷茫，她不懂妈妈的话，不懂喜欢一个人和爱一个人到底有什么区别，她以为安诺寒一定给她答案，谁知她刚跑到他的家门口，就听见里面传来安诺寒父亲的怒吼声："从今以后，我不准你再见她。"

"安以风，你没有资格决定我的生活！"在沫沫的记忆中，安以风的嘴角总噙着笑意，脾气好得不能再好。她完全想象不到，他发起火来如此可怕，眼神阴森，握紧的拳头青筋毕露，她甚至能听见骨骼发出的"咯咯"声。

沫沫畏惧地缩了缩身子，不敢再向前一步。

安以风也气得说不出话了。

安诺寒看了一眼坐在吧台前煮咖啡的妈妈，压下了即将爆发的怒气，尽力把语气缓和下来："爸，我知道晨叔叔没有儿子，他想让我娶沫沫，继承他的事业。我能体谅你们的苦心，可沫沫才九岁，她还是个孩子。"

"她不会一直九岁，她早晚会长大。"安以风也压下了怒气，语气缓和了一些。

"就算她长大了，在我的眼中，她始终都是个孩子，是需要我宠着的小妹妹。而且，你们有没有为沫沫想过，她现在什么都不懂，可以接受你们的安排。等她长大了，遇到她真正喜欢的人，你们也要像逼我一样逼她吗？"

沫沫呆呆地站在门口，她听不懂他们在说什么，却隐隐明白，他并不喜欢她，也不想跟她永远在一起……

"以后的事，以后再说。你现在先给我安分点，不许再去找她。"安以风说。

"你让我安分？你年轻的时候为什么没有安分点。你知不知道，我宁愿你从来没有遇见过我妈妈，没有生下我，我宁愿你从来都不是我爸爸！"

安诺寒的这句话，换来了一记重重的耳光，他扶着沙发才勉强站稳。他抚着红肿的右脸，冷冷地看着他的爸爸，那种寒意，让人不寒而栗。

他说："安以风，我的事情不需要你管。"

"你！"

安诺寒丢下最后一句话，便走了。

他没有带走属于他的任何一样东西，也没有开车，只是一直跑，跑向远方。

许多年后，她总会想起这一幕，想起因为她，因为她不该有的奢望，他离开了那么美好的家，离开了那么爱他的父母，从此，生活的酸甜苦辣他都一个人承受……

这都是因为她。

第五章

彼岸会花开吗

自从安诺寒走了，沫沫整整两周每天都坐在花园里，什么事情都不想做，只等着他回来。她坐在花园的椅子上，盯着别墅前方的公路，只要看见有车驶来，她就满怀期待地盯着那辆车，可每一辆车都是驶近，又远离，没有停留。

黄昏，光线暗淡，她揉揉干涩的眼睛，烦乱地拍打着花园里妖娆盛放的彼岸花，花瓣落在地上，又被风吹散。她想起自己七岁那年，她的同学大都是当地人，不爱跟她玩，还嘲笑她长得又胖又丑，将来一定嫁不出去。

她很伤心，回到家看到父母都没在家，她只能一个人坐在花园里看着这些娇艳的花朵。

安诺寒回家，经过院子，正好看见她坐在花园里生气，转身又绕回到她家的花园。

"怎么了？"他蹲在她身边，一边帮她擦眼泪，一边问，"发生了什么事？"

她委屈地趴在他肩膀上，鼻涕眼泪蹭了他一肩："小安哥哥，你娶我做老婆吧……我的同学都嘲笑我嫁不出去！"

"好！"他的回答没有一丝迟疑，还顺便帮她擦去眼泪，笑着说，"只要你不哭，小安哥哥就娶你做老婆。"

她不哭了，以为只要不哭，她就能嫁出去。

可他答应了她的事情，却没有做到。

……

沫沫摇摇头，不去想那些不开心的事情。她相信，安诺寒不会丢下她不管，他很快就会回来，他还是会和以前一样，陪着她一起玩，给她补习中文。

她的妈妈坐在花园的茶桌前看了她很久，心中也十分酸楚。

"沫沫，想不想听故事？"妈妈走到她身边，搂着她的肩膀问，"妈妈给你讲灰姑娘和王子的故事，好不好？"

她摇摇头。小时候，她的确很喜欢坐在藤椅上听妈妈讲王子和公主的故事，可是现在她更喜欢听安诺寒给她讲中国的历史故事，听穆桂英挂帅出征，听曹植的七步成诗，听花木兰替父从军，那些故事真实又动人。就算是神话故事，她也喜欢孙悟空大闹天宫，哪吒闹海，还有精卫填海……

想起这些故事，她又忍不住想到了安诺寒，深深地叹了口气。

"那你想听什么故事，妈妈给你讲。"妈妈说。

她望着面前一片血红的彼岸花，想起小时候听过一个关于彼岸花的故事——彼岸花，有花不见叶，叶生不见花，生生世世，花叶两相错。

那时候她听不懂，但是却非常喜欢。

"妈妈，我想听彼岸花的故事。"

"好啊。"妈妈看向前方，悠悠地讲着，"很久很久以前，花神和叶神相爱了，但是天神不许他们见面。他们在彼岸深深思念着对方，终于有一天，他们违反了天神的旨意，偷偷见了面。天神知道后勃然大怒，为了惩罚他们，让他们变成了这彼岸花。有花不见叶，叶生不见花，生生世世，花叶两相错，生生世世同根而生却不能相见。

"后来，一个长相奇丑无比的魔鬼爱上了一个美丽善良的少女，为了天天都能看见她，魔鬼把她囚禁在自己的城堡里，他以为天长日久，少女就会爱上他。最终，魔鬼没有如愿。因为，有一个勇敢的武士听说了这件事，他来到城堡，用剑斩杀了魔鬼。

"魔鬼死之前，原本可以跟武士和少女同归于尽，但他没有那么做，他很爱少女，他希望少女能够好好地活着。魔鬼死后，少女把彼岸花的种子撒在了城堡周围，魔鬼的鲜血流过之处，一片绚丽荼蘼的彼岸花绽放开来，那个地方就是地狱的"忘川"，是人死去后忘却今生情缘，转世投胎的地方……

"从此之后，忘川河旁一片血一样绚烂鲜红的彼岸花恒久不灭。人死后会踩着它一路前行到奈何桥边，闻着花香就会记住他前世的爱人……"

"妈妈，彼岸花是开在地狱的花，为什么爸爸要把这种花种在我们家的花园里？"

"因为，妈妈喜欢。"妈妈搂着沫沫的肩膀，给她温暖的怀抱，"妈妈很喜欢那个魔鬼，所以喜欢他用鲜血染成的花……沫沫，可能你现在不懂，等你长大了，你就会明白——喜欢一个人，确实很想永远跟他在一起，但如果对方不希望这样，你就要放开手，给他自由。"

"妈妈……"沫沫明白了妈妈的意思，内心却还是不愿意接受安诺寒离开。她伸出冰冷的手，搂着妈妈的腰，缩在她的怀里，"我想快点长大。"

"沫沫，别着急，终有一天你会长大的。"妈妈搂着她，轻轻拍着她的背。

又过了两天，夕阳落在火红的花瓣上，炫目的鎏金漂漂浮浮，沫沫还在等待。安以风实在看不下去了，拉着她走进房间，拿起固定电话塞到她的手里。

他说："你想知道他什么时候回来，可以直接问。"

她早就想打电话，可是她的妈妈不许她打扰安诺寒，她拿着电话回头看一眼坐在沙发上喝茶的爸爸，见他点点头，立刻拿过电话，拨通安诺寒的电话："小安哥哥，你什么时候回来？"

"是不是想我了？"他的声音还是那么好听，带着暖暖的笑意。

"我才不想你，是小淳阿姨想你了。"她故意压低声音说，"你知道吗？从你走的那天，小淳阿姨就把风叔叔赶出来了，她说：你不回来，就不许他再回家。"

"哦。"

她抬眼看看身边对她做手势的安以风，说："我爸爸也不让他住我们家，他去住酒店了。"

……

"小安哥哥，你什么时候回来啊？"

"我……我最近要参加一个航模的比赛，很忙，住在学校里更方便。"

"好吧。"她有点失望，刚要挂电话，听见他唤了一声她的名字，"沫沫——"

"嗯，有事吗？"

"你想不想吃冰激凌？"

提起冰激凌，她觉得浑身发冷，叹了口气说："自从上次我吃完冰激凌生病，妈妈就不准我再吃了。"

"我带你吃法国菜好不好？"

他又用法国菜诱惑她，而她偏偏不争气地流口水了："我想吃鹅肝酱。"

"好！你去路边等我，我马上过去接你，记得别让人看见。"

"嗯。"

见她挂了电话，安以风急切地问："他说什么时候回来？"

"他没说，只说要参加一个比赛，住在学校里方便些。"

"他还说什么？"

"他要带我去吃法国菜。"她乖巧地看着安以风。

安以风还没说话，韩濯晨的声音已经从她身后传来："去吧。小安肯定是想你了！"

她立刻满血复活，活蹦乱跳地跑回家里换衣服。

沫沫站在路边等了将近一个小时，终于等到安诺寒来接她。他没有下车，只是摇下车窗看了一眼不远处的房子，他眼中的孤独又深切了几分。可他转眼一看见她，便笑起来，还用力捏捏她的脸："怎么好像胖了？一定是只顾着吃，都没想我。"

"我才不想你。风叔叔说了：你见色忘义，你这种没良心的男人根本不值得我想。"

"真搞不懂，他到底是我爸爸，还是你爸爸！"

沫沫眨着天真无邪的大眼睛，说："他还说，你不回来没关系，他再生一个儿子娶我当老婆。一定比你帅，比你对我好。"

"他真这么说？！"

"是啊！"她笑得弯了眼睛。

她当然不会告诉他，某人刚说完这句话，就被自己的老婆赶出家门，至今无家可归。

安诺寒笑了笑，说："你别相信他，他再生一个儿子比你小十岁，能请你吃鹅肝酱吗？"

"也对哦。"提起鹅肝酱,她立刻觉得这世上再没有人比安诺寒更好了。

法国餐厅里,安诺寒为沫沫点了一盘鹅肝酱,乳酪和一份鲜汤,自己则只点了一杯苏打水,看着她吃。

"小安哥哥,你怎么不吃?你不是最爱吃鹅肝酱?"

他的目光闪烁了一下,随口说:"我刚吃过饭,吃不下了。"

吃了一会儿,她用纸巾擦擦嘴角:"我听说你交了女朋友,是吗?"

他有些吃惊地抬头,问她:"谁告诉你的?"

"我妈妈。"

安诺寒沉默了一下,摇摇头:"我只是遇到一个很好的女孩,和她在一起,我觉得很轻松……"

"是那个叫萧薇的女孩吗?"

"是的。"他的答案,她丝毫不感到意外。萧薇那么漂亮,那么温柔,又喜欢做航模,他们好像真的很相配。

"你是喜欢她多一点,还是喜欢我多?"

"沫沫,这是没有办法比的。在我心里,你是我的妹妹。"

"我不想做你的妹妹。"

他轻叹了一口气,侧过脸去。从这个角度看过去,沫沫才发现他消瘦了,脸色也有些差,"你到底什么时候才能真正长大?"

她说不出话来,低下头,一言不发。

他勉强对她笑笑,用温热的手指摸着她的头发,她的脸:"沫沫,你太依赖我了,这不是好事。我不能陪你一辈子,你应该学会独立了。"

她推开他的手,低头吃着鹅肝酱,鹅肝原来是苦的。

吃过饭,安诺寒看了一眼钱包里的现金,又扫了一眼账单,拿出信用卡来付账。那时候她并不知道他已经不再用家里的钱,自力更生了,如果她知道,她一定会选择吃冰激凌。

回家的路上,他们一句话都没说。路很快到了尽头,安诺寒停下车,熄了火。

沫沫解开安全带,打开车门,她正要下车,蓦然间,他拉住她的手。

"不跟我说再见吗?"他问。

她摇头,她舍不得他走,怕自己一开口,就会央求他留下来。

"沫沫，我——"他还要再解释，见她的眼泪一滴滴落下，后面的话便说不出口。其实他也知道，他无论说什么，沫沫都不会懂。

"小安哥哥。"她终于还是没控制住自己，转过身，扯着他的衣袖，央求着，"你跟我回去吧。我不想跟你分开……小安哥哥，我舍不得你走！"

"沫沫，对不起，我想一个人独立生活。如果你想我，随时可以来找我。"

她幼小的心灵再也承受不了这种悲伤，眼泪像雨点一样，一滴滴摔落下来。他想在车里找些纸巾给她擦眼泪，找了半天也没找到，只好用衣袖给她擦眼泪。

害怕他的衣袖划伤她的脸，他的动作很轻，哄着她的声音也很轻："别哭了，好不好？哭对身体不好，尤其是晚上哭。"

感受到他温柔的呵护，她更是抑制不住心中的委屈，眼泪不由自主地往下掉。

"我明天带你去游乐场玩，好不好？"

她哭着摇头。

他搂紧她颤抖的小身子，耐心地继续哄着："那你想去哪里？我带你去。或者，你想我做什么？我都答应你。"

她抬起头，看着他："你能不能不要喜欢上别人，等我长大了……"

"我……"

"求求你。"她双手合十，对他眨眨泪眼蒙眬的眼睛。以前，只要她这么求他，他什么事情都会答应，即便那些事是他非常不愿意做的。

"小安哥哥……求你。"她继续恳求地望着他，望到眼前一片朦胧。

安诺寒轻轻叹了口气，轻轻擦了擦她眼角的泪："你笑一笑，我就答应你。"

她努力挤出一点笑意。

看见她挤成一团的五官，他忽然笑了出来："你呀！总是这么可爱！"

……

那天晚上，沫沫自己回了家，安诺寒终究还是没有回家。

看着空荡荡的房间，安以风熄了烟，香烟在烟灰缸里被揉得扭曲变形。他也是个男人，他了解二十岁到二十八岁是男人精力最旺盛，也最易动情的年龄。虽然，他确实很喜欢沫沫，也希望安诺寒可以和沫沫结成一段青梅竹马、两小无猜的良缘，但他绝不是一意孤行、不通情理的人。如果安诺寒遇到一个值得他爱的女人，他自然会尊重他的选择。

所以，当安以风在学校门前看见萧薇和安诺寒走在一起，他最先做的是了解了一下萧薇的情况。谁知这一查，他发现萧薇很不单纯，她来澳大利亚留学之前，和继父生活在一起，有过很多不好的传言。那些年少无知的过往他可以不咎，可她来到澳大利亚读大学之后，还有过很多感情经历，且交往的都是一些豪门富少，可见她是个审美观很"单一"的女孩。

而他的儿子，他更是了解。

安诺寒在十岁之前没有父亲，看似冷静坚强，其实内心很敏感。他反对安诺寒和萧薇在一起，只是不想安诺寒被欺骗，被伤害，可是他向来习惯发号施令，不喜欢解释过多，导致安诺寒误解了他，以为他是为了沫沫。

"小淳，你觉得我做错了？"安以风看向正在专心插花的爱妻，想从她的反应里确定自己是否真的做错了。

"你指的是什么？你阻止小安和萧薇在一起？"

安以风点点头："我是不是不算一个好父亲？"

司徒淳放下剪花枝的剪刀，走到安以风身边，双手轻轻放在他的肩上："我也不知道你算不算是个好父亲，但我知道，错不在你。当年，是我偷偷生下他，藏起他，不让你知道他的存在。小安对你的不满和怨恨，都不是你的错……"

安以风摇摇头："不，是我的错。小安说得对，我当初就不该招惹你。我明知道你是警察，我是小混混，我们在一起不可能有好结果……"

"我们现在的结果不好吗？我们现在终于在一起了，我们还有了小安。虽然小安性格内向，不善于表达自己的情感，可他很成熟、自立，也像你一样重情义，我觉得很好了。"

安以风赞成地点点头。其实他平时很自我，从来不听别人的意见。偏偏只要是司徒淳说出的话，他都认为是对的。

"小安也该独立了。他想要自己生活，就让他自己生活吧，他也不是小孩子了，我们应该给他自由。"

安以风想了好久，点点头。当年，他因为年少轻狂，做过很多错事，伤害过很多人，他不希望安诺寒也有一天会后悔，但是他也明白，很多弯路都是要走的，很多伤，终究是要受的，谁也拦不住……

时间一天天过去，安诺寒始终没回家，沫沫看出他心意已决，也不劝他了。反正她想他的时候，可以去学校找他，或者打个电话给他。只要她想见他，他大都会在一小时之内出现在她眼前。

他承诺她的事情也做到了，他没有和萧薇在一起。他没再见萧薇，也不再去参加航模社团的活动。就连萧薇给他打电话，他也都拒绝接听。

原本，沫沫并没有多想。在她的认知里，这种事情就像小孩子抢玩具一样，谁坚持，谁的力气大，谁就能抢到。没抢到玩具的孩子最多伤心一会，很快就去寻找另一个更好玩的玩具。可是，半年后的一天，她终于意识到，一切并不是她以为的那么简单。

那天，她陪安诺寒去买衣服，他进去试衣服的时候，她帮他拿着书包。书包里的手机突然响了，他拿出手机看，只见屏幕上出现萧薇的名字。

她本想挂断，一不小心按了接听键。

"安，我很想你，我想见你……"她听见了萧薇的哭声。

……

"安，我知道你是喜欢我的，你拒绝我，是因为你父母反对我们在一起。我可以等，等到他们接受我，不论五年，还是十年，我都愿意等……"

听见萧薇悲凉的哭声，她的心好像被尖锐的东西刺了一下，她蓦地意识到她做错了。她只想着自己不能离开安诺寒，竟没想过，还有萧薇是不是更离不开他。还有安诺寒，他不是玩具，他也是有感情的。

她捧着手机以最快的速度推开试衣间的门，冲进去。她怕自己迟一步就会后悔。等她看清眼前修长的轮廓，细腻的肌肤，她急忙捂住眼睛转过身，然后又想起电话，又转回身把手机塞到他手里："小安哥哥。你的电话！"

他拿着电话看了一眼屏幕，迟迟没有放在耳边。

"安，是你吗？你为什么不说话？"萧薇哭着问。

安诺寒再也忍耐不住，对着电话哑声说："萧薇，我已经跟你说得很清楚，你别再给我打电话了。"

"我愿意等你，十年，二十年，一辈子都可以！"

"对不起！"

"我想你，我爱你，我……"

"萧薇——"安诺寒正想劝她，忽然听见手机里传来男人的笑声，他的声音一滞，立刻追问，"你在哪里？"

她一直哭，不说话，电话里男人的嘈杂声愈加清晰，音乐声的节奏感也越来越强，之后，电话就挂断了。他再打过去，已经无人接听。

安诺寒把试好的衣服结了账，便把沫沫送回了家。他没说他要去哪，她却知道他去了哪里。

她回到家，坐在床上，抱着最喜欢的加菲猫发呆。

"沫沫，你怎么了？"妈妈关心地问她。

"妈妈，我好像做错事了。"

"什么事？"

她低头，很久才答道："我不让小安哥哥喜欢别人。"

妈妈摸着她的头发，轻轻叹了口气，告诉她："沫沫，小安不是你的玩具，永远放在你的玩具屋里，他也不是你的爸爸妈妈，就属于你一个人，他是你的哥哥，疼你宠你，但你不是他的全部，除了你，他还有自己的生活，有工作，有朋友，有爱人……你也一样，不要总是想着他，也该去多交一些朋友，认识更多的人……"

"我知道了。"她的头垂得更低，最后埋到了加菲猫柔软的身体里，"你别说了，我知道了。"

从那天后，沫沫明白了很多事。她不再像以前一样有事没事都缠着他，也不再让他等她长大，也不问他和萧薇的事情，假装一切都不知道。

每次想他的时候，她就坐在他的书房，读他书架上的书。

安诺寒出生在中国，中国的文化对他的影响很深，所以他很喜欢读中国的文学和典籍，书架上都是中国的文学作品。她每次想他，就会读那些书，从古代的《山海经》《史记》到现代的文学作品《平凡的世界》，她全都读了。起初她读不懂那些深奥的故事，经常给安诺寒打电话，问他每句话都是什么意思。

渐渐地，她的问题越来越少了，电话也少了。

都说时光无痕，沫沫的房门上却用一条条红线刻下时光流逝。因为每个清晨，她都会站在门边，比比自己是否超过了门上的红线，每当她欣喜地发现自己高出红线，便会兴奋无比地再画上一条，不过她也很发愁，因为她的体重也在不断上涨，一张脸越发地朝着加菲猫的方向发展了。

　　三年时间过去了，红线一条条画下，她一天天长大，长高。十三岁，已经身高一米六，体重也马上超越一百三十斤了。

　　这三年里，安诺寒从没回过家，一直住在学校的宿舍里。沫沫偶尔会去看他，品尝他亲手做的饭菜，吃他为她特制的甜点和冰激凌，但也只是偶尔去。

　　今天，是个好日子——安诺寒正式毕业的日子。他答应了要带她去观礼，所以沫沫一大早起床就开始打扮，希望以最光彩夺目的样子去参加安诺寒的毕业典礼。

　　"懒丫头，再不下来我不带你去了！"安诺寒充满宠溺的声音里没有一点焦急。

　　"等等我！"她跌跌撞撞地跑下楼，鞋带都忘了系，"我来了！等等我！"

　　一不小心，她的一只脚踩到鞋带，整个人向前倾去。

　　"啊……"她的惨叫声还没结束，安诺寒已经快步来到她身前，用坚实的双臂将她搂进怀里。"……啊！"

　　"小笨蛋，你到什么时候才能让我省点心？"他摇头叹息，扶稳她的身体，单膝附身在她脚边，为她系上鞋带，顺便连另一只也为她绑紧些。

　　今天，他又穿上那套她最喜欢看的校服。里面是白色的衬衫，外面是略显正统的墨蓝色制服，颇为儒雅。

　　沫沫低着头看他系鞋带的样子，好像刚吃了块巧克力，唇齿间回荡着香甜。一时兴起，她坏笑着托起他的脸，胖乎乎的小手细细抚摸他光滑的肌肤："你今天蛮帅的嘛！"

　　"你能不能别笑得那么猥琐？"

　　她收起笑脸，换上端正的表情："风叔叔和小淳阿姨去参加你的毕业典礼吗？"

　　"不知道。"

　　"你没有邀请他们？"

　　安诺寒抬头，看她一眼："反正你会告诉他们的。"

　　"噢！"他果然了解她，"小安哥哥，已经三年了，你还在生他们的气吗？"

　　他沉默了一下，才说："都过去了。"

"真的？那你什么时候搬回家来住？"

"我工作的地方离家里太远，不方便。我在公司旁边租了一个公寓。"

"哦。"

大学的毕业典礼并没有沫沫想象的那么好玩，很无聊，一个接一个乏味的致辞没完没了。沫沫打着瞌睡熬到结束，安诺寒又开始和大家合影留念，她被一大群女生挤到一边。

"真无聊！"沫沫百无聊赖地在校园里转悠，四处张望，不知不觉走到学校的一个侧门。

路边的蔷薇花开得正娇艳，虽然美艳无双，微风一过，花瓣随风飘零。百年的银杏树在风中傲然舒展着，枝繁叶茂，任风吹拂，岿然不动。

"萧薇！"银杏树下，一个黑黑壮壮的男生伸开双臂拦住了一个女生的去路，沫沫一眼便认出她，是萧薇。而那个男生也是个中国人。

"走开！我不想再看见你！"萧薇很生气地推他。

男生右手捏着一枚闪闪发光的钻戒，伸到萧薇的眼前："萧薇，我对你是真心的，你嫁给我吧。"

萧薇看着戒指，有些失神。

"我对女人从没认真过，你是个例外！"

"我……"她想说什么，却没有说出来。

男生扳住她的双肩，用一脸痴情面对她："昨晚你不是说你不想再继续等他了吗，你已经对他死心了吗？既然已经死心了，就跟我在一起吧……"

萧薇闭上眼睛，泪水从白皙的脸上流下来。

男生抱住她，双手在她背后胡乱地摸着，嘴唇迫切地寻觅着萧薇闪躲的脸。

沫沫傻傻地看着这一幕，片刻后，她立刻明白了，这是大型的劈腿现场啊。意识到事态严重，她急忙沿着小路跑回去，跑去找安诺寒。可是安诺寒并不在原来拍照的地方，她到处找，跑遍了几乎整个校园，才终于在一条林荫路上遇见他。

"沫沫，你去哪了？"他似乎也在找她。

"小安……哥……哥……"她喘着气冲到他面前，来不及多说，拉住他的手，使劲拖着他走，"快点……来！"

"怎么又这么慌慌张张的？有什么事慢慢说。"

"你……快点！"她好容易缓口气，赶紧说，"你跟我去看看就知道了！"

见安诺寒愣着不动，她只好拖着他朝着记忆中的小路跑去。

他们到了树下，萧薇和那个男生已经不见踪影。

"刚刚明明在这里，怎么没了？"

"你看见什么了？"安诺寒浅浅地皱眉。

"有个黑黑高高的男生送你的女朋友一枚戒指……还说，要娶她！"

"女朋友？你是说……萧薇？"

"是啊！"

"沫沫，我和萧薇……"

沫沫太着急了，根本无心听他说什么，只顾着四处张望，直到看见前方不远的地方有一座白色的二层小楼，楼上的阳台里还挂了很多女人的衣服，五颜六色，像是盛开的野花。如果她没猜错，那里应该是女生的寝室。

她立刻拉起他，朝着那座小楼走去，即将走到楼下，安诺寒忽然拉着沫沫停住脚步。

"你怎么不走了？"她抹了一把额头的汗水，用力拉了拉他，"走啊，你快去找她问清楚啊！"

她急得要命，谁知当事人却冷淡地说："沫沫，不用去了。"

好像一切跟他都没有关系。

"为什么？"

"我们回去拍照吧。"

"呃？"

她正想问为什么，忽然听见一个女生的惊叹声："哇！我从来没见过这么大的钻石，少说也有一克拉吧。"

女生的语气中满是艳羡。

"你说我该怎么办啊？"萧薇略带惆怅的声音传来。

沫沫一惊，双手捂住嘴，看向安诺寒。他的脸上没有表情，眼中却透出一丝寒意。

"我若是你，肯定选 Jack 陈。听他说他家做木材进出口生意，他毕业回去就要接管家里的生意。"女生又说，听她们的对话，女生应该是萧薇的朋友。

萧薇又叹了口气："可我还是喜欢安诺寒。"

"你喜欢有什么用，他还不是把心思都放在那个富家女身上。依我看，他就是想等她长大了，娶她为妻，然后继承她们家的财产。男人都是这样的，想跟长得漂亮的女人交往，想跟家庭条件好的女人结婚……"

"你以为我不知道吗？女人，不也是这么想吗？"萧薇说。

"那倒是。"

闻言，沫沫气得胸口发闷，仰起头看看安诺寒。他的脸色阴沉，眼中的寒意更冷。

萧薇的朋友又说："萧薇，你总这么拖下去也不是办法，Jack 陈就要回国了，你再不决定就晚了！"

萧薇黯然幽叹："唉！洋洋，你说安诺寒真的不会跟我在一起了吗？他会不会……"

"不会！"

回答她的不是她的朋友，而是安诺寒。

萧薇和她的朋友一惊，转头看见安诺寒站在她们的身后，脸色很难看。

沫沫以为安诺寒会发怒，会争辩，至少也会解释一下，可他竟然一句话都没有说，拉着她头也不回地离开，留下一脸失望的萧薇。

安诺寒一直向前走，他的脚步很快，穿过小路，穿过人潮涌动的会场，穿过一座小桥。沫沫一直跟着安诺寒，他走得很快，沫沫快要喘不上气来，但还是在一路小跑跟着他的脚步。

经过操场时，她又看见那个 Jack 陈。他正和几个朋友坐在足球场边一边抽烟，一边说笑，笑得十分张狂。安诺寒站住，看着操场里的 Jack 陈。她以为他会发火，好好教训 Jack 陈一顿，可他却什么都没做，转身继续向前走。

沫沫一路小跑跟着。她的脚被新买的皮鞋磨破了，传来阵阵刺痛，走在鹅卵石的地面，痛得她不敢落脚。她咬着嘴唇望望远处安诺寒的背影，幽幽地叹了口气，站在原地。

她不想追了，他有他的自由，他的方向，她怎么追都是徒劳。

　　谁知她刚停下来，安诺寒也停下来，转回身看着她，他等待的表情令她兴奋得忘了脚疼，快步跑过去，牵住他的手……

　　多年后的一天，她才明白，她对安诺寒的爱，就像是走过的这段路。很多次，她被伤痛折磨得想要放弃，可他总会在她绝望的时候转过身，等待着她，他的等待让她忘记了痛楚，一路坚持下来。

　　路是有终点的，他总会在终点的地方等着她。感情呢？她追随着他的背影坚持下去，能否走到她和他幸福的终点？他又是否会在终点等待着她？

　　她没有答案，所以她只能坚持走下去，去寻找答案。不论是否会在幸福的终点遇见他，她依然不会放弃这份执念。

　　那天，安诺寒去了他平时练拳的地方。

　　一个下午，他不知疲倦地打着沙包，沙包无助地在空中飘摇，她站在拳台下看着他。以前，她也经常陪着安诺寒练拳，那时候他还是个瘦弱的男孩，现在的他已经变成了一个真正的男人，冷硬的轮廓，阴鸷的眼神，还有他积蓄着无穷力量的双拳……如此陌生，又如此有吸引力。

　　打得累了，安诺寒躺在拳台上，急促地喘息着，汗水不停地顺着他的脸往下淌。

　　沫沫急忙拿着围栏上的毛巾爬上拳台，坐在他身边，一点点帮他擦去脸上和身上的汗，他闭着眼睛，由着她手中的毛巾在他身体上游走。

　　擦到他胸口时，他抓住她的小手放在他起伏不定的胸口。他的肌肤很有弹性，滑滑的，摸起来很舒服。

　　她劝他说："小安哥哥，你别难过了，她不值得你伤心。"

　　"我没有伤心，我只是没想到，她竟然是这样的人……"他坐起来睁开眼睛，忽然笑了笑，"不过事情都过去了，她是什么样的人，早就跟我没关系了。我又何必在意？"

　　"早就没关系了，是什么意思？"她忽然想起萧薇刚才也说过，她不想再等了，她已经死心了，她的朋友也说过："你喜欢有什么用，他还不是把心思都放在那个富家女身上。"

　　她刚才没有细想，现在想想，好像安诺寒和萧薇的关系并不是她想的那样。

　　"我们很久之前就已经分手了。"

"分手了？你们为什么分手？"

他伸手捏捏她的脸，没有回答。她想起三年前的晚上，她拉着他的袖子央求他不要喜欢上别人，让他等她长大。

那时候她只是因为抑制不住伤心才说的，后来也没再记起，她以为他也早就忘了。没想到他竟然记得，而且真的履行了承诺。

沉默了好一会，他才开口说话："沫沫——你认为我不娶别的女人，是为了继承晨叔叔的财产吗？"

"当然不是。你是不忍心让我伤心，不想让我爸爸失望。"

他笑笑，眼光朦朦胧胧的："我第一眼看见你时，你弯着眼睛对我笑，很可爱。我爸说：以后娶回家做老婆吧，她一定和你芊芊阿姨一样漂亮。我毫不犹豫地说：行！那年我十一岁。"

她静静地听他说下去。

"你还小，等有一天你遇到一个让你心动的男人，你就会明白爱和喜欢完全不同，小孩子的话不能当真！"

"我不是小孩子！"她很坚定地告诉他。

他笑了，捏着她的脸说："十年之后，你如果还站在我面前说出同样的话，我就娶你！"

"你不许反悔！"

"绝不食言！"

她在心里告诉自己：十年，十年之后我一定会对你说出同样的话！

他看看外面的天色，忽然说："沫沫，是不是饿了？"

她立刻点头。

"走吧，我带你吃法国大餐。"

她连连点头。

安诺寒去冲了澡，换了套衣服，走出健身中心的时候已经神清气爽。

那时候，她很奇怪，为什么他失去萧薇，这么快就可以抛诸脑后，而她对他却总是放在心上，牵牵念念。

第六章
陪我去看流星雨吧

随着门上一条条红线的升高，沫沫又长大了一岁，她已经十四岁了。

这一年，安诺寒在一家航空公司做机修师，工作特别辛苦，有时遇上紧急的任务，要彻夜不休地在现场抢修。工作才一年，原本线条流畅的脸，出现了明晰的棱角，原本白皙的肌肤也晒成了古铜色，多了几分成熟的味道。

周末，沫沫知道他放假，带了很多好吃的东西去看他，谁知他只跟她说了几句话，就倚在沙发上睡着了，她看着他消瘦的脸，心疼极了。

她害怕吵醒他，一动不动地坐在他的身边，看着他的脸。他睡了很久，从午后睡到黄昏，而她一直坐着，竟不觉得无聊，甚至很想就这么一直陪着他，很久很久。

他睡醒了，她忍不住劝他换个工作，别把自己的身体累坏了，他笑着告诉她："我不累。我很喜欢这份工作，它让我学到了很多东西。"

"修飞机和设计飞机有关系吗？"她问。

"当然，学会了检修飞机，才能对飞机部件有真正的了解。而且，在检修的过程中，我能够了解飞机在运行中容易出现的问题，也会发现很多飞机设计的不足。"提起飞机设计，他立刻变得神采飞扬起来，从背包里取出一个小本。

他打开小本，一页一页地翻给她看，上面都是飞机的结构图、部件图，他画得特别精细，上面还有密密麻麻的文字注释。看着他闪动着光芒的眉眼，她见到了极少出现在他脸上的热情。是的，热情，他那张一贯冷漠的脸竟然变得那么有魅力。

这一刻，她觉得他特别真实，特别帅，比任何时候都帅。

　　讲完他本子上的"珍贵"内容，他又说："等我把想要学的东西都学完了，我打算再去学校学习，毕业后找一家飞机制造公司工作，做个飞机设计师。在我五十岁之前，我要做上总设计师……"

　　"你一定能做到，我精神上全力支持你！"

　　"好！"他笑着摸摸她的头，反问她，"沫沫，你有没有想过将来？有没有想过以后做什么？"

　　她摇头。

　　"你也不小了，应该想想了。一定要选一个自己喜欢的职业。"

　　"其实，我以前很想做个舞蹈老师。"她低头，捏着自己手臂上的一坨肥肉给他看，"我胖成这样，还想跳舞，很好笑吧。"

　　安诺寒没有笑，而且还很郑重地摇头："不好笑，我觉得学跳舞很好。"

　　"可是我这么胖，跳起舞来特别丑。"

　　其实，她以前是学过一段时间舞蹈的。那是几年前了，她有一次经过一个舞蹈教室，看见舞蹈老师跳的舞特别美，她就央求妈妈送她去学。第一次去舞蹈教室，她满心欢喜，谁知她一学才知道，舞蹈有多难跳。而且她的形体不好，很多舞蹈姿势很难做到位，即使她忍着疼痛让自己的舞姿做到标准，她看起来也像个小丑一样惹来同学的嘲笑。

　　后来，舞蹈老师看出她不适合跳舞，委婉地告诉她，她年纪已经过了学跳舞的最佳年龄，身体柔韧性不够好，而且她的体重也超标了，体态也不适合跳舞。

　　沫沫听完这些话，回到家大哭了一场，之后再也没去上过舞蹈课。

　　她把这段经历告诉安诺寒，他心疼地摸摸她的头。

　　她苦笑着说："我这辈子算是和舞蹈无缘了。"

　　安诺寒摇摇头，换上了郑重的表情，对她说："没有竭尽全力过，怎么知道自己一定不行？别在乎别人怎么看，一定做自己喜欢做的事情。"

　　"你觉得我能跳舞吗？"

　　"当然能，你一定能跳出最美的舞蹈，我等着看。"

　　"我真的能吗？"她低头看看圆鼓鼓的肚子。

　　"只要你是真心喜欢舞蹈，只要你不放弃，一切都有可能。"

　　"我是真心喜欢！"她用力点头，"那我再试一次。"

　　"不是再试一次，是一定要坚持到最后，明白吗？"安诺寒说。

是啊，她应该竭尽全力去做，没有全力以赴过，怎么知道不行？

"小安哥哥，谢谢你！我一定会做到的！"

安诺寒含笑看着她，那目光中有她难得一见的期待与欣赏，也正是那道期待的目光，支撑着她度过练舞练到精疲力竭的时光。

第二天，沫沫又去舞蹈学校报了名。舞蹈老师告诉她，如果她想学跳舞，会吃很多苦，而且要注意饮食，不能吃甜食，不能摄入过量的脂肪。这些都是很难的，希望她能好好考虑清楚再决定。

沫沫回到家以后就把冰箱里所有的零食都清理掉了，她仔细地记录自己的体重，连最喜欢的饮料也一口不喝。以前的她不喜欢喝水，尤其是烧开的水，所以平时不是喝饮料就是喝蜂蜜水，这让她的糖分摄取严重超标。现在她彻底跟含糖饮料断绝了关系，只喝白开水。

刚开始上课的几天，沫沫第一次感觉到什么叫作自讨苦吃！

她的柔韧性不太好，所以刚开始压腿拉筋的时候，她几乎要疼哭了，老师拎着她的两个胳膊，用膝盖抵在她后背的中线上，用力压了压，她可以清楚地听见自己骨头的响声，然后瞬间眼前一黑，惨叫一声。

瘫了十分钟，沫沫才缓过来，立刻从地上爬起来，开始压腿、压腰等训练。

每天正式上课之前都会有一个小时的基本功，这是她这个初学者最难熬的时候，不过看着教室里舞姿绝美的同学们，她下定决心，自己一定要变得和她们一样。

刚开始的一个月，特别难熬，沫沫每次下课，就像是从水里被捞出来一样，第二天，腿和腰痛得不行，连走路都费劲。每晚要用热毛巾敷很久，才勉强能入睡，沫沫什么都没说，咬牙坚持，坚持踢腿，压腰，每天清晨跑步。

坚持了三个月后，沫沫发现，原来疼痛也是可以适应的，疼得多了也就习惯了。之后，她每天下课后都要去舞蹈教室学习跳舞，每天练习四个小时。每次课程结束，她汗流浃背，全身酸疼的时候，她的内心有一种前所未有的满足感，原来做自己喜欢做的事情，是这样的快乐！

这一天，舞蹈课结束，一起学跳舞的女孩子商量着要去看百年不遇的流星雨，问沫沫要不要去。

沫沫摇摇头，其实她早就听说这场流星雨，她原本想去看，可是在网上查攻略的时候，发现很多人都是跟心爱的人一起看流星雨，据说两个人一起许愿，就能在一起一生一世。

她只想跟安诺寒一起看，又怕耽误了他工作，索性就不去看了。

沫沫洗完澡换了衣服走出舞蹈学校，意外地看见安诺寒站在学校对面的街上。他好像有些累，靠在路灯的杆子上，微风吹乱了他的头发，也吹乱了她的心绪。

直到他转头看见她，笑着跟她挥挥手，她才在那春风般的笑容里回过神来，冲过马路，冲到他身边。

"大忙人，今天是发生了什么奇迹，你居然有空来接我？"

他很郑重地点头回答："确实有奇迹，今天有英仙座流星雨，流星数目达到每小时四百颗以上，我带你去一个好地方看。"

"你要陪我看流星！你会陪我许愿吗？"

"当然！"

她激动得心都要跳出来了，想都没想就一把抱住他："我太爱你了。"

他宠溺地拍拍她的肩膀，随即愣了一下："沫沫，你瘦了好多，是不是跳舞太辛苦了？"

"不是啊，我在减肥。"

"减肥对身体不好。"他有些心疼地说。

"没事的，我们快走吧。"

那天，他带她去了一座大厦顶楼的天台上。

天边，一道道光芒在天空闪过，她合上手心，默默地在心里说："我希望有一天，小安哥哥能够回家，我们可以每天在一起！"

一颗两颗三颗，一遍两遍三遍。

数不清多少颗流星，也记不清许了多少遍愿望。

"贪心鬼，你到底有多少愿望？许了半小时还没许完！"安诺寒温暖的声音伴着同样温暖的外衣落下来，为她抵御住海风的丝丝凉意。

她回头看向安诺寒："我才不贪心，我只许了一个愿望。我怕流星听不清楚，多说几遍给它听。"

"你饶了流星吧，它都快被你烦死了！"

她瞪他一眼，继续许愿。

安诺寒拉住她又要许愿的手："好了，差不多了，我带你去吃东西。"

"我再许一次，最后一次！我听说对着流星许愿很灵的。"

"到底许的什么愿望？说给我听听，也许我能帮你实现。"

"你肯定能帮我实现，就是不知道你愿意不愿意。"

"说来听听。"

"我的愿望是：我希望有一天，你能回家。"

他嘴角的笑容收了起来，凝视着她映满光华的明眸，问她："沫沫，你为什么希望我回家？我们现在不是也能经常见面吗？"

"我能见到你，可是安叔叔好久没见到你了。"一转眼，他离开家已经四年了，这四年里，他每次去接她出来，都是过门而不入。

而他走了之后，她总能看见安以风沉默地坐在花园里抽烟。她知道，这都是因为她，如果不是她喜欢他，想要嫁给他，他就不会离开家。

她已经为这件事内疚了好多年，只有他回去，她才能放下。

"小安哥哥——"她扯着他的衣袖，恳切地望着他，"安叔叔已经答应我了，他不会再逼你娶我，也不会阻止你喜欢任何人……"

"他真的这么说？"

"真的。"

安诺寒低下头，沉默了好久。就在她以为他不会说话时，他忽然握住她的小手："我答应你，我有时间会回去。"

"嗯嗯。"她激动地连连点头。

看过流星雨，安诺寒带着她来到一家大厦的顶楼餐厅，这里的视角绝佳，大大的落地窗，整个天际如同黑绸幕一样挂在他们面前，沫沫看着菜单，低头思索。

"想吃的东西有那么多吗？看了这么久？"安诺寒注视着她。

沫沫摇摇头："我是看看什么东西我能吃。"

还没等安诺寒说话，沫沫继续说道："我在减肥，所以以后你不要再诱惑我了！"

在安诺寒诧异的目光下，沫沫只要了一杯苏打水和两块荞麦面包。

面对安诺寒面前散发着香味的牛排，沫沫咽了咽口水，小口小口地吃着自己的面包。

"真的不吃？"安诺寒再次询问道。

沫沫笃定地摇头，想起自己吃下的每一口东西都会长成身上的肉，沫沫决定尽量不看美食，抬头看见眼前的帅哥，看得更是心神不宁。难怪别人都说，这个世界上最难抵挡的就是美食和美色，这两样，都摆在她面前，她却只能看着，好难啊。

安诺寒一向是个信守承诺的人，他不轻易承诺什么，但只要承诺了，就一定会做到。不久后他回家了，这是时隔四年，他第一次走进家门。

那是一个周末的清晨，沫沫还在睡觉，妈妈叫醒她，告诉她："小安今天休假，回家来吃顿饭。"

沫沫在熟睡中被吵醒，原本脑子还混沌着，一听说安诺寒回来了，立刻变得神清气爽，着急得连衣服都来不及换，穿着睡衣就跑去了他的家，想要确认一下是不是真的。

刚跑进他们家，她就看见安以风站在门外的花园里看风景。

看见她，安以风立刻对她招招手，示意她到他身边去。

"安叔叔，你怎么在外面？我听说小安哥哥回来，是真的吗？"她顺着半开的门，看向里面，果然看见安诺寒坐在沙发上和妈妈说话。

"我……我在外面透透气，里面有点热。"

"热吗？"已经到了深秋，外面的风带着丝丝凉意。她穿着睡衣，吹着风还挺冷的。

"沫沫，你的小安哥哥难得回来，记得留他多住几天。"

"哦，我明白。"她了然地点头，拍着胸脯保证，"安叔叔，你放心，我一定想办法留住他。"

那天，他本来想吃顿饭就走，可是饭吃完了，她扯着他的袖子，说什么也不让他走，逼得他没办法，只得留下来又吃了晚饭。

晚饭过后，沫沫舞蹈课都没去上，去安诺寒的房间缠着他聊天，聊她的学校，她的同学，也聊他的工作，他热爱的飞机。聊天时，他总会下意识地把剥好的橘子塞到她嘴里，或者听到她说得嗓子哑了，他顺手把水杯递到她手里，她喝完了，他便伸手接回去，放回茶几上……

聊到了深夜，她趴在沙发上睡着了，睡前还不忘抱着他的胳膊不松手。

一觉醒来，她惊觉到自己睡着了，急忙坐起身看他是不是还在，当她看见自己睡在床上，安诺寒在沙发上和衣而眠，才放下心，一头栽倒在床上继续睡觉。

　　连续两天，她都是这样寸步不离地缠着安诺寒，到了第三天晚上，他在看飞机的结构图，她则捧着一杯牛奶，欣赏他专注的侧脸，看得嘴角都笑得抽筋了，还是憋不住想笑。

　　终于，他忍无可忍，提出严正抗议："我已经睡了两天沙发了。我今天坚决不再睡沙发！"

　　"好吧！"她一副做了很大让步的表情说，"今天我睡沙发。"

　　……

　　她凑过去，用她屡试不爽的方法摇着他的手臂，可怜兮兮地哀求："小安哥哥，你的房间这么大，隔出来一半给我，好不好？"

　　"隔一半？"

　　"是啊！你把卧室中间隔个墙，我们一人住一半。"

　　"你爸妈不会同意的。"

　　"他们要是敢不同意，我就离家出走，跟他们断绝关系！"这是这么多年来，她总结出对付自己老爸最有效的一种方式。

　　"我求你了，你跟我断绝关系吧！"

　　她大义凛然地用力拍着他的肩膀："你放心，我到什么时候都不会离开你的。"

　　……他将手中的资料翻到下一页，继续看。

　　"小安哥哥，你隔出一半房间给我吧，我要一小半就可以……"她继续哀求道，这种方法对付安诺寒最有效。

　　"你想怎么隔就怎么隔吧，我没意见！"

　　第二天，沫沫在安以风的全力支持下，如愿以偿地搬来她的新卧室。她喜欢新卧室的一切，尤其是那个完全没有隔音效果的木板做的隔断。

　　夜深人静的时候，她连安诺寒叹息的声音都能听得一清二楚。

　　"小安哥哥？你不开心吗？"她躺在床上，闭着眼睛问。

　　"没有！"

　　他的声音有些干涩，心事重重。

　　"你是不是觉得我太烦了？"

"不是！"

不是就好，她翻个身，准备睡觉。

她即将睡着的时候，忽然听见他问："沫沫，如果有一天没有我照顾你，你能不能照顾好自己？"

……她不知道该怎么回答，没有他的生活，她无法想象。

"你是个好孩子，是我把你宠得太任性了。这样下去，对你没有好处。"

他的语气让她有些慌了："我以后一定会听你的话，再也不任性了。"

"听我的话，就学着坚强，独立起来。不要事事都依赖我。"

"嗯，好。"

沫沫隐隐有一种不祥的预感。数日后，当她看见他桌上放着剑桥大学的材料，她才明白——他要走了，所以他才会回家。

事实上，安诺寒这次回家，的确是因为他决定了要走。

原本，大学毕业之时，他就已经决定去英国读硕士，却迟迟没有提交申请资料。他本想等沫沫再长大一些，等她高中毕业，他就可以带她一起去英国读书。

毕竟是十几年的朝夕相处，分离对谁来说不是难以割舍？沫沫习惯了有他在身边的日子，他又何尝不是习惯了她的纠缠。没有她的骚扰，他的人生反而剩下一种牵挂，走到哪里都放不下的挂念。

他改变计划，没有再继续等她，是因为那天看完流星雨之后，韩濯晨打电话约他见面，交给他一份材料。

韩濯晨说："小安，我把你的资料给剑桥大学的贝尔教授，他非常欣赏你，邀请你去剑桥读书。这些是我帮你准备好的申报材料。"

"晨叔叔，我不明白你的意思。"

"你应该明白我的意思。"韩濯晨说。

安诺寒当然明白，这很明显是让他离开澳大利亚，离开沫沫。至于目的，他仔细看看面无表情的韩濯晨，有些捉摸不透。

韩濯晨向后挪了挪椅子，起身走到他身边，双手搭在他的肩上："沫沫太任性了，都是我宠坏的。"

"不，韩叔叔，是我的错……"

"与你无关。"韩濯晨打断他的话，"沫沫和她的妈妈一样，情感丰富又偏执，内心敏感，容易对人产生情感上的依赖。这些年，我和她的妈妈劝过她很多次，也尝试各种方法转移她的依赖，可她偏偏就是认定了你，我们也没有办法了。"

他懂了韩濯晨的意思。他何尝不了解沫沫执拗的性子，或许她不懂感情，口口声声的喜欢都不可信，但是她对他的依赖却是真的。

"韩叔叔，您是希望我离开沫沫，让她不再依赖我，是吗？"

"我不否认，我有这个想法。"韩濯晨坦然说，"我只有沫沫一个女儿。只要是她高兴，我为她做什么都无所谓……小安，我跟你说句真心话，如果沫沫依赖的男人不是你，只要沫沫高兴，无论用什么方法，我一定能把这个男人留在她身边。但对你……"

他一时无言，静默而立，听韩濯晨说下去。

"你是安以风的儿子，我在心里也把你当成儿子，我希望你去做你想做的事情。当年你考上了剑桥大学的航空航天学院，因为沫沫不让你去，你选了墨尔本的学校。你为她放弃过一次，不能再放弃第二次了。"

见他不说话，似乎还在犹豫，韩濯晨又说："你爸爸也跟我谈过，他说不想再逼你做不愿意做的事情，如果你想去英国，就去吧，去做你想做的事。"

安诺寒的心中依然矛盾："韩叔叔，我离开了，沫沫会不会……"

"你不用顾虑她。沫沫十四岁了，不是小孩子了，她能承受的。长大的过程可能会有些痛苦，但这是必经的过程，他不能永远依赖你。你离开，她或许一时接受不了，可只有这样，她才能和更多的人相处，她的眼中才能容下全世界。"

安诺寒沉吟许久，虽然他也不舍得沫沫难过，但他也明白，这是成长必须承受的过程。沫沫从不缺宠爱和保护，她缺少的是变得独立和坚强的机会。

想到这些，他做了决定，伸手拿起资料，紧紧攥在手里："韩叔叔，如果沫沫需要我，我随时可以回来。"

"我知道，我知道你是真心待她，只可惜……有些事不能强求。"

韩濯晨深深叹了口气。其实，对安诺寒有所期待的又何止沫沫，他更希望有这样一个女婿，一个聪明、坚韧、勇敢，还能够真心对待沫沫的男人。

错过了安诺寒，怕是再也遇不到第二个了。

安诺寒何尝不懂，所以他只是点点头，没再多说什么。

"小安，还有件事，我想跟你聊聊。"韩濯晨指了指对面的沙发问，"你有时间坐坐吗？"

安诺寒猜到他想说什么，却没有拒绝，走到沙发前，坐下来。

韩濯晨坐在沙发对面的椅子上，笑了笑，语气比他的亲生父亲更亲和："你听说过你父亲以前的事情吗？"

安诺寒点点头。其实在他很小的时候，就听说过"安以风"这个名字，没办法，X市很小，安以风又太出名，茶余饭后总会被人提起来，他也免不了要听到一些"言之凿凿"的传闻。

传闻说，安以风很霸道，谁跟他一言不合，就别想再有好日子过。

传闻也说，安以风换女人的速度比眨眼睛还快。

还有传闻说，安以风真正在意的只有一个人，就是韩濯晨。韩濯晨有危险，他豁出性命也要救；韩濯晨要做生意，他卖了房产地产为他筹措资金；韩濯晨遇上金融风暴，负债累累，他卖了自己一半的产业，替韩濯晨还债……

韩濯晨问："你都听说过什么？"

"听说你们是生死相交的兄弟，也听说他的作风很强势。还有，他很喜欢玩弄女人……"

听安诺寒说前面两句的时候，韩濯晨微微点头，表示传闻不假，但说到最后一句话时，韩濯晨神色严肃地摇头。

"他没有吗？"安诺寒不解地问，据他所知，安以风的风流多情是大家公认的，他对女人来者不拒，各种类型的都喜欢。

韩濯晨说："小安，我知道你一直在怪你爸爸，怪他当年不负责任，抛下了你妈妈，甚至不知道你的存在。但很多事，都不是表面上看到的样子。"

安诺寒低头看着沙发一侧的茶几，白色大理石的纹理很深，仿佛一道道无法愈合的伤口，经年累月，只会越裂越深。也正是这些无法弥合的裂纹，让大理石散发出优雅的美感。

韩濯晨见他不说话，又说："你可能不知道，他在认识你妈妈之前，身边从来没有过女人。"

安诺寒闻言，诧异地抬头，看向韩濯晨。

韩濯晨给他一个肯定的眼神，笑着移开目光，移向远方，那是时光的远方："安以风真的是个很有趣的人，二十岁，正是恣意轻狂的时候。围着他转的女人很多，而他对女人丝毫没有兴趣，倒是很喜欢……"韩濯晨顿了顿，嘴角的笑意更深，"警察。"

"警察？为什么？"他一直以为安以风那样的人，不会喜欢警察。不过，细细想来，好像也不无道理。他的妈妈司徒淳就是警察，他依稀记得，韩濯晨也是警察，是警方派到雷氏集团的卧底。

韩濯晨说："我也不知道，或许是警察身上的某种特质吸引了他吧。他认识我第一天，就认我做兄弟，却不知道我是卧底。他还有个特别看重的小弟叫阿苏，也是卧底……他对你妈妈，也是一见钟情。"

"可是他最后还是抛弃了她。"安诺寒陈诉着。

"没错，当初确实是他抛弃了你妈妈，还为了让她不再留恋，故意搂着别的女人从她身边走过。可是，有很多事，是你不知道的。"

"什么事？"

"他很爱你妈妈，为了能跟她在一起，他真的什么都愿意放弃，什么都愿意付出，甚至不惜与 X 市最大的帮派为敌……只可惜，他们的身份差距太大，无论安以风做多少努力，他们还是不能在一起。有一段时间，数不清多少人想要他的命，他几乎每天都在被人追杀，根本不知道自己能不能看见第二天的太阳，那个时候，他完全不在乎自己的死活，一心只想你妈妈能好好地活着……"

韩濯晨没再说下去，深深地叹了口气。

在那声叹息里，安诺寒似乎体会到了深刻的无奈——爱一个人，不顾一切，拼尽全力，甚至与全世界为敌，却终究不能护她周全。

"他就是因为这个离开了她？"

韩濯晨点点头，继续说："后来的十年里，他身边的女人换了又换，外人都以为他风流成性，只有跟随在他身边多年的人才知道'司徒淳'三个字是他最大的禁忌，只要听见这三个字，他就特别烦躁，见谁骂谁。所以，谁都不敢提。"

"为什么不能提？"安诺寒忍不住问。

"我也问过他：为什么不能提？你猜他怎么回答我？"

安诺寒摇摇头。

"他回答我：'因为很想见她，远远看她一眼就行，或者看一眼她的照片也好，可是不能看，我怕我看见了就控制不住自己……我活在地狱里，不能再把她拉下来。'"

"既然知道自己活在地狱里，当初为什么去招惹她？"安诺寒问。

"当初，他们早知道对方的身份，怎么可能犯下这样的错？"

"他们……"

"他们知道的时候，已经晚了。爱情就像毒品，沾上容易，想戒掉就难了。而且，越是想戒，心中那种渴望就会越深，无法自控……所以，你应该能想象，他离开你妈妈的时候，有多艰难。"

"……"

"小安，你妈妈生下了你，是因为爱他；把你藏起来，不告诉任何人，是因为爱你。"

安诺寒点头道："我知道。她说过，如果没有我，没有我外公，她是宁愿死都要跟他在一起的。"

"你爸爸或许做错过很多事，但他从来没有对不起你妈妈，更没有对不起你。"

安诺寒忽然觉得感动得说不出话，沉吟良久，他才说："韩叔叔，谢谢你告诉我这些。"

他拿起桌上的文件，很轻的文件在他手中变得沉重起来，因为其中承载了太多理解、信任和尊重。

"晨叔叔。"他坚定地说，"你放心，等沫沫长大了，如果她还是无法接受别的男人，我会娶她……我一定不会让你失望！"

"你不需要承诺什么，更不用对沫沫负任何责任。我只希望你能按照自己的意愿去活着。我和你爸爸生在乱世，连生死都无法选择。你和沫沫生在了好时候，我和你爸爸真的希望你们能活得自由些，别像我们……"

"我明白，您放心，我知道怎么做。"

说完这句话，安诺寒离开办公室，关上门。

韩濯晨站在窗前，看见安诺寒走远，才拿起电话，微笑着说："小安果真遗传了你这个破性格，吃软不吃硬。"

"要不怎么是我儿子呢！他答应娶沫沫了？"

"嗯，沫沫找不到喜欢的人，他会娶她……"韩濯晨笑着摇摇头，"他到什么时候才明白，爱一个人，才会在意她的情绪，才会为了她甘愿付出一切！"

"是啊！他看沫沫的眼神，明显就是爱，他却偏偏不承认。他总以为他把沫沫宠坏了，其实，他也是被沫沫宠坏了。让他们分开一段时间，他就知道自己有多爱沫沫了。"

"希望吧。"

……

亚拉河还在静静流淌，银杏树的叶子落了一地，安诺寒踩着一地落叶走过山间的小路，走到一棵银杏树前。很多年没有来了，这棵古老的银杏树变得更加枝繁叶茂，树皮更加斑驳。

他坐在树边，失神地看着山坡上的小路蜿蜒而下……

虽然已经过去了十年，他还是能清楚地记得，他跟在安以风身后一路跑上山的场景。跑到这棵树前，他累得瘫倒在地上爬不起来，安以风对他说："站起来，你要相信自己可以做到。"

他拼尽所有的力气站起来，继续向前跑，那时候，他对那份父爱深信不疑，不论安以风跑得多快，他都想去追随，想离他更近。

也正是那一天，他无意中看见安以风写的字迹，他惊呆了。他是看着"父亲"的信长大的，"父亲"的字迹刻在他的记忆里，那是工工整整的字迹，虽也有几分刚毅，但绝非每一笔都是如此刚劲有力，力透纸背。

回到家，他翻开珍藏已久的信件，把每一封信，每一句话重新读了一遍，他懂了……

在他还未出世时，安以风便抛弃了他们母子，连他的存在都不知道。否则，他们第一次在咖啡厅聊天时，安以风的眼神不该那么平静。

这个事实让他怨恨，愤怒，但更多的是失望。尤其是想到他的妈妈为了一个抛下他们的人含泪写下一封封信，他真想把这些珍藏多年的信全都砸在安以风的脸上，告诉他："我没有你这样的爸爸！"

　　他拿着信走出房间，在二楼的扶梯边站住。安以风正睡在沙发上，司徒淳轻轻拿着薄毯盖在他身上，脸上荡漾着无尽的柔情。

　　"小淳……"安以风从梦中惊醒，猛地坐起来，额头上渗出冷汗，"小淳！"

　　"我在这里。"

　　安以风双手紧紧抱住她，她没有抗拒，由着他抱了很久很久，才轻轻推开他，帮他擦了擦额头的冷汗："你没事吧？"

　　安以风含糊地说着："我又梦见一切都是个梦，'梦'醒了，我还是个小混混，你还是个警察，你对我说：我们不是一个世界的人……"

　　"不是的。我们在一起了，我们还有小安。"司徒淳柔声安慰着他。

　　他紧张地抓住她的手："小淳，你会不会离开我？"

　　"不会的。你不要再胡思乱想了。"她笑着拍拍他的肩，说，"我去拿药给你吃，吃完就没事了。"

　　"我没病，我不吃药。"

　　"我知道你没病，这些药只是让你释放心理压力的。"

　　"医生说释放压力还有其他的方式……"

　　他又在她耳边说了些什么，她笑着点头，她笑得很开心，很满足……

　　看到这里，安诺寒不想再多看一眼，转身回到房间，把信珍藏在原来的位置。那个时候，他不希望爱他的妈妈伤心，不愿再提往事，却同时在心中埋下了"失望"的种子，他失望于父亲的不负责任，失望于父亲的欺骗，更失望于自己年幼时的一次次期盼。

　　如今，十年过去了，他从未再去期盼父亲的爱，他习惯了独立，也习惯了孤独。可是今天，他站在这里，再看见这条路，再想起安以风对他说过的那句"站起来，我相信你可以做到"，他才真正明白——安以风是爱他的，有些责任，不是不负，而是负不起！

　　……

　　不记得过了多久，天色渐晚，蜿蜒的小路上出现了一个人影。

　　岁月没有改变安以风的挺拔和霸气，因为那是镌刻在骨子里的东西。不过深灰色的外衣让他看上去多了几分以前没有的随性。

　　安以风坐在他的身边，问："心情不好吗？你不是一直想去英国，你该高兴才对。"

什么叫明知故问？这就是。

安诺寒深吸了一口气，压下心中的郁闷之气："我担心沫沫，怕她接受不了我离开。"

"放心吧。"安以风拍拍他的肩，语气和表情像是在安慰他，说出口的话却差点让他呕血，"她会慢慢习惯，习惯接受那些接受不了的事情！"

……安诺寒竟不知该怎么反驳。

安以风看看他纠结的眉峰，没再逼他："你去了英国以后，别再和沫沫联系。"

"为什么？"他想做她的哥哥，一辈子宠着她，陪着她，看着她恋爱，嫁人，一生无忧无虑地活着。他错了吗？

"你别告诉我，你看不出来沫沫有多喜欢你，你既然不想娶她，就不应该再给她任何希望。"

"爸，我从小看着沫沫长大，我当她是我亲妹妹……"安诺寒没再说下去，他何尝不明白"不想娶她，就不该给她任何希望"的道理。当初对萧薇，他不是也决绝地断了联系，为何轮到了沫沫，他就做不到？

因为他对沫沫的感情太深？这种深厚的感情只是兄妹之情吗？好像不全是，这种感情似乎错综复杂，有很多莫名的情绪和牵绊掺杂其中，让他总是割舍不下。

他沉默地看向远方，这是第一次，他开始看不懂自己，也看不懂他对沫沫的感情。

也许，他真的应该离开，安静下来好好整理一下他对沫沫的感情。

每个人都有他想做的事，想去的地方，想见的人。韩濯晨和安以风经历过太多风雨，只想寻一处与世无争的所在，过着平静的生活。可他还年轻，他不想一生在只有海风和沙滩的地方日复一日地过着平静的日子，他想去看看整个世界，想看着自己设计的飞机飞在世界的天空……

第七章

离别的滋味

得知安诺寒要去英国，沫沫以最快的速度跑回家，看见妈妈正在弹钢琴，一下子扑到妈妈的怀里，急切地问："妈妈，小安哥哥是不是要走了，要去英国？你知道吗？"

"我知道。"《化蝶》哀婉的曲子停止了，妈妈温柔的手抚过她额前的发，"沫沫，感情是不能勉强的。真心喜欢一个人就让他去做他想做的事，让他去爱他想爱的人。真心喜欢一个人，就为他学会坚强，别让他担心，别让他牵挂……"

"妈妈，我……"

"五年前，小安为了你放弃了读剑桥的机会，四年前，小安为了你失去了喜欢的人。沫沫，他为你做得已经够多了，你就不能为他考虑一次吗？"

她咬紧牙点头，然后扶着扶梯，一步一步艰难地爬上楼。

每走一步，她都会想起很多过往。她记得，她哭着求安诺寒不要去英国读书时，他为难的表情。她记得，他毕业的那天，他嘴角苦涩的笑容。

她真的太任性，太自私了。一味地求他做他不愿意做的事，还把这种宠爱当成是理所当然。这世上的爱没有理所当然，都是相互体谅。

之后，从她看见那份资料到他收拾好行囊离开澳大利亚的半个月时间里，她没有说过一句不舍的话。

但安诺寒看出她不开心，跟她说过很多次："对不起！"

她装作很认真地在写作业。

他给她买过很多巧克力蛋糕哄她开心，她吃得干干净净，却连一点甜味都吃不出来，也没有露出过笑脸。不是她不想，而是她笑不出来，怎么努力都笑不出来！

他走的那天，沫沫躲在安全出口的门后，从玻璃窗里远远看着他。

她看见他一直在四处张望，焦急地看着表。就连他走进安检口，还在不停地回头看向电梯……

她在他的眼睛里看到了不舍，看到了期盼。

她知道，他在等她。

他一定很想听她说一句："小安哥哥，再见！"

可她不敢出去，怕自己一出去就会扯着他的衣袖不肯松手，怕自己一开口就会哭着求他不要走。

……

他的背影再也看不见了，她站在角落里，捂着脸无声地抽泣着。

韩濯晨搂着她的肩膀，心疼地拍着她的背："别哭了，不失去，怎么会懂得珍贵。"

她当然知道什么最珍贵，是他从来都不知道。

没有安诺寒的日子，一天依旧是二十四小时，海水依旧潮起潮落，丝毫没有改变，沫沫也照旧上学，放学，吃饭，睡觉。

所有人都以为她很坚强，她自己也这么以为。

直到有一天，她晕倒在音乐教室的钢琴上，《命运》钢琴曲"轰"的一声中止。

她大病了一场，高烧不退，剧咳不止，吃什么吐什么。在她最脆弱的时候，她真真切切地体会到想念一个人的感觉，每一分每一秒都在想，每一次呼吸都在想。

她抱着影集，一遍遍地看，指尖轻抚过他每一个温柔的笑，心脏撕扯出更深的疼痛。

她依然对着照片笑着，对照片中的他说："过你想过的生活，爱你想爱的人吧，我会学着独立，不再依赖你。"

其实，安诺寒在英国度过的第一天，无数次地拿起手机，对着屏幕上沫沫的照片看了一次又一次，越看越烦躁，最后，只能删了。

第二天，他的耳边总会响起沫沫的声音，一遍遍地在喊他："小安哥哥。"

他开始担心她乱吃东西，担心她在楼梯上摔倒，更担心她想念他……

第七天，他在街上的橱窗看见一只加菲猫，久违的惊喜涌起，他买了一个放在公寓的床头。

　　分别十五天了，沫沫一直没给他打电话。晚上，他抱着加菲猫，失眠了！

　　失眠的夜里，他回忆起自己的过去，意外地发现所有的记忆的片段都有沫沫天真的笑脸。不经意间，有一种无法说清楚的感情填满他的胸口，不似亲情，不似爱情，更不是友情，好像是一种超越了界限的感情。

　　他的电话终于响了，却不是沫沫打来的，而是安以风。

　　越洋电话中，安以风似乎无意地提起沫沫病了，而且已经病了三天。

　　他有些急了，向来低沉的声音提高了几度："沫沫病了？为什么不告诉我！"

　　电话那边的安以风云淡风轻地回答："你不用担心她。医生说她没事，肺炎而已。住院治疗十天半月就能好。"

　　"肺炎？"而已？

　　"你放心，你走之后沫沫变得非常懂事，非常坚强！她病了都不告诉任何人，每天按时起床去学校上课，放学后还去练习舞蹈，要不是她晕倒在学校，我们都不知道她生病。"

　　安以风还千叮万嘱地告诉他："你千万别给沫沫打电话，现在的她最脆弱，最需要安慰……你要让她明白，不管她发生什么事，你都不可能在她身边。"

　　想到沫沫在深夜缩在被子里咳嗽时的样子，安诺寒捏着电话的手指越握越紧，手机在他手中发出细微的摩擦声。

　　"小安，这种时候，你千万不能心软。你狠下心，沫沫才能……"

　　"你不用说了，我知道该怎么做。"安诺寒有些烦躁地挂断了电话。

　　他会烦躁，因为他的思绪已经乱了，完全理不清头绪。

　　从小到大，他一直知道自己想要什么，追求什么，决定的事情就会坚持做下去，从来不需要犹豫和纠结。但是对于沫沫，他明知道让她学会独立是最好的决定，却无法控制自己想要联络她的冲动。

　　静夜，震动的手机将迷糊中的沫沫吵醒，她连看电话号码的力气都没有，按了一下接听键，声音嘶哑："Hello？"

　　"有没有想我？"安诺寒的声音刺痛她的耳膜。

　　不知哪里来的力气，她猛然坐起："小安哥哥？"

"你声音怎么哑了？"

"没有……"她清了清喉咙，发现声音还是哑的，只好说，"可能昨天和朋友唱歌唱多了，有点哑，没事的。"

"哦……多喝热水。"

"嗯。"

电话里再没有他的声音，但微弱的呼吸声表示他还在，而且双唇离电话很近。

她把电话贴得更近些，以便听得更清楚。

她已经好久没有听见过他的呼吸声了。

"还在怪我吗？"他终于开口。

沫沫无声地摇头，她从来没有生过他的气，她只是想他。

"沫沫……"他停顿了良久，才接着说，"你别想我。我不在你身边，记得好好照顾自己。"

他的声音比她记忆中的还要温柔。

她用手捂住电话，努力地压低自己的哭声。

"你哭了？"

"没……有。"她深呼吸两下，试着让声音听上去很平静，"我还有事，改天再聊吧。"

她挂断电话，趴在被子里低声抽泣。

既然选择了要走，为什么还要对她这么好？

他到底知不知道，最折磨人的就是他这样反反复复的做法。

电话又响了。她接起来，大吼道："我不用你管我！没有你在，我过得别提多好了，我吃得好睡得好……"

"我很想你！"

……她忘了后面的话。

"看不见你，我吃不好，睡不好，别提过得多不好！"

"真的吗？"沫沫怀疑地问。

他笑了，声音里都是笑意："真的。"

她擦干眼泪，心情豁然开朗起来："那你什么时候回来？"

"等我修完硕士的课程，我就回去看你。"

"那你什么时候能修完？"她急切地问。

"最多一年。"

那就是说还要一年才能回来，虽然有些久，但至少有希望。

"沫沫，答应我，要好好照顾自己，别想我。我希望我回去之后，看见一个健康、快乐的你，你不会让我失望吧？"

"不会！"

"好，一言为定！"

沫沫用力点头，虽然他看不见："一言为定。"

那天之后，沫沫的病很快康复起来。

想念一个人的最高境界，不是春恨秋悲、以泪洗面，而是时时刻刻记得他的交代，好好照顾自己。每天下楼时，她记住了先系好鞋带；每天洗澡时，她再不忘把毛巾放在触手可及的地方。她让自己的每一天都很充实，确切地说，竭尽所能地把每一分每一秒都用来成长，只为快点长大。

花开花落，云卷云舒，又是大半年过去了。这一年，沫沫过得非常忙碌，因为她要参加高中的毕业考试了。在同届的考生里，她的年龄最小，刚刚才满十六岁。没办法，谁让她总是急着长大，读大学也比别人更着急。

因为平时的成绩好，她可以选择的学校和专业很多，她给安诺寒打电话问他意见，他只回答她一句话："选择你喜欢的。"

于是，她选择了墨尔本大学的舞蹈学院，他读过的学校。她想过他过的生活，走他走过的路，看他看过的风景。

她坚信，不管他离得多远，她只要努力去追，就可以追上他的脚步，总有一天能够走到他的身边，同他并肩而行。

即使他不爱她，只要能离他近一些，哪怕就是远远看着他，她也觉得很好。

墨尔本大学的建筑向来以古典和优美著称，古典的钟楼、方场与新式的多栋教学大楼交相辉映。

在大学里，她每天除了上课，去舞蹈教室练习舞蹈，还给自己安排很多事情做，晨读、弹琴、唱歌、打网球，每晚睡前她还读读中国历史，因为安诺寒说读中国历史会让人成长，变得成熟而理性。

没读过中国历史的时候不知道，原来人生充满悲剧，她是活得最幸福的一个……

这样的日子过了一年多，她的身高以惊人的速度增长，身形因为跳舞而日渐纤瘦，那张圆规才能画出来的标准圆脸也长出了尖尖的下巴，连胖乎乎的小手都变成了纤纤玉指。

沫沫也渐渐地学会了和安诺寒以外的人相处，学会去关注身边除了安诺寒以外的人，她交了很多新朋友，有男生，有女生，有中国人，也有澳大利亚人。

她在大学里最好的朋友叫苏越，出生在杭州，地地道道的江南美人，不但人长得清秀，性格也特别好。苏越是她同专业的学姐，她们经常在舞蹈室遇见，一起练舞，因为都是中国人，有着相似的生活习惯，所以很快变成了无话不谈的朋友。

有一天，放学后，沫沫又去舞蹈室练习新学的舞蹈动作。

听着轻音乐，她扶着栏杆双腿一前一后叉开，慢慢往下坐。学习跳舞两年了，身体还没有达到最软，却已经可以很好地完成基本动作，一些有难度的舞蹈动作也能够做到最标准的优美姿态。

"沫沫，小心点，别把腿拉伤了。"和她一起练习舞蹈动作的苏越好心提醒她。

"没事，我相信我一定能做到。"她继续尝试，将双手高高举过头顶，尽管身体在颤抖，但她仍旧咬牙坚持。

"练功的事急不来的，欲速则不达！"苏越抬起腿，柔韧的身体弯成优美的弧线，"不过只要坚持，一定能成功。"

"就像感情，要慢慢去习惯，慢慢去培养。不能心急，也不能放弃。"沫沫笑着说。

"你呀！一定又想你的小安哥哥了！"

她笑得更甜："他马上就要回来了，还有一百天！"

"没见过你这么心急的，才十六岁，就急着把自己嫁出去。"苏越一直觉得这个急切渴望长大的小学妹特别可爱。

"学姐，你知道吗？我昨天看见我老爸工作到很晚，好像很累，煮了杯咖啡给他送去。他居然感动得半天没说出来话，还说我终于长大了。早知道给他送杯咖啡就是长大，我五岁的时候就可以做……"

沉浸在兴奋中的沫沫突然发现苏越的脸色不太好，忙闭上嘴。她仔细回忆了一下，好像苏越从来没提过爸爸，该不是没有爸爸吧？

练完舞蹈，沫沫看看时间也差不多了。收拾好东西，和苏越并肩走出门。

刚走到大门口，一辆车从她们面前开过去，车后座上一对男女亲密地相拥着。沫沫觉得那个浓妆艳抹的女人依稀在哪见过，一时又想不起来。

她正回忆着在哪里见过，苏越慌慌张张地拦了一辆出租车就往上冲。

"跟上前面的车。"苏越用英语说。

沫沫不知道发生了什么事，又担心她出事，也跟着坐上车："学姐，你没事吧？"

苏越没有回答，眼睛死死地盯着前面的车。

那辆豪车一路开到"Heaven&Hell"，出租车也一路跟来。Heaven&Hell，天堂与地狱。沫沫听说过这个地方，这是墨尔本最大的娱乐中心，是一个能让人快乐的地方——不论男人还是女人。

有人说：所谓的娱乐，无非是吃喝嫖赌，但这些低俗的东西在Heaven&Hell会变得高雅，拥有了致命的诱惑。

也有人说：这里美女如云，金钱如土，去过的人无不流连忘返。

总之，在沫沫心目中，这里充满了神秘的色彩与传闻。

豪车里的男女相拥着走下车，男人看上去挺老的，五十多岁，女人却很年轻漂亮。

苏越冲出出租车，甩起背包砸向他怀中的美女。沫沫赶紧付车钱，同时拜托了出租车司机再等几分钟。

她下车一看，场面一片混乱，苏越不依不饶地追着女人打。男人拦也拦不住，挡也挡不住，急得追着两个女人团团转。

"你怎么乱打人啊？"美女尖叫着躲避。

"仗着漂亮，勾引别人的丈夫。你到底要不要脸！"

"越儿，你听爸爸解释，爸爸跟她只是普通朋友。"

"普通朋友你花钱养她，天天不回家？"

男人终于抱住了盛怒的苏越，苦劝着她："越儿，你别闹了，爸爸带你回家，你听爸爸慢慢给你解释。"

"我不走，我要撕烂她这张脸，反正她也不要了。"

　　最后，苏越还是被她的爸爸连拉带扯抱上了车。车开走了，美女站在原地，骄傲地理了理散乱的头发。

　　浮华尘世，孰人能料，她再见萧薇，竟是如此的物是人非。

　　沫沫几乎不相信自己看到的一幕，可那张让人惊艳无比的脸的确是萧薇。她真的很美。过去，白衣素裙，代表着圣洁，让男人心动。如今，超短的紧身裙，是极致诱惑的娇媚，让男人贪恋。

　　萧薇不屑地瞥了她一眼，踩着高跟鞋走向"Heaven & Hell"的大门，门外的守卫都在用贪恋的目光看着她。

　　在萧薇的面前，沫沫觉得自己即便不再是那个又胖又丑的小女孩儿，也一样平凡得让人不屑一顾。

　　"我以为你已经离开澳大利亚，嫁给了Jack陈。你为什么在这里？"沫沫忍了又忍，还是问出口。

　　萧薇站住，回头看她："我们认识吗？"

　　"安诺寒知道你在这里吗？"

　　听到安诺寒这个名字，萧薇的身体很明显地颤抖了一下，美丽的大眼睛里闪过让人心酸的伤感。可是当萧薇认出面前的沫沫，她的眼神瞬间变得寒意刺骨："原来是你！你来这里做什么？是嘲笑我，还是想向我炫耀什么？"

　　沫沫摇摇头，都不是。

　　"如果你是来嘲笑我的，我告诉你，这个世界上最没资格嘲笑我的人就是你。都是因为你让他离开我，你让他跟你在一起……我有今天都是拜你所赐！"

　　沫沫有些站不稳，手悄悄从背后扶住出租车。萧薇的这句话，正戳中了她心中最深的内疚。这些年，沫沫常常会想，如果没有她，萧薇可能早就嫁给安诺寒，享受着她应得的爱情与婚姻。萧薇一生的幸福都因为她一时的任性，被摔得支离破碎了！

　　萧薇冷笑着，走向她的天堂与地狱。

　　走到门前，萧薇仰起头看了一眼华丽的娱乐中心。只是一眼，一个堕落女人背后的绝望已经展露得淋漓尽致。堪怜这一副倾国倾城的美貌，终究……想嫁的嫁不了，不想嫁的又离她而去。

　　一万句对不起又怎么样，她不可能原谅毁了她幸福的人。

回家的路上，沫沫脑子里总是会反复出现萧薇的话："都是因为你让他离开我，你让他跟你在一起……我有今天都是拜你所赐！"

她也在反复问自己：是不是都是我错了？

因为她，安诺寒十九岁离家，独自一个人生活。

也因为她，安诺寒和萧薇分开。

沫沫失魂落魄地回到家，远远看见司徒淳坐在院子里插花。安以风站在二楼的落地窗前，出神地看着她，那绵长的注视仿佛已经持续了很久。

都说岁月是女人的天敌，女人过了三十便不再美丽。

其实不是的，女人真正的美丽是岁月沉淀后的韵味。恰如司徒淳，她的眼波总是清凉如水，她的容颜总是清淡雅致，她的美丽，是生命深处散发出的独特魅力……

比起司徒淳，萧薇的那种美不免显得艳俗。想起了萧薇，沫沫的心情更加沉重起来，有气无力地跟司徒淳打个招呼："小淳阿姨！"

"沫沫，你怎么了？闷闷不乐的。"她关切地问。

她摇摇头。

司徒淳接着又问："是不是小安惹你不开心了？"

"不是。"

沫沫蹭到她身边，几次欲言又止。

"除了小安，谁能让你这么委屈？"司徒淳怜爱地拉着她的手，让她坐在她身边的椅子上，"你是不是有话想说？"

"我……我遇到萧薇了，就是小安哥哥以前喜欢的女孩。她在 Heaven & Hell。"

司徒淳皱了皱眉，有意无意地抬头瞟了一眼二楼的安以风。

"都是因为我，我怎么做才能……"

"跟你没关系。"司徒淳平静地打断她。

"如果不是因为我，小安哥哥和萧薇可能现在已经结婚了，他们……"

"他们不会的。"

"为什么？"

司徒淳笑了笑，笑容轻灵似水："以前，我审问罪犯的时候，很多罪犯都跟我说，他不想犯罪，都是别人如何地对不起他，他才要报复。其实，人从出生的一刻就注定要经受苦难。善良的人会选择把苦难当作指路的灯，努力让自己做得更好。邪恶的人会把他经历的痛苦归结为别人的错误，他过不好，也不让别人过好。"

见沫沫听得似懂非懂，司徒淳又说："我以前抓过一个杀了自己男朋友的女犯人……"

"什么？"她吓了一跳，"为什么？"

"她告诉我，她很爱她的男朋友，她从十九岁跟他在一起，一直到二十九岁，她把人生中最美好的时光给了他，她赚钱给他花，她全心全意对他……可她的男朋友却背着她跟别的女人交往。"

"她好可怜啊！"

"你错了！她并不可怜！"

沫沫诧异地看着司徒淳。

"因为我问她：'你还记得他为你做过什么吗？你有没有问过他爱不爱那个女人？你知不知道什么才他最想要的？'她回答不上来。真爱一个人，应该尊重他的选择，让他过他想过的生活！沫沫，爱情之所以动人，就因为它让人无能为力，又欲罢不能……爱过的人谁没经历过分分合合？谁没尝过眼泪的滋味？受到伤害就自甘堕落，是她自己的选择，没有人需要承担责任。"

安以风不知道什么时候站在了司徒淳的背后。

"小淳！"他说，"这番话从任何人嘴里说出来都是废话，唯独从你嘴里说出来，听着就让人心疼。"

"你可以不听，没人逼你听。"

"不听我怎么知道你有多爱我！"

司徒淳浅笑着，转过身："你最好先跟我解释清楚，那个女孩儿为什么在 Heaven & Hell ？"

"哪个女孩儿？"安以风一脸茫然的表情。

"别跟我说你不知道。你在 Heaven & Hell 安排那么多眼线，那里什么事能瞒得过你的眼睛。"

安以风笑嘻嘻地说："老婆，我有点饿了。"

"等会儿我再收拾你。"司徒淳抱起花瓶走回家。

"风叔叔。"沫沫乖巧地打招呼。

"沫沫，萧薇的事情你别放在心上，等小安看清楚她是什么样的女人，自然不会再惦记她。"

"哦！"她挠头。

看来爱情是门博大精深的学问，她根本还没入门呢！

沫沫考虑了一个晚上，最终决定打电话给安诺寒，跟他说清楚。

"小安哥哥，我有几句话想问你。"

"说吧。"

她咬咬牙，狠下心问："你还爱萧薇吗？"

他没回答，她手中的电话有些拿不稳。她不知道安诺寒得知萧薇的消息会有什么样的感受，会不会内疚，会不会为她心疼，会不会重新回到萧薇身边，保护她，照顾她。

不管结果如何，她都要告诉他，萧薇毕竟是他曾经喜欢的人，他应该知道。

她握紧电话，告诉他："我今天看见萧薇了，她已经和Jack陈分开了。她现在过得很不好……"

电话里响起安诺寒轻微的叹息声。

她没再说下去，聚精会神地听他的反应，过了一会，听见他平静的声音说："路是她自己选的，无论她现在过得怎么样，都与我无关。"

"为什么？你对她真的一点感情都没有了吗？"

"没有了，或许从一开始就没有过吧。"

他没再多说，沫沫也没有再多问。

静夜里，安诺寒挂断电话，一个人站在窗前，站了很久。

在电话里，他毫不犹豫地说出那一句——无论她现在过得怎么样，都与我无关。

事实上，真的与他无关吗？

如果当初……

如果当初他没有拒绝萧薇，或许，今天她不会如此吧？

月光皎洁，映着荷塘的涟漪，白荷袅袅，似初见萧薇时，掠过他眼前的白色衣裙。

那时的萧薇白裙黑发，仿佛从古画中走出的仙子。他震惊于她的美貌，也被她爱说爱笑的性格吸引。他没有喜欢过别人，不知道喜欢一个人是什么感觉，只觉得他和萧薇在一起，很轻松，很舒服。

在饮品店遇到那一次，萧薇向他表白，说喜欢他，问他喜不喜欢她。

这个问题问得太突然，他一时之间有些迷茫。夜晚，他一个人躺在床上，回想起萧薇说话时的神情，心中似乎也有些异样的满足。只可惜，他还来不及理清这份情感的时候，他的父亲不知道怎么听说了萧薇，让他远离萧薇，他一时无法接受父亲的霸道和不可理喻，跟他大吵了一架，离开了家。

虽然他搬离了家，但是他却没有去找萧薇，因为他不想在这样混乱的情况下和萧薇交往，那样对她太不负责任。

后来，他约沫沫吃法国菜，沫沫在他的车上抱着他哭，求他不要喜欢上别人。他答应了，也遵守了承诺，他约萧薇吃了一顿饭，很郑重地告诉她：你是个很好的女孩，但我不适合你。

她问他为什么。

他的回答只有：对不起。

他以为一切已经说清楚了，却没想到感情不是说放就放，说收就收。更何况，萧薇不肯放弃，她从他的朋友那里得知他和家人决裂，得知沫沫"喜欢"他的一些事。

萧薇以为他的拒绝是因为家庭的压力，而非不喜欢她，便开始找一切机会接近他，希望他能够改变决定。看见萧薇那么执着，他也曾矛盾过，纠结过，只是他一想起沫沫的眼泪，就忍不住心疼，他不想失信于沫沫，不想伤害她脆弱的心。

大约半年后的一天，他和沫沫去逛街，萧薇又给他打电话，说了很多让人心疼的话。他送沫沫回到家里后，想起萧薇一个人在外面可能有危险，不免有些担心。

他听出电话里的弹唱声是学校附近的一家酒吧的驻唱乐队，便去了那家酒吧找她。

他远远看见萧薇坐在吧台前喝酒，目光不时瞥向酒吧的门口，还不停地看表。他看出她在等他，但他没有去找她，而是选了一个光线很暗的独立隔间坐下来。他本意是怕她遇到别有用心的男人，受到伤害。他只是想保护她，却不想那一晚他看见了不一样的萧薇。

　　她等了很久，不见他出现，彻底失望了。

　　有个男人约她跳舞，她不再拒绝，跟着男人走向舞池。她的舞姿很性感，吸引来许多男人，她就在那些男人中间穿梭不停，神情妩媚，有人猥琐地摸她的腰，她也只是以勾魂的眼神回应……

　　安诺寒喝醉过，也见过别人喝醉，他深知一个人即使喝醉了，也不会性情大变。更何况她跳的舞蹈性感撩人，那些动作绝非一时半日就能学会的。还有，她回应那些男人的调笑时，也是自然大方，显然是经历过很多次这样的场面……

　　他发现，自己从来不认识萧薇，或者说，他认识的，只是那个她想让他认识的萧薇。

　　那天晚上，他一直看着萧薇被人送回家，看着她独自上楼，才默然离开。

　　之后，他再没有和萧薇多说过一句话，心中对她再没有情感，仅仅在看见萧薇深情的目光时，心中缠绕着一丝愧疚之意。

　　毕业典礼那天，他听见萧薇说出那样的话，心里对她仅存的一点愧疚也都没了。他甚至有些感谢沫沫，感谢她当年及时阻止了他，让他没有和萧薇这样的女孩有了牵扯……

　　但是今夜，他听到沫沫说起萧薇，说她过得不好，愧疚好像又缠绕在心头了。不论如何，她曾经深爱过他，而他也确实伤害了她。

　　他拿出电话，打给在墨尔本的朋友，让他们帮忙打听一下萧薇在Heaven & Hell 的生活，如果可以，帮她离开那里。

第八章
相思成疾

沫沫又数着日子度过了一百天，终于等到了安诺寒回来的一天。

那天，沫沫在国际机场里看着从出口里走出来的安诺寒，激动得连话都说不出来。

一年未见，恍若隔世。他的样子和记忆中的没有丝毫改变，除了举手投足间多了几分优雅从容。

她想上去与他来一个深情的拥抱——像电视里一样。

安诺寒平淡而陌生的眼神从她身上扫过，拖着行李箱与她擦肩而过。欣然和他的爸爸妈妈，以及她的爸爸妈妈一一拥抱。

沫沫脸上的笑容僵住了，手指紧紧地捏着身上新买的裙子。

吸气，呼气，她对自己说：没关系，不就是没认出来我，没什么大不了的！

她走过去，扯扯他衬衫的衣襟。

正四处张望的安诺寒低头看看她，愣了一下，眼神由陌生变成惊讶，"沫沫？"

她点点头，微湿的睫毛眨了眨，勉强挤出点笑容："别跟我说你没认出来我！我会跟你绝交的！"

"你？"他从上看到下，又从下看到上。还把她转过去，前前后后看了一遍。

他很肯定地回答她：的确没认出来！

"你怎么瘦成这样？"

她白了他一眼，大声说："绝交！"

他不以为然地捏捏她气得涨红的脸："该不是想我想的吧？"

她又给了他一个白眼。

明知故问!

两对和谐的夫妻互相看看,欣慰地笑着。只有沫沫气得脸鼓鼓的,回去的路上一路都不肯说话。

"一年没见,你怎么瘦成这样,还长高了这么多,头发也长了……皮肤也白了!"安诺寒一路都在讨好她,她都装作没听见。

不过,当韩濯晨问她晚餐想吃什么,她想都没想就说:"我想吃鹅肝酱。"

她在心里补充一句:绝对不是因为安诺寒喜欢。

明明法国菜是很高雅很有情调的食物,安诺寒却吃得完全没有绅士风度,一直在看她,把她从头看到脚,又从脚看到头,好像在看着一个从来不认识的人。

沫沫认为忍无可忍,就无须再忍。

"喂!你有完没完,你不怕别人把你当成觊觎未成年少女的色狼,我还担心别人以为我提供特殊服务呢。"

两对夫妻又笑了,连极少笑的韩濯晨,都笑得露出整齐的牙齿。

好在服务生听不懂,茫然看着他们。

"我长得这么正直,不会有人误会。"安诺寒又把她搂过来,"来,让我仔细看看,你真的是沫沫吗?"

看他一脸难以平复的惊讶表情,她实在控制不住笑出来:"讨厌!"

这一笑,嘴便再也合不上。

一顿饭,她根本不记得自己吃了什么,只记得安诺寒神采飞扬地讲着他在剑桥大学的事情,讲英国人的特殊习惯,讲他第一次骑自行车的狼狈,讲他去便利店当收银员的糗事,讲他看超级联赛时的激动心情。

沫沫从他的神采里看出了他对那种无拘无束的独立生活的向往。

他快乐,她也会跟着快乐……

后来,他告诉她,他还要在英国继续读书,她也笑着点头。

不论思念多深,她再也不想成为他的牵绊。

吃完饭回家,沫沫还没想好借口去安诺寒房间和他多待一会儿,他先要求说:"沫沫,我这次回来住不了太久,你搬来我家住吧。"

"好啊。"

其实，她早在一周之前，就已经把自己日常用的东西都搬去了。

那个假期，她幸福得头都晕了。

每天早上，安诺寒把她从睡梦中叫醒。

"懒丫头，快点起床！"

"让我再睡会儿，求你了！"

她闭着眼睛死赖着不肯起床。

"好！"迷迷糊糊中，她能感受到他的气息，一直存在！

他看书，她也抱着日本的漫画书坐他身边看。

他闲暇时在电脑前浏览网页，她在宽敞的书房练习舞蹈，只为他偶尔抬起眼，欣赏一眼她的蝴蝶一般飞翔的舞姿，一眼足矣！

有时，她也会调皮地恶作剧一下，在他聚精会神地查资料时，她悄悄放下手里的冰激凌杯子，从背后把冰凉的小手伸进他薄薄的衬衫里，贴在他紧致的皮肤上。他因为意外的刺激大叫，她则开怀大笑。

等到安诺寒被激怒，捉住她，把她按在沙发上"蹂躏"，她也痒得大声尖叫，求饶，他才满意地笑起来。

到了晚上，他们躺在一墙之隔的床上聊天，聊半年多彼此的生活，聊到深夜，不知何时睡着。

清晨，沫沫悄悄溜进他的房间，微风掀动浅灰色的窗帘，一缕晨光照在他微蹙的眉宇上。沫沫抱着膝，坐在他身边看着他，一时间理不清的千种滋味涌上心头。

他睁开眼睛，看见她，吓得睡意全无，一下子从床上坐起来："沫沫，你怎么在这里？"

"我想你了。"

"想也不能随便爬上一个男人的床啊！"

沫沫低头看看自己的睡衣，再看看他刚刚睡醒，衣衫不整的样子，也觉得有道理。可她当然不能认错，只仰着头，义正词严地说："人家还是孩子，没长大嘛！"

……

他无语了。

见他下床拿了件衣服去浴室，她满心欢喜地躺在床上，哼着小曲，看着窗前的白色雏菊，那是她送他的。雏菊被照料得很好，含苞待放。

她就像这朵还未盛开的花苞，层层叠叠地纠结着，只为最美丽的绽放，她愿意努力长大，却不知道他是否愿意等待。

若是在她还小的时候，她一定会追着他问，得到满意的答案为止。现在，她不想问了，一部分原因是怕他拒绝，还有更多的原因，是不想再为难他。喜欢一个人是自由的，美好的，发自内心的，她不想强求，只想默默等待。

她正在发呆，安以风推开门，喊道："小安，吃饭……"

他难以置信地看着床上穿着睡衣的沫沫，转头又看看从洗手间冲出来的安诺寒："你们！你们？"

"沫沫早上……"他想要解释，安以风哪里给他解释的机会，立刻关上门，消失了。

然后，沫沫就听见安以风很开心的声音传来："别打扰他们，让他们再休息一会儿！"

看见安诺寒尴尬的脸，沫沫忽然觉得很好笑，她趴在床上大笑起来，笑得肚子都疼了，还是想笑。

安诺寒只有一个月的暑假。在这一个月里，他一直都陪着她，沫沫带他去了她的舞蹈教室，给他跳了一支难度极高也最好看的舞蹈。

舞蹈教室里，阳光直射进来，让整个屋子都暖洋洋的，沫沫给安诺寒找了一个绝佳的观赏位置，然后换上舞蹈衣，这是她这几天从网站上学的一曲中国古典水袖舞，红色的水袖，曼妙的腰身，将沫沫最美的曲线展示出来，安诺寒看着一袭红衣的她，惊讶得说不出话来，沫沫看着他的表情满意地笑了出来。

坚持了这么多年，她终于做到了。

沫沫的舞步轻盈，身段柔软，力量均衡，水袖在她的操控下，如同仙女的丝带，缭乱炫目，一次次抛起，稳稳地接住，沫沫像是一只展翅飞翔的蝴蝶一样，肆意挥洒她的美丽，她腾空而起，助跑，跳跃……

安诺寒靠在墙边，专注地看着她每一个动作，目光中不时流露出赞叹的神色。

沫沫在空中做了一个凌空翻身，水袖在她快要弯到地面的腰肢上完美地交叉，将她整个人包裹着，然后轻轻散开，一气呵成，美得炫目……

随着音乐的结束，沫沫喘着气，拿起了一瓶水，边喝边走到安诺寒面前，见安诺寒一动不动地盯着她，她忽然笑了出来。

"怎么了，小安哥哥，是不是看傻了？"

"我没想到你跳得这么好。沫沫，你真的变了。"

沫沫在他身边坐下，擦着额头的汗，说道："是因为你，我才会变。你知道吗，我刚开始学的时候，特别疼，后来疼得麻木了，都感觉不到疼了。很多时候，我拉伤了筋自己都不知道，一直把舞跳完了，才发现自己根本站不起来了。"

安诺寒皱眉："你经常受伤吗？"

"没，没有经常受伤，偶尔吧。"

"沫沫……"安诺寒忽然不知道该说什么好。

短短两年时间，沫沫已经变得他完全不认识了，以前，她依赖自己，是个快乐的小公主，现在的她，独立，有自己的想法，可爱又执拗，让人感觉她就像一只破茧而出的蝴蝶，随时可以振翅高飞。

他为她高兴，同时也为她有一丝心疼，心疼她为了成长而流下的汗水和眼泪，而这些时候，他都没有陪在她身边。

那么以后呢？他又想起那个不止一遍问过自己的问题：以后他想不想陪着她，一起经历那些成长的磨砺，在她最疲惫，最孤独的时候，给她一个温暖的拥抱？

这一刻，他的内心似乎有了明确的答案。

他想的，真的想了。

……

快乐的时光总是短暂，一个月的假期眨眼之间便过去了，他又要回去了。

安诺寒又走了，他坚持不许她去机场，说是怕她抱着他哭，不肯松手，耽误了飞机。

她考虑到有这种可能性，所以，尽了自己最大的努力，用最灿烂的笑容送他走出门。

"小安哥哥，保重！"她恋恋不舍地松开他的手，退后一步，跟他挥挥手。

他松开行李箱，紧紧地抱住她，他的拥抱不再像以前那么温柔，勒得她有点呼吸困难："沫沫，等我回来，最多三年，我一定能拿到博士学位。"

"嗯。"

见她点头，他松开手，拖着行李箱走向安以风的车。

车开远了，她跑到二楼去看，直到那辆车再也看不见。她拿出旅行时拍的照片反反复复地看，品味他们相聚的每一个时刻，她挑出其中最唯美的回忆放在他书房的相册里。

那时候，思念也是美好的，幸福的！

深秋，金黄的银杏树下，沫沫一手拿着电话，一手拿着她有生以来的第一封情书，一句句念给安诺寒听，尽管滚烫的文字让她有点难以启齿。

她好不容易忍着肉麻念完，结果他一点反应都没有。

"喂！你有没有听我念啊？"她不满地叫着。

……他还是没说话。

"安诺寒！"她第一次叫他的名字，蛮顺口的。

"嗯？什么事？"五秒钟后，他反应过来，"你叫我什么？"

"你到底有没有听我讲话？"

"有。"他说，"他的英文水平太差，很多语法错误。"

"人家是澳大利亚人呐！"她故意用很崇拜、很欣赏的口吻说，"据说他是英国贵族血统，金发，蓝眼睛，白皮肤，很帅的。"

"澳大利亚人也流行写情书？"

"他以为东方人喜欢含蓄嘛！"

"外国男人观念太开放，不适合你。"他冷淡地说。

"哦！"一点吃醋的反应都没有，苏越教她的"情敌刺激法"没有收到预期的效果。沫沫非常失落地收起情书。

"不跟你说了，快到上课时间了，我去上课了。"其实她选的古典文学课早已到了上课时间，同学们都进了教室，只有她在门外偷偷打电话。

"去吧。"

没有听出他的一丝不舍，沫沫克制住自己的不舍，挂断电话，匆匆忙忙跑进教室。课间休息时，写情书的帅哥不知道从哪里突然冒出来，坐到她身边的空位上。沫沫故意装作没看见他，低头看书。

"今晚的 Party 你能做我的舞伴吗？"帅哥询问她的时候，用充满爱意的目光紧紧盯着她，盯得她浑身不自在。他其实是个挺帅气的外国少年，可惜文化差异太大。他总是这样一天到晚约她出去玩，她拒绝一百次，还有第一百零一次，让她连喘息的机会都没有。

"我不去。"

沫沫一口回绝。因为安诺寒告诉过她，大学里的 Party 不过是为男人女人创造一见钟情的机会，她不想跟任何人一见钟情，所以从来不去。

"为什么不去？"

"我们文化差异太大，不适合一起生活。"死皮赖脸追男人是沫沫的强项，拒绝喜欢自己的男生，她确实没经验。

"我没想跟你生活，我只想跟你约会。"他不解地看着她。

沫沫气得半天说不出话。没被追求过，还真不知道被自己不喜欢的人纠缠是这样一种感觉！

缓了缓，沫沫耐着性子向他解释："我只跟会娶我的男人约会。"

"为什么？"

她哪知道为什么，安诺寒这么告诉她的。

"因为我不喜欢你，你懂了吗？"

"你没跟我约会过，怎么知道不喜欢我？"

"我有喜欢的人，所以不可能喜欢你。"

"这两个事情有关系吗？"

My God！她彻底被他的逻辑搞疯了。

沫沫被他纠缠得太烦闷，收拾东西离开了教室，谁知帅哥还是不屈不挠地追了出来，追问她晚上能不能去参加 Party。沫沫干脆不理他，一路脚步飞快地走过银杏林。

跑了一段距离，没见帅哥追上来，她好奇地回头看了一眼，看着他站在银杏树下，满眼流过水蓝色的光芒，明亮又清澈。

沫沫不禁恍惚了一下，蓦地想起了自己年幼的时候。

阳光明媚的沙滩上，她扯着安诺寒的袖子不松手："小安哥哥，你去哪儿？我也要去。"

"我去考试。"

"考试好玩吗？我也要去。"

安诺寒耐心地哄着她："考试一点都不好玩，不能动，也不能说话。

沫沫乖，我很快就回来，回来陪你玩捉迷藏，好不好？"

"好！"

她站在海边一直等，一直等，等到天都黑了，他还没回来。

海浪打湿了她的裙子，冰凉地贴在她的腿上，风一吹，她冻得直打寒战。

她的爸爸妈妈让她回去，她不肯，说安诺寒会很快回来。

后来，安以风发怒了，打电话把安诺寒狠狠骂了一顿，还说他要是十分钟之内不回来，就别再回来了。

安诺寒满脸大汗赶回来的时候，对着她深深叹了口气。

"小安哥哥！"她笑着跑过去，抱住他的腿。那时的她根本不明白那一声叹息里包含了多少无可奈何，现在她懂了。

原来，爱上一个不爱自己的人并不苦，因为只要想起他，哪怕听见他几句关切的问候，也会心满意足。而被一个自己不爱的人纠缠才是真正无奈的。

十几年了，水可以穿石了，安诺寒是怎么忍受着她没完没了而且幼稚可笑的啰唆和纠缠的？

他是否也会有种想要一头撞死在大树上的冲动，他是否也想化作一缕青烟销声匿迹，只为摆脱她的纠缠？

爱一个人，是该让自己快乐满足，还是让他不感到无奈和束缚？对她来说，这真是一道很难解的题目。

后来，沫沫去参加了 Party。倒不是因为帅哥的死缠烂打，而是苏越告诉她，这次的 Party 选在一个很有格调的酒吧，酒吧里的驻唱"诚"会有表演。

诚这个名字沫沫听过不知道多少遍，他是一个中澳混血儿，一般的混血儿长相都会结合两种血统的优点，诚恰恰就是一个最完美的基因组合。他不仅外表长得吸引人，听过他歌声的人都说，那是能绕梁三日的天籁之声。

难得有机会见识一下，沫沫当然不会错过。

今日的酒吧与往日不同，灯火通明，美女如云，大概都是想见识一下传说中的诚。

音乐声一起，热闹的 Party 安静无声，帘幕缓缓拉开。

一个抱着电吉他的男孩儿站在舞台的正中间，身后是为他伴奏的乐队。

诚有一头墨色的直发，一双棕色的眼睛，他的肤色是一种毫无血色的白，显得他的双唇格外的红，再加上他身上有一种欧洲贵族的气质，目空一切的矜贵——这种感觉与安诺寒有几分相似，但是安诺寒只是平时看上去清冷一些，一笑起来就会特别温柔。诚看起来是骨子里的孤傲，不喜欢别人靠近。而他一笑起来，有种邪恶的美感，会让人立刻联想到一种非常性感的生物——帅得要命的吸血鬼。

"It won't be easy……"（那并不容易……）

歌声一起，沫沫激动地站起来。

这才叫音乐，这才叫歌声，空灵高远，响彻在人的心灵深处。

她闭上眼睛，用心灵去倾听。

当他唱道："Don't cry for me, Argentina! The truth is I never left you."（阿根廷，别为我哭泣！事实上，我从未离开过你。）

那高亢又忧伤的声音仿佛是一个人从内心深处嘶喊出的深情，沫沫感动得流下眼泪。

这首《阿根廷，别为我哭泣》是安诺寒最喜欢的一首歌，阿根廷在球场上输球的时候，这首歌在球场上放起，悲怆的歌声让所有的球迷都落泪了，从此安诺寒喜欢上这首歌。

沫沫为了他，特意去找她的音乐老师学这首歌，而且一有空就去音乐教室反复练习，常常唱到嗓子哑了还想继续练习，她一直希望有一天，她可以站在他的面前，为他唱这首歌，告诉他：I love you and hope you love me……The truth is I never left you.

所以她听到这首歌会动情，会深深爱上了诚的歌声，爱得无法自拔。她当时就做了个决定，要拜诚为师，跟他学唱这首歌。

沫沫用尽全力挤到最前面，挥手想要引起他的注意，也没有获得诚的一个眼神。

Party 结束后，沫沫在家里哼歌哼了一个晚上，激动的心情始终没法平复。安诺寒给她打电话的时候，她还沉浸在歌声中。

她根本不给安诺寒说话的机会，一个劲儿地、不遗余力地在他面前形容着诚的歌声有多么动人，所有她能想到的形容美的词汇她都用上了，还是觉得不足以表达出她的感受。

他问她："周末快到了，你有什么打算？"

"我想去跟诚学音乐，你说他会不会愿意教我？"

他沉默了近半分钟，才说："只要你有诚意，他会的。"

"如果他不教我呢？"

他又停顿了好久，估计是在思考："你可以唱歌给他听，你的歌声一定能打动他。"

"好！"她担心安诺寒烦她，压下还想跟他啰唆几句的欲望，说，"那你忙吧，明天再聊！"

"好吧。"他挂了电话，连拜拜都没跟她说。沫沫吐吐舌头，看来他是真的不耐烦了。

从小到大，沫沫喜欢过很多歌手或者舞者，仅限于喜欢而已，有时间会关注一下，忙起来就会抛到脑后。但是诚不一样，或许是因为近距离的接触，或许是因为他拒人千里之外的冷漠，他像是有一种特殊的魔力，总是吸引着她。

她开始多方打听诚的消息，得知诚是苏格兰音乐学院的学生，他从小就有音乐天赋，三岁开始就学习唱歌，直到现在。他的家庭环境很好，他在酒吧唱歌并不是为了赚钱，只是想唱歌而已。所以他每周只有两天在酒吧里唱歌，而且只唱一首。

她了解了他，再去听他唱歌，更感觉他的歌声有种纯粹干净的美好。无论是哪种语言的歌曲，被他偏中性的嗓音唱出来，都能让沫沫有种心灵深处的共鸣，有时她还会感觉自己的心都被他的歌喉撕成一片一片。

自从沫沫疯狂地迷恋上诚的歌声，她每次都拉着苏越陪她去酒吧听诚唱歌，风雨无阻。有一次，她终于鼓足勇气挤过人群，追上诚，想和他认识一下："对不起，打扰一下。我叫韩沫，我非常喜欢听你唱歌……"

诚视若无睹地从她身边走过去，连一个礼貌的微笑都没给她留下。

纠缠人的功夫她早已练得炉火纯青。

她追上去，拉住他的衣袖："我没别的意思，我想跟你学唱歌！"

他一下甩开她，一身不容侵犯的高贵。

她还要再说话，他已经走了。见诚走远，她大声唱起那首《阿根廷，别为我哭泣》。

可惜诚仅仅看了她一眼而已，除此之外没有任何反应。

沫沫失落地走出酒吧，路上接到安诺寒的电话。因为心情有些失落，她的声音听起来也有气无力："小安哥哥。"

"怎么了？心情不好？"他马上敏锐地察觉到她的心情不好。

"诚根本不理我，我唱歌给他听，他连看都不屑看我一眼。一定是我唱的太难听，我的歌声对他来说根本不堪入耳。"

"你想学音乐可以去找音乐学院的老师，那里有很多有才华的老师。"

"可我只爱他的歌声，我只想跟他学。"

安诺寒又沉默了很久才说话："你试试用钱吧。你跟他说你可以付学费，多少钱都无所谓。"

"他看上去不是那样的人啊。"

"不试试怎么知道不行？"

"好吧。"既然他愿意在酒吧驻唱，应该也不是视金钱如粪土的人。她决定试一试。

两天后，沫沫又去找诚，她追着他说："我可以付学费给你，多少钱都无所谓。"

诚站住。

她欣喜地跟上去。

诚回头看她一眼，那一眼格外不屑和厌恶："不是什么东西都可以用钱买的！"

她意识到她说错了话，可是收回已经太迟，诚根本没给她说第二句话的机会，快步离开。

……

后来的两个月，安诺寒的电话越来越少，聊的时间也越来越短。沫沫知道他为了毕业，总是通宵达旦地准备报告，她不忍心打扰他。反正他也根本没有时间关心她的生活，更没有心思参与她拜师学艺的"伟大事业"。

她多少有点被冷落的悲凉，但一想起安诺寒毕业之后就会回到她身边，与她朝夕相对，她悲凉的心情又转化为无尽的期待。

至于她拜师学艺的伟大事业，可谓一部辛酸史。

　　她一有机会就去酒吧找诚，唱歌给他听，诚仍旧不看她，不过停留的时间越来越久。

　　有一天，沫沫冥思苦想出一个好办法。她包下酒吧的全场，空寂的酒吧里，她为他弹了一曲从八岁开始学的钢琴曲《命运》，那是她背着安诺寒偷偷学的，为了有一天学成之后，给他一个惊喜。

　　用近十年时间练的唯一一首曲子，华丽的音符，纯熟的技巧，融合着她从小到大倾注的无限深情，这首钢琴曲怎能不感动人？

　　诚那种孤傲的男人也被她打动了。

　　他用中文告诉她："韩沫，你下周六来我们学校的发声教室等我。"

　　"哪个发声教室啊？"

　　他没有回答，转身就走了。

　　男神，果然都是这么的酷！

　　每个周末，沫沫都会被司机接回家里住，这个周末也不例外。周六早上，沫沫很早就爬起来准备，早饭时间，已经整装待发了。

　　她的妈妈看见她下楼吃饭有些意外："今天怎么这么早起床？"

　　"和朋友约好去练声乐。"

　　韩芊芜若有所思地看了她一眼，并没有追问。沫沫在心中窃喜，好在她老爸最近去外地处理一些意外事故，否则她这点小伎俩哪能骗得过她精明的老爸。

　　沫沫收拾好东西，去了苏格兰音乐学院。她先按照网上下载的音乐学院教室分布图圈好每一个练习发声的教室位置，然后挨个地找。

　　一个上午，她大汗淋漓地找遍所有的教室，一无所获。

　　下午，她又挨个教室找……还是一无所获。

　　天快黑了，她仍不甘心，又一次找遍所有教室。

　　在她累得筋疲力尽的时候，她在一架有钢琴的教室找到了诚。他坐在钢琴前，指尖跳动的音符单调而生涩，但他弹得非常认真……

　　她笑了："我知道你不会骗我！"

　　诚略微有些惊讶，幽深的眼眸，看不出，猜不透。

　　"我……"她忽觉眼前一花，四肢一软，整个人无力地倒下去。

　　闭上眼睛时，她嗅到了诚身上的味道，像罂粟花一样诡秘……

　　醒来时，她躺在地板上，身下铺着诚刚刚穿着的外衣。她撑着身体坐起来，全身都是沉的，四肢酸软无力。

"我晕了很久吗？"坐在钢琴边的诚看向她，眼眸中的金色是像洒在彼岸花上的阳光。

"对不起！"他真诚地对她说。

她慌忙解释："都是我不好，我来得太晚了。"

"你今天一定累了，我送你回家吧。"

她紧张地站起来，表达自己的诚意："我真的很喜欢你的歌声，我是真心诚意地想跟你学习。"

他看着她，眼眸中的金色有些暗。

"好吧。下周六下午一点，我在这里等你。"

"谢谢！谢谢！"

……

后来，诚送她回家。一进家门，沫沫发现她的老爸已经回来了，冷着脸站在窗边，她的妈妈坐在摆满饭菜的餐桌边，忧虑地看着她。

她有种不祥的预感。

"他就是诚？"韩濯晨沉声问。

她自知犯了错误，俯首认错："嗯，你怎么知道？"

"你到底去哪了？你知不知道小安给你打了几十个电话，你都没接。"

几十个电话？不会啊！她刚刚在车上明明看了手机，根本没有未接来电的显示。

哦，可能是诚帮她按的取消键。

"我……我没听见。"她小声说。

"你想学音乐，我可以送你去音乐学院，给你找最好的老师。"

"我喜欢诚的歌声。"她坚持说，"我从没听过任何人的歌声会像他的那么真挚，那么动人。他不是在用声音唱歌，他是在用灵魂……我一定要跟他学。"

她求助地看向她的妈妈，没想到她的妈妈表现得不赞同。

"沫沫。"韩芊芜说，"我们是担心他对你有非分之想，你太单纯，万一吃亏……"

沫沫说："怎么会？能演绎出那么纯净的音乐，他的心绝对不可能沾染污秽。"

　　韩濯晨果决地表态："总之，我不许你跟他学。"

　　"你怎么不讲道理！"她义正词严地抗议，"小安哥哥比你讲道理多了！"

　　"你怎么这么任性？都是小安把你宠坏了！"

　　"子不教，父之过！你干吗把责任推给别人？"

　　韩濯晨气得无话可说，无奈地揉着眉头。

　　"我不跟你说了，我先去给小安哥哥打个电话，免得他担心。"

　　"你——"韩濯晨喊住正欲上楼的沫沫，"你吃没吃晚饭？"

　　她摇头，故意装作很可怜的样子："我午饭还没吃。"

　　"打完电话，下来吃东西。"

　　沫沫对他做了个可爱的鬼脸："老爸，还是你最疼我！"

　　顺利搞定了老爸，沫沫走进房间，关上门，给安诺寒打电话。电话还没响起等待音，安诺寒已经拿起电话，他的声音有些紧张："沫沫，你刚才去哪里了？"

　　"对不起，我刚刚没有听到你的电话。"

　　"你去哪里了？"

　　她老老实实地回答："我跟诚去学唱歌了。"

　　"学到现在？"

　　"嗯。"因为不希望他担心，所以她没有提晕倒的事情。

　　"我爸爸不同意我跟他学唱歌，你能不能帮我跟他说说情？他一向最喜欢你，你说什么他都会同意。"

　　安诺寒又沉默了。他最近这段时间总是这样，说话的时间远比沉默的时间短。

　　"好。我一会儿给他打电话。"

　　"谢谢你！小安哥哥，我就知道你会帮我的！"

　　安诺寒从未让沫沫失望过，这次也不例外。他一通电话不知讲了什么，韩濯晨同意她每周六下午跟诚学两个小时音乐。

　　当然，有前提条件。

　　首先，韩濯晨对诚的背景做了一些了解，知道诚的家世清白，酷爱音乐，生活自律，虽然经常在酒吧唱歌，但是从来不流连声色犬马的夜生活。

　　诚的英文名字叫 Vincent，他的父亲住在澳大利亚西部，是个贵族的后裔，生母是个中国人，已经亡故，继母是个很年轻的澳大利亚人。诚在苏格兰音乐学院读书，成绩非常优秀，受到很多教授的赏识。由于个性孤傲，朋友并不多，但认识他的人都说他是个非常有教养的人。

韩濯晨对这个调查的结果比较满意。不过，出于安全考虑，他还是派了一个既懂中文又懂英文的保镖陪着沫沫去学。保镖非常尽责，每次她和诚学习唱歌的时候，他都目不转睛地盯着诚的一举一动。

沫沫由衷地认为封建社会都没有这么保守的老爸。

就这样沫沫如愿以偿，她自然学得非常努力。除了上课时间，她时时刻刻都在练习着诚教她的东西。她对音律的天赋，她纯净的嗓音，她的努力，以及她丰富的情感世界，让她的歌声越来越动听。

渐渐地，诚对她不再冷漠，他越来越用心地教她。如何用气，如何用声带震动演绎出张力与阻力，如何运用二度颤音和三度颤音……他都会为她讲述得非常清楚，一遍遍为她示范。

有时还会赞赏地鼓励她，说极少见过她这么有天赋又肯努力的女孩。

有一次，诚请她为他弹一段钢琴，她弹完之后，诚对她说："我觉得你是个有故事的人，我喜欢有故事的人……"

她笑着说："我的故事很简单，我很小就爱上一个人。我听说他每次不开心，都喜欢听我妈妈弹这首曲子，我就很想学会这首曲子，以后弹给他听……我还希望有一天，我们结婚了，我婚礼上为他弹这首曲子，或者，他和别人结婚，我也会在婚礼上为他弹奏一曲……我想让他知道，只要他开心，我什么都愿为他做！其实，我跟你学唱歌也是为了让他听得到我心里的声音，我希望有一天我能唱给他听……"

"你很爱他？"诚的表情有些不自然，但没有任何嘲笑的意味。

"你为什么不笑我幼稚？"

"音乐是一种表达和宣泄情感的倾诉方式。在音乐面前，每一种感情都是宝贵的，不该被嘲笑。"她被他的话深深感动，这也许就是所谓的共鸣吧。

"他总说我年纪小，根本分不出什么是喜欢，什么是爱……不是我不懂，是他不能理解。"如果安诺寒也能和诚一样懂音乐，该有多好。

诚的眼光闪动一下，语气充满感慨："他不懂你，又怎么会爱你！"

　　"所以我在努力让他了解我，我相信他总有一天会懂的。"

　　……诚看着她，眼睛里像是有很多情绪，只是情绪，不是情感。

　　"你是不是觉得我很傻？"

　　"不是……"

　　她刚要说话，她的保镖提醒她时间到了。

　　她悻悻地离开。

　　诚似乎很喜欢跟她聊天，每次教完她唱歌，都会留下十几分钟和她聊聊天。

　　她也喜欢和诚聊天，因为诚的眼神总是那么认真，在诚的面前她不再是个小孩子，她有种被尊重、被理解的感觉。

第九章

小安哥哥的逃跑计划

安诺寒回到英国后，两年没有再回来，那是沫沫度过的最漫长的两年，尽管她每天都很忙碌，时间已经被忙碌分割得七零八落，却还是过得很慢，很慢。幸好，她每次忍不住思念的时候，就可以去找诚。和诚一起唱歌，一起弹钢琴，她才能把心里所有的情绪都释放出来，她才能坚持等下去。

在等待中，沫沫终于长大了，她已经十八岁了，真正地成年了。

十八岁生日那天，她凌晨时分就开始抱着电话等着安诺寒生日的祝福，可是等到了天亮，也没有他的消息。一整天，她不论上课时间，吃饭时间，都把电话放在眼前，时刻关注着，总以为他下一秒就会打给她，可是她始终没有等到。

直到下午五点多，他还是没有打电话给她。沫沫终于按捺不住，想打电话再次提醒他，谁知他的手机关机了，她连续打了好多遍，都是关机。

她知道这段时间安诺寒正在忙着毕业，又要修改论文，又要忙着和同学告别，又要办理一些手续，忽略一些无所谓的琐事也很正常。反正她的生日年年都要过，忘记一次两次也无所谓。

可她心有不甘，想最后一遍拨通安诺寒的电话，关机。再最后拨一次，仍是关机，再最最最后……留给她的还是失望。

银杏树的叶子落了满地，暮云遮住了太阳，灰蒙蒙的太阳在云层中散发着苍凉的光。这个时间，来接她的司机应该已经在门口等她了。沫沫看着即将没有电的手机，终于放弃了，她把手机放回书包里，走出学校。

今天虽然不是周末，但却是她的生日。一个月前，她的妈妈就告诉她，让她今天一定不要约别人，一定要回家过生日，因为他们为她准备了惊喜。

沫沫走到门口，远远便看见了负责接送她的车，她朝着车的方向刚走了两步，有一辆红色的跑车忽然开到她的面前，停下来。

车窗摇下来，诚对她勾勾手指："沫沫，上车。"

"诚？你找我有事吗？"

"为你庆祝生日。"他笑着说。

"可是……我要回家，我爸妈在等我回去过生日。"虽说此时此刻，她对任何惊喜都提不起兴致，她仍不愿扫了他们的兴。

诚的表情有些失望，眉头微微一皱，沉默了一下，又神色郑重地问她："能不能给我一小时，我有些话想跟你说，很重要。"

看他的表情似乎真有很重要的事情，沫沫想了想，一个小时也不算多，便同意了。她本想让司机先回去，她和诚谈完了，自己回去，但司机坚持要跟着她一起，以免她遇到危险。沫沫不想难为司机，让司机开车跟在诚的车后面。

让她意外的是，诚带她去了 Heaven & Hell。

她不喜欢这里，非常不喜欢，因为她站在门前就想起萧薇，想起一个圣洁的女孩从天堂堕入了地狱。

诚见她不走，轻轻拉拉她："走吧。"

她看看时间，已经过去了半小时，她不想再浪费时间，于是跟着诚走进去，在服务人员的引领下，走进一个房间。

房间很宽敞，却没有灯光，只有几丝微弱的阳光透过窗帘照进来，映出房间内复古的暗红色陈设。

她蓦地有些不安，想要转身离开，却被诚拉住。

这时候，生日歌的音乐响起，女服务生推着小巧精致的生日蛋糕走出来。

可能是这种情景经历得太多，沫沫并不觉得有什么喜悦，只礼貌地浅浅一笑，说了句："谢谢！"

蛋糕放在她面前，红色的烛火下，簇满玫瑰的蛋糕上写着一句让她非常意外的话："I love you ！"

这句表白来得太过意外，沫沫一时没有反应过来，愣了一下。她的脑中还闪过一丝念头，可能诚并没有那个意思，是她理解错了。可是这句话，还有别的意思吗？

"你？"她没有去吹蛋糕上的蜡烛，而是惊讶地看着面前的诚，希望他能给她一个合理的理由，让她相信是自己理解错了。

"我爱你！"

"啊？"沫沫被惊呆了。

这两年来，她经常和诚在一起唱歌，起初她只跟他学一些唱歌技巧，后来两个人就开始交流对音乐的想法，再后来，他们就像朋友一样相处，有时也会谈谈彼此的生活，分享各自的回忆。她和诚有共同的爱好，也有许多共同的话题，自然而然就成了关系很好的朋友。

苏越看她和诚经常在一起，曾问过她："你是不是喜欢上诚了？"

沫沫被问得一愣，脑子里忽然闪过她和诚相处时候的点滴，他们在一起的时候，她似乎真的很快乐，发自内心的轻松和愉悦。

她是不是喜欢上诚了？这个问题困扰了她好多天。直到她接到安诺寒的电话，隔着遥远的距离听着他低沉的声音，她激动得在房间里走来走去，张开嘴却不知道说什么好。

她忽然明白，她喜欢诚，喜欢他的歌声，喜欢他的性格，也喜欢他对音乐充满热情，执着坚持，但只是喜欢而已，安诺寒才是她心中最美的那道白月光，永远抹不去，放不下。

为了和诚保持距离，她始终都称诚为老师，在她的心目中，也是把他当作老师一样尊重。她从未想过诚会喜欢上她，但是现在，他站在他面前，说出这三个字，很多记忆中的场景一下子涌到她的脑中。这段时间，他们一起唱歌时，诚望着她的眼神，嘴角的笑意确实有些不同，与他望着别人不同，也与他过去不同。

一时间，她不知道该说什么，憋了好久，才憋出一句："我……我有喜欢的人，我很爱他。"

"他也爱你吗？"

这一句话正好踩中沫沫的痛处，她心中一酸，眼泪差点落下来。

他不爱她，如果有一点喜欢和在意，他都不会忘记她的生日。

她避开诚锐利的目光，转眼看着闪动的烛火，试图解释："我还小，等我长大……"

"不！你不小了。"他棕色的眼睛里跳动着红色的烛火，"你已经长大了，是他读不懂你丰富的内心世界，不懂你的坚持，你的执着，你的热烈……"

沫沫的眼睛一眨不眨地盯着蜡烛，蛋糕上落满红烛的眼泪。

"我才是懂你的人，只有我才能听懂你的琴声！"诚的双手轻轻搭在她的肩上，想要靠近她，她急忙推开他，连续退后了两步。

"诚，谢谢你对我的感情，对不起，我该走了……"

这样的环境，这样的表白，让她十分慌乱，她无法去考虑其他，只想快点离开这里。她转身刚走到门前，听见门外响起服务生异常恭敬的询问声："有什么可以帮您的？"

"我找人。"回答的话带着字正腔圆的英式发音。

服务生迅速拉开门，态度恭谨地躬身做了个"请进"的姿势。

逆着门外的光，一个沉静的身影走进，她看不清他的脸，只看出是一个男人，气宇不凡。黑暗给了他深沉的身影，深沉的脚步……

有人说，太思念一个人，就会产生不切实际的幻想，这是真的，此时此刻，沫沫竟然觉得走向她的人像极了安诺寒。

他越来越近，他的轮廓越来越清晰，她不敢眨眼，怕一眨眼，幻影就会消失。直到他站在她面前，在跳动的红烛中打量了一番诚，又看看桌上的生日蛋糕。

他笑了，笑得云淡风轻："我打扰你们了吗？"

沫沫愣了愣，猛然意识到这一切都是真实的。她兴奋地冲到他面前，抓住的手臂，确认他是有温度的，他是真实的。

"小安哥哥？你怎么会在这儿？"她有点怀疑这是在做梦，因为只有在梦境里诚才会莫名其妙地对她表白，安诺寒才会如此突然地出现在她面前。

"我刚下飞机，晨叔叔告诉我你在这里。"

沫沫顿时醒悟过来，难怪安诺寒的手机始终关机，难怪她一大早出门时，她的爸爸神神秘秘地告诉她要给她个惊喜，"惊喜"两个字他咬得特别重。

真的是个惊喜，她惊喜地扑到他怀里，他的气息，他的温度，如此熟悉，如此真实。

安诺寒回来了，在他最忙碌的时候，回来为她庆祝生日。任何话语在这一刻都变得微不足道，任何形容词都无法表达她此刻的惊喜。

安诺寒拍拍沫沫因为激动而起伏不定的背，待她平息了激动的心情，退出他的怀抱，他才伸出右手，伸向诚，用中国传统的礼节向诚自我介绍："您好，我是安诺寒。"

在安诺寒的面前，诚的态度极为傲慢，不疾不徐地站起来，缓慢地伸出手时只说了一个字："诚！"

他的语调仿佛十分肯定对方听说过他。

诚的右手刚伸到半空，安诺寒却收回手，嘴角轻扬："很抱歉，我不知道你不懂中国礼节。"

诚装作用右手扯了扯自己的平整衣袖，目光十分傲慢地从上到下看看安诺寒："原来你就是安诺寒。我还以为你有什么与众不同的地方，也不过如此而已。"

"当然，比起你这种擅长在舞台上表演的男人，我的确只适合坐在台下当观众。"

诚的眼神骤然变得冷冽起来，安诺寒并没有回避他的目光，反而半眯着眼睛看回去。

诚的脸上渐渐浮现出怒意，而安诺寒陷入了沉默。

二人长时间的对视，沫沫再迟钝也能感觉到浓重的火药味。

她急忙出来解围："小安哥哥，很晚了，我们回家吧。"

安诺寒看一眼沫沫，再次看向生日蛋糕，薄唇轻抿："好吧。"

见他说好，沫沫迫不及待拖着安诺寒的手逃离了火药味十足的房间。她却不知道，她这样息事宁人的举动，在特定的时刻，在特定的人眼里，会变成心虚的表现。至少，安诺寒是这样认为的。

沫沫急切地拉着安诺寒走出房间，突然僵住。因为她看见萧薇靠着暗红色的墙壁站在他们对面，红色的短裙像鲜血一样刺目，诡异的笑意在她嘴角泛起，含着一种深深的怨怼。

真是最不恰当的时候出现了最不该出现的人。

看见萧薇，安诺寒的脚步一滞，表情极为复杂，有震惊，有失望，也有痛心，但这些情绪也只是在他眼中一闪而过，很快便消失得不留痕迹了。

"真巧啊！"萧薇半讽刺、半感伤地说，"好久不见！"

安诺寒没有离开，也没有说话，这种情形下任何对白都是苍白的。

诚从房间里追出来的时候，看见这一幕，似乎明白了什么，抱着双臂倚门站着，意兴盎然地看着这"精彩的一幕"。

安诺寒看了一眼诚，轻轻搂着沫沫的肩膀说："我们走吧。"

回家的路上，安诺寒专心开着车，沫沫专心看着窗外飞快晃过的一棵棵苍松。

"你不是跟我说你只和诚学音乐，没有其他吗？"安诺寒问。

"我真的没想到他会喜欢我。"

安诺寒的嘴角动了动，看向倒后镜的方向。

"你不相信我？"沫沫有些急了，"小安哥哥，我说的是真的，我没骗你，你要相信……"

不等她说完，他打断她的话："以后别再跟诚学唱歌了。"

沫沫没有反驳，转过脸，望向窗外，冷风吹乱她的发丝，刮痛她的脸。

相处的十几年，安诺寒对她有求必应，同样的每当安诺寒态度坚决的时候，她也从来不敢反驳。况且，今天诚向她表白，她以后也确实不知道该怎么面对他。

两个人回到家时，他们两家人已经聚齐了，韩芊芜和司徒淳正在喝咖啡聊天。

韩濯晨和安以风则坐在沙发上谈事情，表情十分严肃。

韩濯晨拿着烟的手一颤，烟灰落在了烟灰缸的外面："你确定？"

"我查得很清楚。"安以风说。

韩濯晨捻熄了烟，点点头。

"爸爸，妈妈，风叔叔，小淳阿姨……"沫沫低着头走进门，和房间里的人一一打完招呼，低头朝着楼梯的方向走，"我上楼换衣服。"

正在和安以风谈事情的韩濯晨随意扫了一眼她，继续和安以风说："我明白了。"

"需不需要我帮忙？"安以风随口问，目光已经转向安诺寒，笑着对他竖了竖拇指。

"不用！我自己处理。"

沫沫根本没心思关心他们的话题，快步跑上楼换衣服。等她换好衣服下楼，安诺寒已为她一根根插上生日蜡烛，点燃。

她数了数蛋糕上的蜡烛，刚好十八根。

安诺寒浅吻她的额头，笑着对她说："恭喜你，终于成年了！"

"谢谢！"

她凑近蛋糕，刚要吹蜡烛，忽觉手腕一凉。她好奇地低头，安诺寒已将一块手表缠绕在她手腕上，手表的款式是最普通的圆盘形，没有任何可爱的坠饰，也没有唯美的图案。纯钢的表链，宝蓝色的表盘，十二个时区用细碎的钻石镶嵌而成，烛光下细碎的钻石光华夺目，稍稍有点俗。唯一称得上特别的就是手表没有秒针，每一秒钟，都有个小小的心形图案在跳动。

见她的反应十分平静，安诺寒问："不喜欢吗？"

"不是。"他送她什么她都喜欢，哪怕是再普通的礼物。

安诺寒想说什么，听见大家催促说："蜡烛要灭了，快点吹吧。"

他就没再说什么。

沫沫闭上眼睛，双手合十，在心里许下年年如是的生日愿望："我希望他会喜欢上我。"

然后，对准蜡烛，一口气吹下去……

她的十八岁生日，就在这跌宕起伏的情绪中度过了。这时候的她，什么都不愿意去多想。不去想以后怎么面对诚，不去想安诺寒看见萧薇是怎么样的心情，甚至不去想她和安诺寒的未来会怎么样，她只想这么看着眼前的人，在心里默默记住他脸上的每一处细微的变化。

那天晚上，沫沫继续保持以往的作风，厚着脸皮赖在他的家里不走，大家也都习以为常，没人管她。

她住在安诺寒的隔壁，因为隔音不好，她躺在床上，能清晰听见安诺寒上床的声音，还能够清晰听见他的说话声："沫沫，睡了吗？"

"没有，没有。"她立刻爬起来，靠在床头，尽量让耳朵贴近墙壁。

短暂的沉默后，她听见安诺寒问："我听说，你这两年和诚走得很近，是吗？"

"嗯，我和他学唱歌了。"

"只是学唱歌吗？"他又问。

沫沫仔细想想，那些从未在意的相处场景忽然就出现在脑海里。她想起自己每周去酒吧听他唱歌，他唱完歌以后请她喝一杯饮品，那是他让调酒师专门为她调制的，叫"长大"。"长大"并不好喝，却有一种特殊的滋味。它的最上层是白色的牛奶，醇香浓郁，中间一层是草莓果肉，酸中略带清甜，最下层是初发酵的葡萄……整体的色泽白红紫渐渐过渡，味道也从奶香，酸甜，慢慢过渡到酸涩，尤其是最后一口，入口辛辣，越回味越苦涩。

诚告诉她，那就是长大的味道。

她不喜欢那个味道，但喜欢那个名字。

她除了听诚唱歌，也会把新学的舞蹈跳给他看，让他点评。诚小时候也学过舞蹈，现在很少跳，但基本功还在，欣赏水平也很高，对她的舞蹈动作点评得非常精准。同样地，她听诚唱得多了，也能听出他歌声中的一些小瑕疵。长久的相处，他们像是师生更像是知音。

"沫沫？"安诺寒没有等到她的回答，唤了她一声。

"嗯。"她不想安诺寒误会，忽略掉回忆起的相处细节，只简单地说了一句，"只学唱歌。"

他没再问其他，说了句"早点睡吧。"就再没了动静。

第二天，沫沫原本约了苏越去练习室，想爽约的理由想得眉头紧锁。安诺寒一眼就看出她有心事："怎么了？遇到什么麻烦的事情了？"

"没有。就是在想怎么和学姐解释，今天不去练舞了。"

"为什么不去了？"

沫沫抬眼看他，对他眨了眨无辜的大眼睛。他居然问她为什么不去。这还用问吗？

"哦。"安诺寒秒懂了，"我刚好没什么事，我陪你一起去。"

"好啊好啊！"沫沫忙点头，她怎么没想到这么两全其美的方案。

上午，安诺寒陪她去练舞，苏越朝沫沫挤眼睛挤得都快抽筋儿了，沫沫还是一副视若无睹的表情。临走时，苏越终于逮到说话的机会，在去浴池的路上，撞了她一下，笑问："这就是你的小安哥哥啊？"

"嗯。"

"我现在明白你为什么单恋这么多年还在坚持了。"

沫沫忍不住低头一笑。

"帅得这么有安全感的男人，真少见。"

安全感？沫沫不知道苏越怎么看出安诺寒有安全感，反正她跟他在一起这么多年，心里就从来没有踏实过。今天下午，安诺寒坐在电脑前研究报告。沫沫趴在他的书桌上，小心地把生日晚餐上拍的照片放进影集，照片里安诺寒轻吻着她的额头。

挺岁月静好的时刻。

沫沫偷偷抬眼，看向他的唇，昨天的轻吻又在她脑海里回放，她的心跳骤然加速，血脉有丝丝抽痛。

安诺寒看看发呆的她："有话想说吗？"

"啊！"她摸摸嘴边，还好没有口水流出来，"你晚两天再走行不行啊？"

他的表情有些为难："我的论文还差一些数据，我预约了试验，明天要回去做试验数据。"

"哦！"

见她满脸不舍，安诺寒捏捏她的脸："舍不得我走啊？"

"嗯！"

"我很快就回来了……"

"什么时候？"

"叮！叮！叮！"电脑响起一声社交软件的消息提示音。

安诺寒随手点了一下，消息打开，一张图片在电脑屏幕上展示出来，她好奇地凑过去看。

沫沫此刻真希望自己是个瞎子，那样就可以看不见任何东西，可惜她不是……

她清楚地看见照片上的画面，安诺寒和一个女孩儿坐在花园的长椅上，女孩儿靠在他怀里……

她还没来得及看清，安诺寒迅速地关闭消息，脸上难掩愤懑之情。

沫沫笑笑，又笑笑。

没有眼泪，也没有伤心，她的内心出奇的平静，死亡一样的平静。

"她是我的学妹，我们没什么，只是普通的同学关系。"安诺寒向她解释。

"嗯，我明白，我不会误会。"

她当然不会误会，她是小，但她不是白痴。一男一女在花园里这样依偎，不是谈恋爱，难道是在讨论学习？

他还要解释，手机响了。

他接起来，不悦地问："你搞什么？怎么拍这种照片？"

电话里传来一个男人的笑声："不关我的事，有人传到网上的！我特意转给你看看！"

安诺寒的脸上都是怒意："我不是告诉过你，不要多事，你……"

电话里的人还是满不在乎："哈哈？！这回人赃俱获，看你怎么抵赖！人家跟你没名没分这么久，你这人也太……"

安诺寒捂住电话，走进里间的书房，关上了书房的门。

沫沫犹豫了一下，又点开他的消息，点开照片。

这一次，她看得很仔细。

幽静的花园，安诺寒和一个女孩儿坐在长椅上，女孩儿很美，是那种知性的、文雅的美，她闭着眼睛靠在安诺寒的肩上，腮边挂着未干的泪。璀璨的星空下，他们依偎在一起的画面唯美而浪漫。

沫沫关上照片，社交软件上又跳出一条信息提示，显示"苏深雅"有一条消息发过来。

沫沫点开，一段深蓝色的文字出现在电脑屏幕上。

"安，我决定留下来继续读博士，和你读一个专业。从今以后，你的梦想就是我的梦想，你的背影就是我前进的方向。"

沫沫将这段话反复看了三遍，才关闭了消息，伏在桌上，头深深埋在臂弯里。

她并不能确定他们是什么关系，却不想再多问。

因为她始终记得当年就是她多事，问了他和萧薇的事情，之后一切都无法挽回，他错过了萧薇，也因为萧薇离家多年。现在，他们父子关系刚刚有些缓和，她不能再做错事了。

沫沫悄悄走出房间，天色暗淡，海浪也暗淡。

她无处可去，想起了平时总去的酒吧。酒吧里，沫沫坐在靠窗的位置，桌上已经摆了一排空空的水晶杯，她还在喝第五杯"长大"。

明知品到最后仍然是苦，沫沫还是需要一点甜甜的奶香让她忘记苦涩的味道。她搓了搓冻僵的手，对服务生说："再来一份！"

又一份"粉红佳人"端上来，她舔舔麻木的双唇，丝毫不觉得冷，只觉得嘴里很苦。

诚在沫沫对面的位置坐下来，她没和他说话。

他也没有打扰她，第一次细细品味着她的一举一动。

今天的沫沫刻意打扮过，她的发型梳得特别用心，柔顺的黑发分成两层，下面一层散着，上面一层歪歪地束在右侧，有点俏皮，又有点可爱。她穿着一件粉红色立领无袖洋装，领边和肩口用丝质的蕾丝边，下身配着同色系过膝的百褶裙，裙摆也是用蕾丝边，这款裙子让她看上去多了几分淑女的温婉。

诚的视线又移到她的手腕上，她的手表很特别，好像在哪里见过。诚仔细回想了一下，是某国际品牌最新推出的限量版情侣表。

"你今天很漂亮。"

沫沫抬眼看看他，笑得有点僵硬："谢谢！"

落日的余晖照在小巧的瓜子脸上，她的肌肤白皙若脂，红唇凝了霜一般晶莹。

他忽然觉得她像一片雪花，有诗情画意的浪漫，但，有些许的忧愁……

"心情不好吗？"

"没有，挺好的！"

"你心心念念地想着的人不是回来了吗？为什么他不陪你？"

她看看窗外的天空，又看看手表，沉思好久，才问他："诚，假如你的家人逼你娶了一个你不爱的女人，你甘心吗？"

"我不爱的人，我绝对不会娶。"

沫沫蹙了蹙眉，神情恍惚。

"是不是，他不想娶你？"

"嗯！他为我做过很多不愿意做的事，多得我都数不清。他还为了我放弃他最爱的女人……我觉得我很自私，我明明知道他不爱我，在他眼里我永远是个不懂事的小孩子，我还是粘着他，不给他喘息的机会。"

……诚安静地听她说。

"你知道吗？昨天在 Heaven & Hell 遇到的那个女孩儿叫萧薇，他们本来应该在一起的，是我抢走了她的幸福，把她从天堂推到地狱……"沫沫双手捂住脸，眼泪一滴滴落下，"诚，我真的没想到结局会是这样。我那时候什么都不懂，一心只知道我喜欢他，不希望他喜欢上别人，我没想到一切会变成这样……"

诚的情绪有点异常的波动，打断她："他到底有什么值得你这么执着，非他不可？"

"我不知道！可是我真的很喜欢他，以前他总说我小，不懂感情，我也以为我不懂。可是我现在十八岁了，我还是只想嫁给他。"

粉红佳人上的冰渐渐融化，融进了红酒里，也融进她的泪水里。

诚闭上眼眸，沉重地摇头。

"是啊，没有他你还有我。"诚见她不语，感叹。

沫沫看着对面的诚，他棕色的眼眸蛊惑了她。

她想：如果不能嫁给安诺寒，诚无疑是最好的选择。至少诚了解她的内心世界，能听懂她的歌声。

诚问她："想听歌吗？我送你一首中文歌。"

沫沫的确非常想听音乐："你会唱中文歌？我从没听你唱过中文歌。"

"中文比任何一种文字都要美，我不想唱给那些不懂欣赏的人。"说完，诚走上舞台。

他跟乐队说了几句话，感伤的音乐声响起。

"是否对你承诺了太多，还是我原本给的就不够……你始终有千万种理由，我一直都跟随你的感受……"

伤情的歌词，被诚空灵的声音唱出来，想不让人心碎都难。

一整首歌，沫沫都在哭，最后趴在桌上泣不成声。

"怎么忍心怪你犯了错，是我给你自由过了火……如果你想飞，伤痛我背……"

诚唱完最后一句，站在台上用中文说："沫沫，总跟随着别人的脚步太辛苦了，不如给他自由，让他解脱，也让自己解脱……"

她抬起头，对他笑了。

她明白，她什么都明白，她不怪他，也不怪任何人。

就像她的妈妈说的，爱错了人，就要承受这个苦果，没有人可以救赎她……

诚又对着乐队打了个手势，最熟悉的旋律响起。

诚对她伸出手。

"It won't be easy……"他的歌声像个魔咒。

她不由自主走上台，接过他递给她的话筒。

她的声音随着诚的声音响起，凄美的嗓音如跌碎在地上的水晶……

台下一片安宁……

"Have I said too much?"（我是否说得太多？）

"There's nothing more I can think of to say to you."（我想不出还能向你表白什么。）

"But all you have to do is look at me to know." （但你所要做的只是看着我，你就会知道……）

他听不见她心灵深处的呼唤，她的字字句句都是真情，他不明白。

她做的一切都毫无意义。

从今晚开始，她放手让他走……

她笑了，灿烂如刹那间绽放的彼岸花……

……

唱到最后一句："That every word is true."（我的每字每句都是真情。）

沫沫睁开眼睛，当她看见安诺寒站在台下，她的心仿佛碎落在地，痛得她发不出任何声音。

四目相对，他的眼神不再淡漠。她手中的麦克风摔在地上，巨大的撞击声湮没了一切，她所有的理智付诸流水。

当他对她伸出手……

她仿佛被一股巨大的气流旋住，再也无力挣扎。

爱情本身就是盲目的、冲动的。任凭放弃的决心再坚决，一旦遇上爱的人，只需远远望上一眼，什么决心都会瓦解，傻傻地贪恋起自欺欺人的片刻欢愉。

她看了一眼身边的诚，毫不犹豫地跑下舞台，跑到安诺寒的面前，把手交给他。

可能这是一种习惯，从婴儿时便养成的习惯，不论何时何地，只要他呼唤她，她就会走向他，毫不犹豫。

"跟我回家。"安诺寒拉着她向门外走。他的力气很大，不由分说地将她拉出酒吧的门。

走到门口，她发现酒吧门口停着很多辆黑色的车，一群拿着棍棒的人从车上冲下来，跑进酒吧。那些人冲进酒吧后，受惊的客人们争先恐后地跑出来。该放的人都放走了，最后进去的两个高壮的男人合上大门，落了锁。

"发生了什么事？"她想起诚还在里面，有些担忧。

安诺寒没有回答，扯着她的手臂将她拉到跑车前。酒吧里响起惊叫声，砸东西声，玻璃摔碎声。

"等等，我们先报警。"她急忙抽回手，拿出电话想要报警，她的号码还没来得及拨，安诺寒夺走了她的手机。

　　片刻的惊诧后，沫沫似乎明白了什么。

　　"你为什么阻止我报警？你刚才为什么带我走？你知道这里会出事？这些人是你找的？"她一口气问了一连串的问题。

　　安诺寒没有承认，也没有否认。他只是看着她，目光中透出失望之色。她因为焦急，根本没有心思多看，直接问："真是你让人做的？"

　　他没有否认。

　　酒吧的门内传来惨叫声。沫沫顾不上其他，跑到酒吧的门前，用力地敲门，大声喊着："诚，你没事吧？你回答我……"

　　里面一片混乱，她什么都听不清楚。

　　惊恐、内疚、慌张和心酸，各种各样复杂的情感都汇聚在一起，压迫着她的神经。可她知道自己没有时间去消化这些情感，诚还处在危机里。

　　沫沫急忙跑回来，对安诺寒喊："你快让他们停手！让他们停手！"

　　他的手握成拳，他在极力压抑着自己的怒火。

　　"诚怎么得罪你了，你到底想干什么？"见他不说话，沫沫气得挥起拳头打在他的胸口，他一动不动，由着她打。

　　以沫沫的力气，即使用了全力也不会很疼，可他的表情十分痛苦。

　　"你别再难为小安了，是我让他别插手的。"一个冷淡的声音说。

　　"爸爸！"沫沫用目光四处搜寻，一辆房车的门打开，韩濯晨从车上走下来。

　　一身黑色西装的他，如同一个来自地狱的使者。

　　沫沫很快反应过来，跑过来恳求着说："爸爸，你快点让他们停手，我们讲讲道理好不好？"

　　韩濯晨对身边的司机使了个眼色。他的司机对着手里的对讲机说："停手！"

　　很快，酒吧的门锁打开，两个人推开门。

　　沫沫想都没想就冲进酒吧，一进门，她就看见诚被打得浑身是伤，蜷缩着躺在地上……

　　这一幕把她彻底吓傻了，她靠在门上，手脚冰冷。

　　在沫沫的记忆中，她的爸爸是个很有风度的生意人，极少跟人计较利益得失，有时候稍微霸道一点，稍微强势一点，但她从没想过，那个总被她气到哑口无言的爸爸，有这样可怕的一面。

还不到三分钟，他就能把人打得血流遍地，而且面不改色。

很快，韩濯晨和安诺寒先后进门，门又被关上。

一个打手把诚拖到韩濯晨的面前，一路红色的血迹触目惊心。

诚虽然伤得很重，还是撑着地，艰难地爬起来，抹了一下嘴角的血。

即使浑身是血，他的表情也是那么骄傲。

韩濯晨俯身扶起地上的椅子，坐下，一条腿悠闲地放在另一条腿上："我女儿总说我不讲道理，好吧，我就跟你讲讲道理……"

"讲什么道理！"沫沫气得浑身发抖，"叫救护车啊！"

韩濯晨看她一眼，见她急得两眼泛红，有些不忍，对他的司机说："叫救护车吧。"

"是！"

见司机打电话叫了救护车，沫沫悬着的心总算放下来。

"你知不知道我为什么打你？"韩濯晨果然开始和诚讲道理。

"不知道。"

"你接近我的女儿到底有什么目的？"

"我没接近她……"诚嘲讽地牵动嘴角，"是她为了和我学唱歌，主动接近我！"

韩濯晨显然对他的回答非常不满意，不过看了一眼沫沫，又看看安诺寒，语气还是很平和："过去的事，我不追究。从今天起，别让我再看见你和我女儿在一起……"

诚站直，坚定地面对韩濯晨："我对沫沫是真心的，我想和她在一起。"

"你再说一遍。"

"我爱她！"

韩濯晨微笑着点点头，看了一眼诚身后的打手。

沫沫还没明白他们的对视是什么意思，只见那个人走向诚，两只手握紧木棒，重重地挥向诚的后颈。

"不要！"她尖叫着，眼看着诚一口鲜血吐出来，捂着流血的头跪坐在地上。

见那人再次挥起木棒，沫沫不顾一切跑过去，从背后抱住诚。

他身上的血染红了她的双手及她的裙子。

诚对她凄然一笑，眸光越来越恍惚。

"爸爸，他爱我，有什么错！你为什么要打他？"

"你懂什么？你被人骗了，你知不知道？"

沫沫又看了一眼诚，他已经闭上眼睛。

"他不会骗我！我相信他！"她相信诚，因为歌声是骗不了人的，他的歌声那么纯净空灵。

韩濯晨转头对安诺寒说："小安，带沫沫走。"

安诺寒犹豫一下，脱下外衣搭在沫沫肩上，搂住她的双肩，将她从诚的身边拉开。

她眼睁睁地看着无情的棍棒打在诚清瘦的身体上，这是她有生以来见过的最残忍的一幕。

做这一切的又是她最爱的两个男人。

她疯了一样，挣脱安诺寒的双手，从地上抓起半个破碎的酒瓶，在空中挥舞。

"别过来！都别过来！"

她看了一眼躺在血泊里的诚，咬咬牙，把尖锐的玻璃断口对准自己的咽喉处："停手！你再让人打他一下试试看！"

"沫沫！"

她的手一抖，玻璃刺进她娇嫩的肌肤，真的很痛："停手！"

她含着眼泪，充满哀求的眼神看着安诺寒。

"帮帮我……"透明的眼泪掉在破碎的玻璃瓶上。那时的她，并不知道在安诺寒面前用血和泪去保护一个男人意味着什么，她只知道诚是她的老师，也是她的朋友，她要去保护他。

倏然，她眼前一晃，安诺寒一把握住一个打手的手腕，抢下他的木棒。再一闪身，挡在另一个打手身前，一拳将他打得退开……

其他的打手都停住动作，看向韩濯晨。

安诺寒走到沫沫身边，拿走她手中的瓶子，用手指托起她的下颚，细细审视她的伤口。

"以后遇到什么事都别伤害自己。"他沙哑地说。

"小安哥哥……"受惊的沫沫伸手去搂他的手臂，想要从他身上汲取一点温暖和安慰。安诺寒退后一步，避开。

"我该走了，你好好保重！"

他决然地转身，走出酒吧。

沫沫恍然回神，懵然地看着他离去的背影，她有一种错觉，这一次他走了，再不会回来！

"沫沫……"韩濯晨走到她身边，抚摸着她的头发，想要安慰她。

她气得狠狠推开他："你以为你是我爸爸，就能为我做决定！你错了！除了我自己，没人可以决定我的未来！"

"爸爸也是为你好！我知道你想嫁给小安……"

她是想的，想有什么用？！

一个始终无法爱上他的男人，一张薄薄的结婚证书能拴住他吗？即使拴住了，她就真的快乐吗？就像萧薇说的，他的人属于她，他的心属于别的女人，受伤的是三个人！

伤心、失望一起涌上心头，她大喊："你什么都为我安排，你有没有问过他愿不愿意，你有没有问过我愿不愿意？"

"你不愿意嫁给小安？"

"我……不愿意。"她闭上眼睛，"以前我小，不懂事。现在我长大了，我明白什么才是我最想要的。"

她终于说出来了，并没有想象中的那么难。

看见有警车驶来的安诺寒匆忙回来通知他们，刚好听到了这句话。

他站在门口，牵了一下嘴角，只说了一句："晨叔叔，警察朝这边来了，你快点带沫沫从后门走，这里的事情我来处理……"

韩濯晨因为身份背景复杂，不能进警察局，他带着沫沫从后门离开。

沫沫被带走时，回头看了安诺寒一眼："你救救他！"

他点点头，走向诚。

沫沫走后，安诺寒让那些打手开车从正门走，引开警察。他关上酒吧的门，反锁，不慌不忙地取出酒吧监控录像的录影带，收好，又从吧台后面找到一些残留的半融化冰块，倒在诚的脸上。

由于冰冷的刺激，诚呻吟一声，清醒过来。当他看清眼前的安诺寒，充满恨意地瞪着他，双唇动了动，发不出声音。

他半蹲在诚身边："我知道你接近沫沫的目的是什么。"

诚扭过脸，不看他，很明显表示拒绝。

"你想报复，直接冲我来，沫沫没做错过什么。"

诚忽然冷笑了一声，本就苍白的脸，配上冰冷的笑容更显得阴冷。

诚坐起来，擦擦嘴角的血，侧着脸看着他："如果我说，我是真心喜欢她，你信吗？"

听到这样的反问，安诺寒微微一惊。他直直地看着诚的眼睛，想判断他的话到底是真是假，而他看到的竟然是一个少年的倔强和轻狂。

安诺寒真的不知道，他该不该相信。

他拿起手绢擦擦手上染的血迹，站起来："要让我知道你伤害她，我绝对不会放过你。"

……诚忽然笑了，似乎听见一件很有趣的事情，笑得停不下来。

安诺寒没有时间也没有心情再理他，快步从后门走出去。在路口处，有人开着他的车过来接他，载他去机场。

第十章

承认喜欢我那么难吗

海滨的别墅里，海风吹乱了白色的丝缎窗帘，吹起满室的浮躁。沫沫从柜子里拿出箱子，往地上一放，抱出衣柜里的衣服往里面丢。

"沫沫，你做什么？"韩芊芜按住箱子，脸上没有一点愤怒，有的都是妈妈的疼爱，"你的小安哥哥回英国了，你离家出走能去哪儿？"

沫沫愣了一下，很快认清了形势，但无论如何气势不能弱："去哪里都行，我没法接受这种毫无人性的爸爸！"

"你怎么可以这么说你爸爸？他是你爸爸，不管他做什么，肯定都是为了你好。"

"为我好？他刚才差点让人打死诚？"

"他是为了保护你！"韩芊芜从她怀中拿走几件完全不合时宜的衣服，见她又转身去柜子里拿衣服，无奈地说，"沫沫，别闹了，你爸爸做的一切都是因为他疼你。"

沫沫从不否认她的爸爸很疼她。

她清楚地记得，有一次她高烧不退，浑身发冷。他抱了她一整夜，一遍遍给她讲童话故事，讲灰姑娘和白马王子的故事，讲青蛙是如何变成王子的，还有睡美人被王子吻醒。

她睡一会儿，醒一会儿，睡睡醒醒中童话故事从未间断。

第二天清晨，她睁开眼，看见那个她记忆中永远强大的爸爸眼底一片红丝，眉心竟有了展不开的皱纹。她又看看身边，安诺寒在她病床边的椅子上睡着了，睡梦中修长的剑眉还拧在一起，窗外的朝阳在他脸上撒了一层薄薄的雾色，有着朦朦胧胧的忧虑。

"爸爸?"沫沫哭了,浑身酸痛的长夜都没有让她落泪,她却被这一幕感动得哭了。

爸爸的大手温柔地拂去她脸上的泪:"还冷吗?哪里疼?"

她摇头,她以后都不要再生病。

温暖的大手探探她的额头,热度已经退了,爸爸拧在一起的眉头终于舒展开。

沫沫知道爸爸很爱她,只要她想要的东西,他都会想尽办法帮她得到。

其中也包括她想嫁的男人!

但是,别人爱她,不是他可以伤害别人的理由。

在沫沫发呆时,韩濯晨走进房,冰冷地说:"他根本不爱你!他跟你在一起别有所图。"

"他能有什么企图?"心里多少有些气愤,但想起他对自己的疼爱,沫沫的语气平和不少。

"他不想你和小安在一起。"

沫沫当然不相信这种无稽之谈:"他为什么要这么做?我跟他无冤无仇……"

"因为,他的妈妈姓萧,他还有一个名字叫……萧诚!"

"萧诚?"这个名字让她想起一个人:萧薇。

萧薇和萧诚一样拥有着美丽的外表,可他们并不像。

萧薇是典型的东方女孩儿,黑发,黑眼,气质典雅——尽管那是曾经。

而萧诚是棕眸,有种西方男人的高贵。

不知为什么,她会突然把他们联想到一起,还想起昨日在 Heaven & Hell 发生的事。

没等她询问,韩濯晨已经给了她答案:"萧诚是萧薇的亲弟弟。"

"弟弟?"

"他的姐姐因为你变成今天这样,你觉得他会喜欢上你吗?"

沫沫跌坐在床上,眼前的一切都在摇晃、旋转。她无法相信萧诚那双干净纯粹的眼眸背后是欺骗与愚弄。

沫沫手中的衣服掉在地上,脊背一阵阵发寒。萧诚和萧薇是姐弟,难怪他以前那么讨厌她,难怪他总会问起安诺寒,难怪萧诚和安诺寒第一次会面时,他的眼神里会有那么浓烈的恨意。

那么……

那么昨天萧诚约她去 Heaven & Hell 一定不是单纯地想给她过生日，萧薇的出现也不是偶然，那么他们到底想要做什么？她不愿意多想，她只是回想起与萧诚相识的点点滴滴，萧诚除了初识时对她十分冷漠，没有做过什么真正伤害她的事。如果他只是想欺骗她的感情，为什么今天被打得遍体鳞伤，还要说他爱她？

到底什么是真？什么又是假？

韩濯晨见她一脸茫然，坐在她身边，怜惜地搂着她的肩："沫沫，你还小，很多事你根本不懂！你以为爸爸想打人吗？爸爸也不愿意看见那种血腥的场面……"

如果沫沫了解一丁点她爸爸的过去，她一定会质疑他这句听上去"语重心长"的话有多少真实性，可惜她不知道！

韩濯晨叹息一声，听上去相当"自责"。

"可我必须这么做，而且必须当着小安的面。我这是在表明一种态度，一种立场。我这么做都是为了你。"

沫沫低下头，脸埋在屈起的膝盖里。

"沫沫，你太傻了！你命都不要维护萧诚，说出那样的话……小安会怎么想？"

"我……"

她的眼前又闪过安诺寒和那个女孩儿的照片。女孩儿靠在小安哥哥的肩上，此刻变得无比清晰……

沫沫咬咬牙，逼自己说着："爸爸，小安哥哥想娶我，不会因为我维护萧诚怪我。他不想娶我，你就算打死萧诚，他还是不想……以后，我们的事你别管了。"

韩濯晨低头看着怀中的沫沫，她的表情很平静，但他能清楚地感觉到沫沫语气中的失落、忧郁。

"小安跟你说了什么吗？"

她的头坚定地摇了摇："是我想通了，我不想嫁给一个不爱我的男人。"

韩濯晨扶着沫沫的肩，让她坐正，他笑着对她说："没关系，爸爸可以让他爱上你。"

沫沫还是摇摇头。

"爸爸，我还年轻，又不是嫁不出去，你别再逼他了！"

"你？"韩濯晨的脸色阴沉下来，"你是不是喜欢上萧诚了？"

"跟萧诚没关系！是我……"沫沫用手捏紧双拳，良久，她仰起一副无所谓的面孔，"是我不喜欢他了。"

韩濯晨对她的话有点怀疑，他刚要说话，韩芊芜拉拉他："很晚了，沫沫也累了，你让她休息吧，有什么话明天再说。"

韩濯晨犹豫了一下，起身指了指床上的一片狼藉："好吧！芊芊，你帮沫沫把东西收拾一下。"

他出去后，韩芊芜一件件把堆在行李箱里的衣服拿出来，仔细地折好。

她看了一眼沫沫手中褶皱的床单，轻柔地问："你和小安是不是闹别扭了？"

"妈妈，他根本不爱我，你们为什么一定要逼他呢？"

"你怎么知道他不爱你？"

"在他眼里，我永远是个孩子！"她不想告诉任何人照片的事，因为她知道只要她说出来，她的爸爸有一万种方法把他们拆散。她不想那个叫"深雅"的女孩儿成为第二个萧薇。

"妈妈，你能不能帮我劝劝爸爸，让他别管我的事了。我长大了，我想要什么自己知道。"

韩芊芜再没说话，折好所有衣服，放回柜子里，又帮她整理好床单才离开。

回到房间，韩芊芜轻轻关上房门，回身看见韩濯晨坐在椅子上，眉头深锁，一脸无可奈何的表情。

"晨——"她坐在他身侧的地毯上，纤细的手抚摸着他根根分明的指骨，"你亲自动的手？还当着沫沫的面？"

韩濯晨没有否认。

"十几年没见你发这么大的火。"这十几年韩濯晨再生气，都不会亲自动手，最多让安以风帮他出面教训教训惹到他的人。

"我绝不允许任何人伤害沫沫。"他顿了顿，叹息，"可惜沫沫不明白。"

"你别急，等沫沫消了气，我再劝劝她。"如果说这个世界上有人能让韩濯晨这个经历过风雨的男人无可奈何，那也只有他们的宝贝女儿，"我去给你放热水。你洗个澡放松一下吧。"

韩芊芜走进浴室，打开水龙头，冒着热气的水哗哗地流淌着。她坐在浴缸边，试了试水温，把准备好的鲜奶和精油凝露倒进去。

虽然不赞成韩濯晨的做法，她并不想责怪他什么，因为她了解他是如何爱沫沫的。

从沫沫出世的第一天，一个小小的婴儿闭着眼睛大声地啼哭开始，那张与他有五分相似的脸，便让他有种前所未有的感动。

那的确不是占有和依赖，而是另一种感情，真正意义上的父爱。

他告诉她，沫沫是女儿还是儿子并不重要，她是他们的孩子，承载着他们的血脉，也见证着他们的爱。

他一生的荣辱，他一世的沧桑，变得微不足道。

他只希望让沫沫过得开心，健康地成长。

"沫沫和你说了什么？"韩濯晨不知何时走进浴室，问她。

"她求我们别管她和小安的事。"韩芊芜犹豫了一下，说，"晨，自从认识萧诚之后，沫沫变了很多……尤其这最近几个月，她和小安联系越来越少，今天晚上小安回英国，她居然跑去酒吧找萧诚。沫沫会不会……"

韩濯晨揉揉眉心："这是我最担心的。"

"如果她真的爱上了萧诚，你打算怎么办？"

"还能怎么办？感情的事，谁能阻止？"

韩芊芜点点头，她也经历过，何尝不懂。没有人可以左右人的感情，他们身为父母，又能有什么办法，只能尊重沫沫的选择。

"晨，萧诚是个什么样的人？"她不禁关心起萧诚。

"我只见过他一次，看不透。他被打得半死都不肯求饶，坚持说他真心爱沫沫。"韩濯晨牵动嘴角，浅浅微笑，"看他的神情，并不像说假话，所以我才放过他。"

她知道，韩濯晨向来最恨人欺骗感情，拿感情当作报复的工具，如果萧诚是在报复沫沫，欺骗她的感情，以韩濯晨的性子，绝对不会只让人打几下就了事。

他转头看着她纯净的眼睛，忽然问："你觉得萧诚有没有可能喜欢上沫沫？"

"我都可能爱上你，还有什么不可能？"

是的，一个女人可以爱上害死她全家的男人，还有什么样的爱不可能发生。然而，像韩芊芜这样善良的女人不多，像韩濯晨一样让人痴迷的男人就更少了。

所以，所谓奇迹，意味着不会反复地出现的事！

荡漾的水面上倒映出一张精致的面容，清澈的眼睛，嫣红的脸颊，诱人的唇。

这么多年过去了，他已经不再年轻，而她越来越美丽，越来越有韵味。

韩濯晨从背后抱住她，手臂绕过她纤瘦的腰，她的手与他交握，柔声说："我知道你很喜欢小安。可小安再好终究是安以风的儿子，不是我们的。"

"嗯。"

"不如，我再给你生一个儿子吧。"

提起这件事，韩濯晨又想到她难产差点死去的情景，那一刻他真的绝望了，这世上仿佛再没有值得他留恋的东西了。

"不行！绝对不行！"

他的答案十几年都没变，连语气中的坚决都丝毫没变。

他何尝不想要一个儿子，承继他的血脉，实现他的梦想，可他不希望她经历危险。

而且，他也是真心喜欢安诺寒，如果安诺寒不能娶沬沬，就算他再有一个儿子继承他的事业，也无法弥补这份遗憾。

在韩濯晨深深地叹息时，安诺寒刚刚坐上飞往英国的飞机，便微阖双眼疲惫地倚在座椅的靠背上，感受到前所未有的疲惫。

当他看见沬沬用自己的生命去保护另一个男人，当他听见沬沬说出"我不愿意"，他知道自己应该尊重沬沬的选择，每个人都有选择自己爱人的权利。他想给沬沬自由，就像她当年没有勉强他一样。只是，当他忽然发现沬沬长大了，不再依赖他，而是去用生命保护另一个男人的时候，他竟然有种特别强烈的失落感。

他甚至有种冲动，想要抱紧沬沬，不让她离开，他希望她永远是那个长不大的孩子，跟在他的身后，用绵软的小手紧紧地扯着他。

他不明白这种感觉是什么，或许是不习惯吧。

他不想去深思，只觉得很累。他不记得这种心力交瘁的感觉多少年前有过，只记得每次感到心烦意乱时，他都会趴在沙发上理所当然地叫着："沫沫，过来给我捶捶背！"

沫沫会停下正在做的事，跑过来挥舞着她的小拳头，在他背上卖力地捶着。

她的力气很小，打在身上软绵绵的，非常舒服。

这么多年，她一天天长大，她按摩的手法变得越来越好，可她的力气从未改变，一直都是那么软绵绵的。

人拥有的太多，总忘记自己拥有了什么。

等到有一天，他感觉自己的一切都被人掏空，他才意识到他的记忆中全都是她，不论多累，闭上眼睛，他总会看见她的样子在眼前晃动。

第一次在机场的离别。

第一次看见她柔美的舞姿。

第一次听见她动情地唱出那一句："That every word is true."

还有，在炎炎烈日下，他打网球，她满头大汗地帮他捡球的时候。

孤寂的黑夜里，他看球赛，她强忍着困意陪他看的时候。

那些画面在这一刻想起，竟然像是鎏金的影像，美得让他心颤，他在脑海中反复去回味，嘴角不禁泛起笑意，心中涌起阵阵炽热。

原来，不知从什么时候开始，沫沫在他的心中已经不是孩子了……

飞机降落在跑道上，安诺寒第一时间将手机开机，手指习惯性地拨通快捷键"1"，电话里面传来英文的提示音，告诉他拨打的用户已经关机。

他往家里打了个电话，报了平安，又接到朋友郑玄的电话。

一听见他接通电话，郑玄迫不及待地问："你怎么才开机，飞机晚点了吗？"

"临时有点事耽误了，找我有事吗？"

"吃饺子呀，快点回来，我们等你呢。"郑玄那边很吵。

临近毕业的日子，许多留学生都订好了回国的机票，临走前大家想聚一聚，定好在郑玄家里包饺子。他们已经给安诺寒打了很多次电话，都没打通。

"好，我尽快。"

安诺寒收起手机，看向窗外，不由得感叹时间过得真快，不知不觉已经三年过去。

还记得刚到英国的时候，打算开始独立生活的他一手提着行李箱，一手拿着地图，换了几次巴士，步行半小时才到了剑桥大学门口。

郑玄刚好经过，见安诺寒拿着地图左顾右盼，用英语问他是否需要帮助。

他一见郑玄的黑发黑眸，温和的笑容，亲切油然而生，用中文问："中国人？"

"是啊！你好！"郑玄接过他手中的行李，"你想去哪？我带你去。"

郑玄不但带他找到留学生公寓，还带他一个个寝室认识其他中国留学生。

大家都很热情，纷纷把自己珍藏版的家用电器送给他。有体积小得可怜且噪音大得惊人的电冰箱，有显示屏比他的笔记本电脑还小的电视机，还有一个电饭煲，上面缠着厚厚一圈透明胶，包裹住塑料外壳的裂痕。

郑玄还送他一辆自行车，那辆快报废的自行车很破、很旧，但恰恰就是这些不值一文的东西，让他体验到一种珍贵的情感，那是中国人独有的人情味。

安诺寒匆匆赶到郑玄的寝室，朋友们都在热火朝天地包着饺子，其中也包括气质优雅的苏深雅。

苏深雅一见他，大方地打招呼："师兄。"

他礼貌又疏离地点点头。

苏深雅是他的同系学妹，相识三年。最初的时候，他对苏深雅的印象不错，认为是个很大方的女孩，优越的家境并没有娇惯得她骄纵任性，反倒让她从外表到内涵都有着名门淑媛的高贵大方。她美丽、文雅、成熟、独立，身上有很多让他欣赏的优点。所以，偶尔在留学生聚会时，她与他说话，他也礼貌地回应，但也只是礼貌而已。

后来，苏深雅向他表白，他意外而且尴尬，之后便刻意避开她，希望她能早点放下这段没有结果的感情，找一个能爱她的男人。至于他和苏深雅被拍下的照片，那纯粹是个意外，他只是看见她深夜一个人坐在椅子上，很伤心的样子，走过去问她发生了什么事，不料她突然靠在他的怀里，他马上推开她，却还是被人拍了下来……

这一次，他也并不知道苏深雅会来，如果知道，他会尽力避开。

"照片都在论坛上传开了，你们两个还玩地下情啊！"郑玄一副铁证如山的口吻。

不等安诺寒反驳，苏深雅先大大方方地说："你要我说多少次，我和师兄根本不熟，你们别乱说。"

"都抱在一起还不熟，那怎么样算是熟？"

苏深雅脸颊有些红，但还是尽量表现得镇定："不是你们想的那样，那天我喝醉了，想起了些伤心事，师兄刚好遇到，安慰我一下。"

有人起哄："那今天晚上，让我也安慰你一下吧。"

"还是我来吧，我很会安慰人的！"

后面的话越来越过分。苏深雅强忍着羞恼，不发一言。

安诺寒再也看不下去，出声阻止："够了，别闹了。"

他本就心情烦躁，说出口的话也带着几分情绪，完全不似以前的清冷淡漠。

大家互看一眼，满目了然的笑意，更加确定他们的关系匪浅。安诺寒没有多做无谓的解释，端起酒杯喝了一杯酒。他很想喝醉，这样就不必去挂念沫沫，脑子也不会不受控制地去想沫沫和萧诚之间的感情。他知道自己在逃避，却不知道自己在逃避什么，或者说他是害怕去深思答案。

那晚，安诺寒喝了很多酒，一杯接着一杯敬着每一位朋友。酒喝得越多，沫沫和萧诚在台上宛如天籁的歌声越清晰。

他们的歌声，仿佛可以穿透人的灵魂……

一碗带着热气的解酒汤出现在眼前，他抬起头，看见苏深雅双手捧着汤放在他的桌上。

"谢谢！"安诺寒出于礼节接过，浅尝一口，酸酸的味道淌过舌尖。

郑玄对他暧昧地眨眨眼，说："兄弟，你哪世修来的福气，遇见这么好的女人！"

半醉的他含糊着点点头，放下手中的解酒汤，没有喝。

安诺寒把杯子倒满酒，和郑玄碰了一下，仰头喝进去。酒量太好未必是好事，想醉的时候怎么也醉不了。

"安，你心情不好吗？"苏深雅坐到他身边，小声问他。

"没有。"他站起来，避开她，"对不起，我出去打个电话。"

他摇摇晃晃地走出门口，沿着楼梯一路向下走。他尝试再拨一次沫沫的电话，这一次回答他的不是关机声，而是很快接通了。

听到沫沫的呼吸声，他站住脚步，不知道该说什么。

"你到英国了？"她问。

"嗯！你在哪儿？"他随口问着。

"在医院。"她冷冷地说。

医院？她在萧诚的身边。

他揉了揉剧痛的额头，站在楼梯扶栏边，解酒汤的酸味在胃里漫出。酒在血液中点燃，一股股火苗在他胸腔中升腾，他尽量压抑着，问："萧诚的伤势怎么样？"

"他伤得很重，刚刚才苏醒过来。"

听到沫沫悲伤的口吻，安诺寒顿觉胸口中的血液激烈地翻滚起来，他不懂那是一种什么样的感觉，只觉不想再多说一句话。但为了沫沫不受到伤害，他不得不告诉她："你知道吗？萧诚是萧薇的弟弟。"

"我知道！"

沫沫的回答让他一愣，后面的话噎在喉咙里。

"他是萧薇的弟弟，那又怎么样？是我求他教我唱歌，是我主动去酒吧找他，他从没做过一件伤害我的事！你们为什么认为他在报复我？"

"沫沫，你是不是一定要等他伤害了你之后，你才肯相信我？"他苦笑着问。

"躺在医院里的是萧诚，伤痕累累的也是萧诚！你说！到底是谁伤害了谁？！"沫沫的声音难得一见的尖锐。

安诺寒无力地靠在楼梯扶手上，拿着电话的手使不出一点力气。午夜的风吹散他体内的酒精，让他心口的抽痛越发清晰。

他没再说什么，无论他怎么说，沫沫都不会相信，因为她认定了萧诚空灵得不染尘埃，认定他对她动了真情。

他笑着闭上眼睛，脑子因为酒精的作用有些眩晕，他揉揉额头，尽量保持清醒说："沫沫，是不是我说什么你都不会相信？既然你只相信他，那就相信吧。"

"我不是……"

他感觉背后有一股异样的气流，下意识地侧身，只觉肩膀一阵剧痛，手机从手中落下，从楼梯上摔了下去。他伸手想去抓住手机，突然感觉一股力量从他的背后推了他一下，他整个人失控地往下坠时，听见苏深雅在叫他，声音遥远而凄惨，"安……"

然后，他听见手机碎裂的声音，再然后，剧烈的疼痛让他失去了知觉。

安诺寒醒来时，发现自己正躺在医院的病床上。他的朋友们围坐在他旁边，聊得热火朝天。唯独苏深雅安静地坐在他床前，一见他醒来，立刻跑去叫医生："医生，他醒了！"

感觉到酒精刺激后的头痛，安诺寒下意识地伸手去揉，手臂不但无法移动，还传来一阵更剧烈的刺痛。

他努力去回忆，想起自己从楼梯上跌下去，想起沫沫在医院里照顾萧诚，也想起沫沫用玻璃碎片抵住自己喉咙的一幕……

医生走进来，检查了一下他的状况，又问了他一些问题。最后，告诉他：肩膀被子弹击中，粉碎性骨折，已经做手术把子弹取出来了。他的后脑撞伤，有轻微脑震荡的迹象，具体情况需要住院观察一段时间。

"我的肋骨……"他用左手按住自己的胸口，"医生，我的肋骨是不是断了？"

"肋骨？"医生拿出片子仔细地又看了一遍，"没有受伤。"

"心脏也没有受伤？"

"没有！"医生问，"怎么？不舒服吗？"

"很疼。"

医生又为他检查一遍，告诉他："确实没有受伤。"

后来，警察来询问他受伤的经过，根据警察的推断，会在深夜袭击他，而且手法干净利落，应该是有人蓄意谋杀。警察问他是否与人结仇，他的脑中立刻晃过萧诚和萧薇的脸，他沉吟良久，最终摇摇头说："没有。"

这件事，他必定会弄清楚，却并不想声张。他不想父母担心，不想沫沫担忧，同时，也不想萧薇被牵扯进来。有些人，虽然不爱了，却也不想去伤害。

第十一章
等我长大好不好

小时候，我们总盼着长大，等到有一天真的长大了，才蓦然发现自己更怀念年幼无知的日子。无知是一种特权，爱可以大声说出来，伤心可以大声哭出来，不知道去顾及别人的感受，更不懂用虚假的笑容维持摇摇欲坠的坚强。

无知多好！

其实，在沫沫接到安诺寒电话的前两个小时，她接到医院的电话，说萧诚醒了，想见见她。彼时她刚刚睡醒，发现手机没电关机了，她给手机充上电，便接到了医院的电话。

"沫沫，你去哪儿？"她刚一下楼，被她的爸爸喊住。

"医院打来电话，说萧诚醒了，想要见我。"

"不准去！"

沫沫站住，转身看着桌前享受着早餐的"罪魁祸首"，事已至此，她不想再指责他残忍的所作所为，恳切地跟他讲道理："爸爸，萧诚是因为我才躺在医院里，我去看看他怎么样了都不行吗？"

根据以往的经验，"讲道理"十有八九是失败的。

她以为爸爸会激烈地反对，没想到他指了指对面的位置："吃过早餐，爸爸让司机送你去！"

沫沫把后面的长篇大论咽回去，坐在妈妈身边，端起桌前的牛奶杯喝了一口，然后捏起鸡蛋三明治沉默着咬了一口。

"沫沫，小安给你打电话了吗？"妈妈问她。

提起安诺寒，沫沫的手僵了一下，麻木地把整个三明治塞在嘴里，堵得说不出话。

等到三明治全部咽下去，她低下头，额前一缕细碎的发丝垂在脸侧，遮住她黯然神伤的表情："没有。"

爸爸深深叹了口气，对她说："沫沫，今天看过萧诚，就跟他彻底了断。"

爸爸的语气不是商量，而是下结论，所以沫沫认为她可以不必回答。其实，昨天晚上她睡不着，已经仔细考虑过她和萧诚的关系。她承认她很珍惜萧诚这个老师、朋友，但是如果她的珍惜换来的是萧诚被怀疑，被殴打，她宁愿不再见他，免得连累他。

吃过饭，沫沫在司机的护送下，来到圣教堂医院。

按照医院告知的病房号，她很快找到了萧诚所在的重病监护室。在看见萧诚之前，她在心里想了很多种"绝交"的表达方式，有委婉的，有直接的，有无情的，有感动的。当她隔着玻璃窗，看见病床上面无血色的萧诚，那张憔悴不堪的脸上已经找不到曾在舞台上吸引无数少女的高贵与骄傲，正如萧薇那张哭花了浓妆的脸上找不到过去脱俗的清雅一样。沫沫的脑子里再也想不起那些绝交的话了。

她看见两个警察站在床边，正在询问萧诚，萧薇坐在他床边，不停地擦拭着脸上的眼泪。她没有进去，在门外等了一会。直到看见警察的询问告一段落，沫沫才轻轻推开门，走进去。

警察看见她走进来，很客气地用英语询问："请问，你是韩沫小姐吗？"

"我是。"她点点头，眼睛却看着萧诚包裹得严严实实的手臂，她有点担心，那只手还能不能再弹电吉他。

"韩小姐，我们能问你几个问题吗？"

"我……"她不知该说什么。

"韩小姐。"警察又对她说，"这是一起非常恶性的暴力事件，请你把知道的事情全都说出来。"

"不关她的事。"萧诚为了替她解围，艰难地开口，"我在酒吧里，得罪了客人，他们才会动手……打我。"

"可是据当时在酒吧中的客人证实：你和那些人没有发生争执，他们冲进去就开始殴打你。"

"其他的事，我什么都不知道！"萧诚闭上眼睛，"我累了！我需要休息！"

警察似乎已经领教过他的沉默，没再追问下去，说了一句"这件事我们一定会调查清楚的"，便离开了。

警察走后很久，沫沫才开口说："谢谢！谢谢你没说。"

萧诚看看坐在他身边低声哭泣的萧薇，又抬眼看着她，眼眸充了血，隐隐泛着红色："不用！你走吧，我的事情与你无关。"

他会有这样的态度沫沫并不意外，毕竟是她的至亲和至爱把他害成这样。

萧诚见她没有反应，又用更加冰冷的语气说："韩沫，萧薇是我的姐姐，而你抢走了她最爱的男人。我从来没有爱过你，我一直在骗你……"

"你让我来，就是想告诉我这些？"她平静地问。

"是的，我再也不想看见你，我也希望你不要打扰我的生活。"

……

她点点头，转身离开。她离开的时候是有些感谢萧诚的，不只因为他没有说出害他的真凶，也因为他替她说了"不想看见你"。毕竟有些决定做起来容易，想要说出口就难了。如果不是萧诚说出绝交的话，她还真不知道这两个字该怎么说出口。

只是她还有一件事想不通。

为什么萧诚不起诉她的爸爸？为什么萧诚在生死边缘还口口声声说爱她，到了医院又要说出这样无情的话？

她更想不通，萧诚教她学唱，是真的另有目的吗？

她的眼前有一层拨不开的迷雾，迷雾后面掩饰着她看不到的秘密。走到电梯门口，电梯打开，闪亮的灯光照清了她眼前的黑暗。

沫沫忽然明白了，萧诚赶她走，一定是有什么难言之隐。就算以后不再做朋友，不再往来，她也要问清楚原因。

她转身，走了回去。病房的门半开着，因为她走的时候忘记了关上门。

病房里，萧薇的哭声充满怨恨："是安诺寒做的对不对？是他威胁你说刚才的话对不对？"

萧诚的沉默中，沫沫感觉到前所未有的寒冷。

"我知道是他！"萧薇的脸上都是悲愤，"萧诚，你不用怕他，我现在就去请律师，我不信这个世界没有法律。"

"姐……"萧诚拉住盛怒的萧薇，"算了。"

　　萧薇沉默了一下，气得跺了一下脚，狠狠地道："我不会就这么算了，我们过不好，我也不会让他们有好日子过。"

　　萧诚死死地拉住她的手，因为用力过大，牵动了伤口，痛得他面无血色。萧薇不敢再动，紧张万分地问他有没有事。

　　这时候，沫沫的手机响起，病房里的姐弟二人同时看向她。

　　她什么都来不及细想，下意识地捂住电话跑向楼梯间，在没有人看见的角落站稳。

　　电话是安诺寒打来的。接通后，电话两边沉默一阵，两个人的呼吸那么清晰，又那么遥远。

　　无边的沉默让沫沫想起了萧诚毫无血色的脸，想起萧薇憔悴不堪的样子，她并不想去责怪任何人，更不想指责安诺寒，可是她心中的不满，不知怎么就宣泄出来。

　　所以，当她听见安诺寒说，"沫沫，你是不是一定要等他伤害了你之后，你才肯相信我？"她直接对着电话大声质问，"躺在医院里的是萧诚，伤痕累累的也是萧诚！你说！到底是谁伤害了谁？！"

　　他说："沫沫，是不是我说什么你都不会相信？既然你只相信他，那就相信吧。"

　　"我不是……"

　　她原本还想说她不是相信萧诚，她是相信自己看到的事实，可一切都来不及争辩，她就听见越洋电话里传来一个模糊的呼唤："安……"

　　那是女人温柔的呼唤。

　　她问他："小安哥哥，她是谁？"

　　回答她的只有断线的忙音。

　　沫沫呆呆地听着电话里的忙音，凭着她无数次的时间换算经验，现在是英国的凌晨，一个男人和一个女人在凌晨时分会做什么？她不想知道。

　　她劝自己不要再打了，可还是控制不住自己，再次拨电话过去，然而，对方已经关机。

　　拿着手机的手无力地垂下，沫沫背靠着墙壁，笑了，这个时候好像不该笑。可她抑制不住想要嘲笑自己！

世上有那么多好男人，何必偏偏爱他？他值得吗？

"安诺寒！你就是个混蛋！我韩沫就算一辈子嫁不出去，也不嫁给你！"

喊完了，沫沫蹲在楼梯间，趴在膝盖上，紧紧捂住心口。

心口还是很痛，很痛，滴滴答答地流着鲜血！

后来，心口不疼了，血好像流干了。她扶着楼梯扶手站起来，一步一步走下楼梯，离开医院。

在她十八岁生日的第三天，她真的长大了！

才发现，长大不好！

五天过去了，安诺寒没再打电话。

舞蹈室里，光洁如镜的地面映着欢快流畅的舞姿，沫沫像舞动的精灵，跳出最欢快的脚步。跳跃，落地，她舒展着柔韧的腰肢，展开双腿，如一片雪花，飘落在地上，融化成水滴。

音乐在欢快的旋律里收尾，苏越看得一阵感叹，不禁鼓掌："你跳得真好！"

"谢谢！"

沫沫直起身，喘了几口气，扶着地面坐起来，从扶栏上取了毛巾，抹一把汗。

"沫沫，今晚我带你去参加舞会吧，你一定会成为今晚最闪亮的明星。"

"我去不了，我爸妈不喜欢我参加舞会。"

"真可惜，今晚的舞会公主又是 Candy 的了。"

Candy 是舞会中最骄傲的公主，被人众星拱月般追捧着。

沫沫也曾一度艳羡着她的魅力，偷偷问她：怎么才能让男人狂热地爱着，趋之若鹜？

Candy 无比骄傲地告诉她，那些男人疯狂地迷恋着她的身体，说她性感得能要人命！

闻言，沫沫从上到下打量一番 Candy，二十岁的 Candy，天使的面孔，魔鬼的身材。再加上她媚惑的眼神，很难不让男人产生罪恶的遐想。

她以为有一天，她变得和 Candy 一样性感的时候，安诺寒就会爱上她。

可惜，她错了！

"沫沫？"苏越的玉手在她眼前晃了晃，勾回她的注意力，"你在想什么？"

"想 Candy，听说她换男朋友了？"

"是啊！因为前几天的 Party 上，她刚好撞见男友劈腿，那个……"苏越神秘兮兮地眨眨眼睛，故意把尾音拖长，沫沫马上领会了，胸口隐隐抽痛起来。

苏越没看出她的反常，继续说："Candy 当晚就跟 Aaron 好上了。"

"哦，原来是这样啊。"

沫沫看着镜子中的自己，如今的她身材修长匀称，再不是小时候像加菲猫一样的臃肿肥胖。曾经她以为只要她变瘦变美，他就不会嫌弃她。如今，她才知道自己的想法幼稚得可笑。

如果女人能用身体拴住一个男人的心，Candy 就可以从一而终了。

"男人啊，没一个好东西！沫沫，你的心上人一个人在国外，你是不是特别担心他让其他女人勾搭去了？"

苏越只是随便说说，她特别喜欢逗她的小学妹，每次逗她，她都会眨着大眼睛怯怯地笑。恋爱中的甜蜜都写在可爱的小脸上。可是今天，沫沫也在笑，笑容里却多了一丝飘忽不定。

"能被别的女人勾搭走的男人，留他何用？"沫沫的声音异常冷漠，苏越听得一阵心寒，隐隐有种预感。她记得沫沫好久没提她的小安哥哥了，即使被问起，也会很快转移话题。

该不会，真的发生了什么事？

苏越试探着问："沫沫，你的小安哥哥什么时候回来？"

"不知道，估计还要等一年多吧，或许更久。"她在心里又补充一句，也许不会再回来了。

"这么久啊！那你有的等了。""或许等不到了……"沫沫从墙角拿起剩下的半瓶矿泉水，喝了一小口，润了润干枯的喉咙。她对满脸惊讶的苏越笑起来："说不定真让你说中了，他被别的女人勾搭走了。"

苏越意识到自己刚才说错了话,忙改口:"你别听我乱说，他一定不会的。你这么可爱，他怎么舍得变心。"

沫沫摇摇头。

他的心压根就没在她身上，何谈变心呢？

她不想再跟苏越聊这个话题，于是简单收拾一下东西，说："学姐，我先去洗澡了。"

洗过澡，从浴室走出来，沫沫在换衣服前，先拿出手机看了一眼，上面没有任何来电显示。

已经五天了，他为什么不再打电话给她，在生她的气，还是已经忘了她的存在？在这两种可能性里，沫沫宁愿选择前者，可是她到底做错了什么呢？

她努力去想。他们最后一次通电话，是五天前。

沫沫沐浴后，用毛巾擦干身上的水，换上新买的黑色暗纹的裙子，拿起梳子慢慢从头顶向下梳理纠缠在一起的湿发，视线落在不远处的手机屏幕上。

头发纠缠在梳子上，她加重了力气，继续往下梳。头发一根根硬生生被拉断，她丝毫没感觉到疼，一下一下。

这时，手机响了，她两步跑到柜子前拿起手机。

上面显示一个陌生的号码，她有些期待地接起，电话那边传来一个女生的声音："请问，是韩沫吗？"

"我是。"这个声音她在电话里听见过，印象深刻，是萧薇，"你找我有事吗？"

"我能和你谈谈吗？"

她刚想说我们没有什么可以说的，萧薇很快补充一句："关于萧诚的。"

"好。"

这些天，她很想知道萧诚的伤势好些没有。

……

沫沫踩着一地的银杏树叶走出学校，萧薇已经在大门口等着她。

几日不见，萧薇更憔悴了，华丽的衣裙和闪光的首饰都无法掩饰她面容上的灰暗。沫沫下意识摸了一下自己的脸，估计她的脸色不会比萧薇好多少。

"能不能找个地方坐坐？"

"可以。"她带着萧薇去校园旁边的饮品店，要了两杯热果汁，等着萧薇说下去。

说话前，萧薇先笑了一下，笑得很苦涩："萧诚被打的事情，警察已经查清了。"

沫沫一惊，手里的杯子被捏得变了形。

萧薇平淡地说："警察说，萧诚去的那家酒吧的老板在一家赌场输了很多钱，还不起，又不舍得拿酒吧出来抵债，赌场的负责人跟他交涉过很多次，都没有结果。所以，赌场的人做事从不计后果，为了警告酒吧的老板，干脆砸了酒吧，打伤了萧诚……"

这是沫沫听过的最像天方夜谭的童话，原来澳大利亚的警察比希腊人还会编故事。

"酒吧老板跟萧诚道歉了，说他愿意承担一切责任，还说赌场的人愿意赔给萧诚一大笔钱，作为赔偿，劝他能同意庭外和解。萧诚除了接受别无选择。"

"萧诚的伤好些了吗？"

萧薇低下头，眉头深锁答："他伤得很重，大夫说一年半载怕是不会康复的。"她低头喝了一口热茶，薄薄的热气中，她睫毛上挂着水珠，"你们为什么要这么对他，就因为他是我弟弟？"

沫沫无法回答，事实上，这个问题她也问过无数次：为什么要这么对萧诚？他做错了什么？

每个人给她的答案都一样：因为他是萧薇的弟弟。

"你恨萧诚，对吗？"萧薇又问她。

沫沫摇摇头，她不恨，就算他是萧薇的弟弟，就算他为了给自己的姐姐报仇，故意接近她，她也不恨他。

没有付出过感情，何来恨意？

"他是真心爱你的，那天，他说那些话是有苦衷的。"

"我知道。"

萧薇抬眼看看她，接着说："以前，萧诚欣赏你的天赋，也被你对音乐的执着打动，但他不想教你唱歌，因为是你抢走了我喜欢的人……可你一再地坚持，一再纠缠。你在音乐学院里找了他一整天，就是那天，萧诚跟我说：他想教你……"

沫沫想起了几个月前的那个周末，她在音乐学院里到处找萧诚，累得精疲力竭。

　　那天如果她早知道萧诚和萧薇的关系，绝对不会勉强他："如果他早点告诉我，我不会强求他。"

　　"萧诚是真的喜欢上了你，他说你是个内心世界非常丰富的女孩儿。他还告诉我，你对安诺寒的感情并不比我浅，感情的事，没有谁对谁错，只有谁输谁赢。为了你的事，我还跟他不止一次地争吵过……"

　　萧薇哭了，沫沫递给她一张纸巾，萧薇擦擦眼泪，继续说下去："后来，我发现他真心的爱你，他想帮你忘记烦恼，开开心心地过好自己的生活。我明白爱一个人的感觉，也就不再怪他。"

　　"为什么要跟我说这些？"

　　"因为……"萧薇哀求着抓住她的手，"萧诚需要你，除了你没人能帮他。"

　　"需要我？为什么？"

　　"大夫说他肺部受损，以后可能唱不了高音的部分了。"

　　"什么？"沫沫吃惊得打翻了手中的热茶杯，"你说他不能再唱歌？！"

　　"医生说：也不是没有恢复的可能。但萧诚不信，他说医生在安慰他……他的精神状态很差，我担心他会出事。"

　　音乐是萧诚的生命，不能唱歌，这对他来说意味着什么？

　　"沫沫，只有你能帮他。你去劝劝他振作起来，好好接受治疗……算我求你，你一定要帮他。"

　　"你放心，我会的。"沫沫点点头。在一个男人最脆弱的时候，能够让他重新站起来的不是施舍，而是欣赏与爱慕。

　　萧薇离开时，特意交代她："别让萧诚知道我来找过你，他一定会怪我……他不想打扰你。"

　　"我不会让他知道。"沫沫毫不犹豫地答应了。

　　沫沫回到家，走到沙发前，对正在看报纸的韩濯晨说："爸爸，我明天要去医院看萧诚。"

　　她的语气不是恳求，而是坚决地陈述着事实。

　　韩濯晨抬眼看看她，淡淡地回了她两个字："不行！"

　　换了是以前，沫沫一定会扬起头，任性地大叫："不让我去也行，你先打断我的腿。"

今天她不想再这么做了，因为那是小孩子才会用的方法。她长大了，学会了选择一种最直接，最有效的方式。

"爸爸……"她慢慢地屈膝跪在地上，膝盖下的大理石地面又硬又冷，"我和小安哥哥的事，你别再管了！"

"沫沫？"韩濯晨一惊，以最快的速度伸出手，托着她的身体把她抱起来，"你这是干什么！"

看到爸爸眼中的心疼，她再也承受不住，趴在他的怀里失声痛哭。她哭了好久，把所有的委屈都哭出来，她听到爸爸说："好了，好了！你想去就去，每天去都行，爸爸以后什么都不管了。"

她点点头，伸手抱紧爸爸，这一刻她才明白爸爸有多么爱他。

次日放学后，司机不等沫沫说话，直接把她载到圣教堂医院。

她在医院门口买了一束鲜花，捧着走进萧诚的病房。病房里，萧诚半倚着枕头坐着，萧薇坐在他身边喂他喝水。他脸上的伤痕也结了痂，手上缠的绷带也已拆了，看来并未伤到骨头。只是他的脸色很苍白，双唇干裂得落了一层皮。

萧诚看见她，惊讶地看向萧薇，询问的眼神似乎在问：是你让她来的？

萧薇避开他询问的目光，站起来："我出去买晚饭，你们先聊会儿。"

萧诚目送着萧薇离开后，眼光才移到沫沫的脸上，冰冷的声音里没有一点感情："你来做什么？"

"我来看看你。"沫沫把手中的鲜花插在窗台上的花瓶里，"你的伤好些了吗？"

"我跟你说得很清楚，我根本没喜欢过你！你还来干什么？"

沫沫早已猜到他会有这样的语气，丝毫不惊讶，笑着说："不管你多讨厌我，你都是我的音乐老师，于情于理我都应该来看望你。"

听到"音乐"两个字，萧诚的脸色立刻阴沉下来："现在看过了，你可以走了。"

"好吧，我明天再来看你。"

沫沫刚走到门口，听见萧诚冷冷地说："不必了，我不想再看见你。"

她努力了两次，才让自己笑出来："等你能再站在台上唱歌以后，我一定不会再出现。所以，你若真的讨厌看到我，就努力让自己快点恢复健康。"

萧诚被她弄得不知道该说什么。

她笑着对他挥挥手："我明天还会来！我天天都会来！"

……

第二天，沫沫放学后又去医院，这一次萧薇没有在，萧诚虽然没赶她走，但态度很冷淡。

沫沫把准备好的 MP3 拿出来，找出她最喜欢的钢琴曲，以不容拒绝的速度把耳机塞在他的耳朵里："给你听听。"

跳动的音符充满对生活的向往和希望。每次她心情不好，都要拿出来听，那旋律总能抚平她心中所有的忧伤。

萧诚聚精会神地听了很久，问她："这是谁弹的？"

"是我妈妈。"

"难怪你这么有音乐天赋。"

她说："萧诚，心中有音乐，有感情，不是非要嗓子才能表达出来。"

他没有说话，棕色的眼眸有种她无法读懂的阴郁……

半个月过去了，沫沫停留在医院里的时间日渐延长，萧诚的伤势恢复得很快，已经可以被人搀扶着在病房里走动。

一个雨天，外面下着细细密密的雨。沫沫坐在窗前认真地为萧诚削梨子，果皮一圈一圈地剥落，她望着楼下，五颜六色的雨伞在交错。

"萧诚，你和萧薇是亲生姐弟吗？为什么你们的国籍不一样？"

"因为我刚出生不久，我妈妈就带着姐姐回中国了。"

那个雨天，萧诚给她讲了他的故事。

萧诚和萧薇的生母姓萧，叫萧雨。她年轻时不仅容颜脱俗，歌声比容颜更脱俗。从萧诚发颤的声音里，沫沫完全感觉得到萧诚对亡故的母亲的思念。

萧雨曾经是个很有名的歌星，一副天籁般的嗓子征服了无数的歌迷，就在她的事业走向顶峰的时候，一次偶然的机会，她结识了一个年轻的澳大利亚男人。

富有和贵族的血统让那个男人的举手投足间都充满魅力。

和许多浪漫的邂逅一样，她爱上了他，他也疯狂地迷恋上她的歌声与韵味。

在众人的惋惜声中，萧雨义无反顾地放弃一切，追随她的爱人来到澳大利亚。

他也履行了承诺，娶她为妻。

婚后，他们在两年内先后生下一女一男两个孩子，女孩叫薇，男孩取名诚。只可惜，完美的爱情故事没有因为踏上红地毯而结束。

好景不长，因为异国文化的差异，身份地位的不同，他们的婚姻出现了危机，又因为岁月的流逝，美貌不再，激情淡去，这一段异国恋情终究没有逃过悲剧的结局。

离婚之后，萧诚留在澳大利亚和他的爸爸生活，萧薇则跟着萧雨回到了中国。

数年之后，萧诚无意中看见一封信，才知道母亲回到国内生活过得并不好，先后嫁了两个男人，最后，因为郁郁寡欢而一病不起，直到病逝，姐姐在继父身边受尽委屈，而他们的亲生父亲正和年轻的妻子爱得如胶似漆，早已忘记自己的前妻和女儿。

萧诚到处打听姐姐的住处，终于在中国的 B 市找到她，还帮她申请了澳大利亚大学，让她来了澳大利亚读大学。

后来萧薇遇到了安诺寒，以为找到了梦想中的王子，却没想到她倾尽全部的爱恋都没换回安诺寒一个留恋的眼神。她死心了，接受了一个深爱着自己的男人。她以为不能和心爱的男人长相厮守，至少能嫁给一个爱自己的男人，谁知 Jack 也离开了她，甚至连个交代都没有，就偷偷回国了。

萧薇最痛苦的时期，又有一个男人安慰她，给了她希望。不料，他们刚交往没多久，她发现那个男人风流成性。她实在忍无可忍，离开了他。

后来，她遇到一个大她十几岁的商人，本来以为找到了好归宿，没想到那个男人早已结了婚。从那之后，她对男人彻底死心了。

萧诚阴沉的语气吓得沫沫的手一抖，水果刀一偏，刚好划伤了手指，鲜红的血从伤口里渗出来。

"你没事吧？"萧诚捉住她的手，用唇帮她吸走指尖的鲜血。他的唇轻柔温暖，她条件反射地猛抽回手。

"沫沫，如果我以后都不能唱歌……"

沫沫猜到他后面想说什么，不等他说完，先说："不会的，你一定还可以再唱歌。"

萧诚还要再说话，沫沫怕他问出让彼此尴尬的问题，急忙站起身说："我先回去了。明天再来看你！"

萧诚看出她在刻意回避，也不再勉强，点点头，不再多说。

沫沫离开病房，撑着伞走出医院，细密的雨点顺着粉色的洋伞滴滴答答地落下来，如断了线的水晶项链。

……

沫沫从口袋里拿出手机，屏幕上仍然没有未接来电，也没有短信息。

她实在没办法再忍下去，拨通了安诺寒的电话。

"沫沫……"

听到久违了的声音，想念如雨水细细绵绵将沫沫包围，她僵直地站在雨里，连做任何细微的动作都怕漏听了他的呼吸声。

从什么时候起，仅仅是一声呼唤，对她来说都变得如此遥远。

他浅浅地吸了口气问："天气预报说维多利亚州会连续降雨七十二个小时，你带伞了吗？"

"嗯。"她的眼泪流下来，不是伤心，不是痛苦，是一种流淌在血液里的辛酸。他在挂念着她，不论在多远的地方，多久没有联系，他的心里始终有她的一席之地。

正是这一份挂念，变成了他的负担。

沫沫捂住嘴，不敢说话，怕自己的哭声传到电话另一端。

"天气不好，出门时别忘了带件外衣。"他叮嘱着。

沫沫努力平复了一下，说："没忘……"

一阵风夹着冰凉的雨打在她单薄的裙子上，她在雨中不停地发抖。

电话里也没有了声音，似乎在等着她说话。

她抹抹脸上的眼泪，问道："最近忙吗？"

"不忙，看看报纸，看看杂志，很久没这么清闲了。"

"哦！你前段时间太累了，难得清闲几日。"是啊！一切都忙完了，难得和那个叫苏深雅的女孩儿好好享受几天清净的日子。早知如此，她连这个电话都不该打的。

"有没有和朋友到处玩玩？"她酸酸地问。

他有意回避了这个话题，反问："我听说萧诚不能唱歌了，是吗？"

他问得她心一沉："你怎么知道的？"

"前几天听我爸说的。他说，你每天都去医院照顾萧诚，风雨无阻。"安诺寒的声音里带着一种微妙的笑意。

沫沫背后泛起一阵寒意。

负责接送沫沫的司机看见她出来，站在雨里拿着电话不停发抖，把车开到她的面前。

司机下了车，为她打开车门。

她对司机笑了一下，坐进车里，接着讲电话："毕业之后有什么打算？"

"我想在英国多留一段时间。"

"哦！"她听见汽车发动声，摇摇手，指指自己的手机，示意司机不要开车，以免她听不清电话里的声音。司机立刻猜到是谁的电话，熄了火，为他们留下安静的空间。

安诺寒问她："你希望我回去吗？"

她想起妈妈说过：沫沫，爱他，就让他选择他想过的生活，爱他该爱的人。

她笑了笑："你自己决定吧。舍不得回来，就别回来。"

"不想我吗？"

"还好吧，也不是特别想。"

电话里响起一个甜美的女声："Anthony……"

声音真的很甜，比照顾萧诚的护士美女的声音还要甜得腻人。

安诺寒说："沫沫，我有点事，一会儿打给你。"

沫沫忽然没有什么兴致了，直接拒绝："不用了，你忙吧，我不打扰你了。"

她挂断电话，用力把手机丢在一边。她忽然感觉很冷，双手紧紧抱着身体蜷缩在座椅的一角，还是很冷。她把遗落在车上的外衣拿起来披在肩上，半湿的裙子裹在身上，更冷。

宝蓝色的玻璃窗映出她的暗影，头发湿乱，脸上挂满了水滴，不知道是雨水还是泪水。她抹了一下，放在唇边尝了尝，咸咸的，涩涩的。

"我不想回家。"她不想让爸爸妈妈看见她这副狼狈的样子。

司机听懂了她的意思，载着她漫无目的地满城市游荡。

她看着城市的风景，雨中的维多利亚式建筑更显沉静。歌剧院、画廊、博物馆，典雅地立于朦胧的傍晚，沉淀着历史的文化底蕴。

无意间，沫沫瞥见一家店面，店面不大，牌匾上写着："送给未来的礼物"。

紫色的墙壁上粉刷着一句特别的广告词：你有什么东西，想要寄给未来吗？

下面还有一行略小一些的字：已经把遗憾留给过去，别把遗憾带去将来！

这句话带给沫沫极大的震撼，她忙坐直，喊着："等一下！"

司机立刻把车停在路边。

沫沫下了车，撑着伞走进那家店，才知道这是一家特别奇怪的公司，负责运送"写给未来的信"。客人只需要把写好的信交给工作人员，工作人员便会把信锁在保险箱里，并按照客人要求的"收信日期和地址"寄给客人要求的"收信人"。

公司承诺：信一定会按时送到，绝对不会遗失或者贻误，否则承担一切责任。

收费的标准也很合理，每封信起价二十元，时间每增加一年，需加收保管费十元。

负责接待沫沫的工作人员是个非常年轻的澳大利亚女孩儿，介绍的内容让沫沫有点动心："有些话或许你现在不想说，不能说，那么你可以写给未来的他或者她！"

见沫沫有些动容，她又说："有些话你或许以后忘了说，那么何不现在写下来，等到连你都可能会忘记的那一天，我们会负责帮你转达！"

"不要给自己留有任何遗憾。"

……

最后一句话，把沫沫蛊惑了。

她一时冲动，在桌上精美的信纸里选了一张，提笔写上一段话，想了想揉成一团，扔掉，重新再写。

丢了无数张信纸，她才写好了一封信：

小安哥哥：

收到这封信的时候，我不知道你在哪里，也不知道自己在哪里，但我知道我已经不需要你的照顾和宠爱。

我很高兴，你可以不必再为了履行诺言娶我。

我也可以不必再用谎言欺骗你。

我终于可以告诉你：小安哥哥，我爱你！从很小很小起，我就梦想着在希腊最大的教堂举行婚礼，在雅典娜的祝福下走到你身边……

你说我是个孩子，不能轻言爱情。其实，爱上一个人和年龄无关，十岁也好，二十岁也好，都不重要，重要的是你爱的人有多大。

你十岁的时候，我是个婴儿，你当然没法爱我。

可我十岁的时候，你是个很有吸引力的男人。

所以，我一直在爱着你。

我直到今天才告诉你，因为我不想你为了对我的承诺，再次错过你爱的女人！

小安哥哥，别再挂念我，我会不再爱你，我会嫁人，我会幸福，我会照顾好自己，我会快快乐乐地生活！

答应我，你要好好地爱深雅姐姐！

你眼中永远不会长大的妹妹：韩沫

最后，沫沫写上当天的日期和时间，折好信，放进信封里，在信封外写了安诺寒的手机号，他家的住址，以及收信日期：

五年后的今天。

第十二章

十九岁的天空

又是一年多过去了，沫沫已经十九岁了。

这一年多的时间里，安诺寒一直没回来。沫沫只在不太频繁的电话交流中得知他上个月毕业了，终于如愿以偿，在英国的RR公司做发动机设计师。

而萧诚接受了长期的物理治疗，伤口已经痊愈，每天都会练习发声，但每每唱到高音部分，发声会不稳。沫沫看得出萧诚很难受，但他从来没对她说过，反而总会安慰她说："不能唱歌也没关系，我还可以学创作。音乐不是非要声音才能表达。"

每当他这么说的时候，沫沫反而更难过，更内疚。没有人比她更喜欢萧诚的歌声，更希望看见萧诚重新站在舞台上，所以她一直在鼓励他："你一定可以再唱歌。"每次，萧诚都只是笑笑，摇头。

忽然有一天，她这么说的时候，萧诚没有摇头，反而问她："如果有一天我的嗓子好了，我想去维也纳学音乐，你愿意和我一起去吧？"

每当这个时候，沫沫总会沉默下来，她懂萧诚在表达什么，却故意装作不懂。

此刻，在肃静的拳馆里，两个冷峻的男人半裸着上半身站在拳台上，只有此时的他们，才能彰显出年轻时刻在骨血里的野性。

汗水被清新的空气吹散，在自然光的照射下蒸发。

"停！"安以风仰头跌坐在拳台的围栏上，急促地喘着气，享受着一种体力耗尽的满足感，"不能再打了！这种透支体力的运动已经不适合我们了。有空我们该去学学打高尔夫。"

"这么快就没体力了！"韩濯晨笑了笑，坐在他身边，五指梳理过沾满汗水的头发，露出他深邃无垠的黑眸。

安以风挑了一下嘴角，坏坏地一笑："我还要留点体力回家疼我老婆！"

"你啊！彻底毁在女人手里了！"

"每天可以安然入睡，梦里没有血腥和厮杀，如果这种生活是毁灭，那么我宁愿被毁灭一万次。"提起司徒淳，他的邪气眼神立刻化成醉人的温柔。

韩濯晨摇摇头："恐怕谁都不会想到，这句话会出自你安以风之口。"

也许吧！安以风没有否认，笑着闭上眼睛。

X市的生活对他来说仿佛已经是前生的事，如今的他已失去了对权力和金钱的欲望。他的心里只剩下对家的依恋和对儿子的牵挂。

想起儿子，安以风不禁看了一眼韩濯晨。他了解韩濯晨，这样一个经历过风浪的男人，已经没办法再去信任其他人。所以，韩濯晨一心想把自己一手建立的事业和他的宝贝女儿交给安诺寒。奈何他那个"不争气"的儿子一心只想着造飞机，对飞机还真是一往情深，至死不渝。

安以风迟疑一下，说："小安今天打电话给我，说他想留在英国。"

"嗯。还有呢？"

"他让我们不要再阻止沫沫和萧诚在一起。"安以风见韩濯晨没有说话，继续说，"晨哥，我们都是过来人，感情的事勉强不来。"

以前，他以为安诺寒与沫沫是有感情的，只是错误的时间，产生了错误的感觉，他从中推波助澜一下，就可以让两个孩子之间产生火花。

现在看来，他们错了。他们连自己的感情都控制不了，如何去控制别人的。

韩濯晨叹了口气："我不喜欢萧诚这个人。"

"当年，我的岳父岂止不喜欢我，他恨不得把我碎尸万段，挫骨扬灰。"安以风说，"现在怎么样？！还不是认了我这个女婿？"

"风，你认为萧诚能真心对沫沫吗？他是萧薇的弟弟……"

安以风打断他："你还是芊芊不共戴天的仇人呢！"

韩濯晨沉默了。

因为爱过不该爱的人，所以韩濯晨和安以风心里比谁都清楚，爱是盲目的！

就算亲眼看见心爱的人对着自己举起刀，就算被心爱的人铐上手铐带去警察局，他们也无怨无悔。"愚蠢"至此，他们还怎么要求他们的孩子有一双透析世事的眼睛。

他们把沫沫保护得很好，不让她经历一点风雨，不让她接触一点丑恶的现实。

这种真空的生活反而让沫沫太过天真，轻易地相信别人，以为全天下的男人都会像安诺寒一样发自内心地宠着她，爱着她。

安以风拿过一条毛巾递给韩濯晨，说："可能等沫沫被萧诚彻底伤过一次，她才能体会到小安有多爱她。"

"也只能这样了。"

盛夏时节，花园里的彼岸花又开得妖娆一片。

沫沫挽起垂过腰际的长发，忙碌地收拾着安诺寒的房间，初绽的雏菊摆在书桌旁，书翻到他看到的那一页，摆放在书桌上。

窗台、书桌、书柜，每一个家具都被她擦得一尘不染。床上也铺上她精心挑选的床单、薄被。然后，她把自己的东西放进旁边的房间，一样一样摆好……

做完这一切，她抱着柔软的黄色小枕头躺在他的床上，看着手表。

明天，安诺寒就要回来了，尽管只是回来度假，可一想到可以看见他，她就抑制不住心跳越来越快。

第二天，沫沫早早到了机场，站在离登机口最近的地方遥遥望着里面。

不少急匆匆出来的旅客撞到她，她笑着给人道歉。

一年没见了，他会变成什么样子？是更帅了，还是更成熟了？

他见到她会是什么样的表情？是淡淡地跟她打招呼，还是激动地将她抱住，说："沫沫，我好想你！"

她该是什么样的反应？

再想想，这些都无所谓！

能好好看看他，什么都不用说不用做，她就很开心。

远远地，安诺寒的身影出现在她眼前。他瘦了，俊朗柔和的线条变得棱角分明，眼底沉寂一片，找不到熟悉的柔情。还有他的笑容，冷淡得让她陌生。

所有的期待瞬间消失了，取而代之的是一种无所适从的慌乱。

她不知道该怎么去面对他，也想不出自己该说点什么。

他们的视线在空中交会了。沫沫努力想看清他的表情是否有激动和兴奋，无奈眼睛被水雾模糊了，任她怎么努力都看不清。

安诺寒在她面前站定，松开行李箱，伸开双臂，对她淡淡笑着。

他们轻轻地拥抱彼此，他捧着她的脸，手指眷恋地拂过她的长发。

他说："沫沫，你瘦了。"

她说："你也是。"

似乎这场景很熟悉，和过去一样，但有些感觉真的变了，变得疏离，变得陌生。

安诺寒放开她，与前来接他的两对夫妻一一拥抱，相互问候一阵，然后他们一起离开机场。

和每次安诺寒回国一样，两家人一起去吃法国菜。比起他第一次回国的情景，今天这一顿饭特别符合法国人的饮食习惯——有情调，优雅，冷清。

沫沫低头吃着鹅肝酱，一句话都不说。

安诺寒也没再神采飞扬地讲英国发生的事，整顿饭说过的话屈指可数。每每被问起工作和生活，他的回答总是短短几句话。从简短的几句话里，沫沫听得出安诺寒在英国的工作很不顺利。

她早就知道，在等级观念严重的英国，特别是在保密级别很高的飞机发动机制造公司，作为一个外籍人，一定会有诸多的限制和歧视。

安诺寒想要做好他的工作，必定需要付出难以想象的努力，但他仍不愿意回澳大利亚。

沫沫看着他，尽管他脸上分明的轮廓让他有了男人坚毅和内敛的味道，让他更加迷人，但她还是为他感到不值。安诺寒伸手去端红酒，目光无意间转向她，她立刻低下头继续吃东西。

吃过晚饭回来，大家在客厅里聊了一会，各自回房休息时已经很晚。

沫沫回到房间洗了个澡，刚想睡下，听见隔壁传来电脑键盘的敲打声，猜想安诺寒一定还在工作。她犹豫了好久，走到他的门口，敲敲门。

听见他说："请进。"

沫沫先在门前尝试着笑了两次，才推开门，探头进去。

　　安诺寒坐在电脑前，眉峰深锁，很明显在思考着什么复杂的问题。

　　"小安哥哥，你很忙吗？"她小心地问。

　　安诺寒抬眼，眉峰顿时舒缓开，笑意在唇边流露："我说忙，你会不进来吗？"

　　"我来帮你收拾一下行李，不打扰你。"她眨着天真无邪的大眼睛。

　　"我没有行李。"他说。

　　"哦！"她瞄了一眼行李箱，这么大的箱子，怎么可能没有行李。

　　看到沫沫有点僵硬的笑脸，安诺寒的眼睛里再也掩不住笑意："行李箱里都是送你的礼物。"

　　"真的？"她马上跑进去，片刻都等不及地打开行李箱。

　　礼物很多，全部包着精美的包装。

　　沫沫跪坐在床前的地毯上，一件一件细细地研究着安诺寒送给她的礼物。

　　她先打开一个最小的礼物，里面是一条小巧的手机链，设计平平无奇，一连串四颗紫色的水晶。但仔细去看，会发现在灯光的折射下水晶隐约刻着四个英文字母：MOMO。

　　沫沫看了很久，看得眼睛被光刺痛。她又打开最大的礼物，那是一个加菲猫的抱枕，毛茸茸，软绵绵，抱在怀里，似乎能嗅到他独有的味道。

　　沫沫一件件慢慢地拆着礼物，漂亮的发夹，精美的胸针，薄纱的丝巾……

　　还有很多食物，巧克力，糖果，布丁……

　　她把每一样食物放在嘴里，细细地品味，甜甜的滋味荡漾在唇齿间。

　　布丁放在口里，一股奇怪的味道刺激到她的味蕾，她拿起布丁的盒子想看看是什么口味，却发现布丁已经过期半个月了。

　　她知道安诺寒不可能给她买过期的食物，除非他保存得太久了，久得已经忘记什么时候买的。

　　有一种感情，叫亲情，没有难舍难分，只是时时刻刻把一个人放在心上。

　　她抬头看着安诺寒，他仍在工作，电脑屏幕上显示着她完全看不懂的数字和文字。

　　"小安哥哥，你在英国是不是很辛苦？"

　　"是。"他看着电脑屏幕，回答她。

　　"那为什么不回来？"

他揉了揉额头，仍未看她："我喜欢这份工作。"

她点点头，和她想到的答案一样。

彼此都没有说话，过分的安静让气氛变得很尴尬。沫沫坐在椅子上，怀中紧紧抱着加菲猫的抱枕，呼吸着抱枕上残留的淡淡味道。

沫沫觉得自己应该出去，别再打扰他。她试着说服自己很多次，都没有成功。

终于，她憋不住了，先开口说话："为什么买这么多礼物给我？"

"习惯了，看到什么都想买给你。"

她点点头，很多话想说，到了嘴边，又说不出口。

他忽然问她："他对你好吗？"

"嗯？"

"萧诚对你好吗？"

这个她从未思考过的问题，经安诺寒一问，她才认真地思考起来。这一年来，她出于愧疚经常去看萧诚，他已经渐渐变得平和，对她很温柔，也很关心她，可是……他们之间似乎隔得很远，无法走近，或者说她从来不想走近。

"你穿耳洞了？还穿了三个？"安诺寒发现了她的耳洞，立刻站起身走到她身边，很轻地触摸了一下她的耳朵，声音里明显带着不悦，"我不是告诉你别弄这个。"

……她不敢说话，像做坏事被大人抓到的小孩子。

"还疼吗？"

她摇摇头："早就不疼了。"

她记得穿耳洞的那天，她疼得死死咬着牙，手心都是汗，萧诚还在夸她有个性。那时候她就在想，安诺寒看见的时候会说什么？会不会问她，疼不疼？

他的指尖轻抚过她的耳朵，一种特殊的温度瞬间从她的耳朵传遍全身。她死死捏着手中的抱枕，一团火从身体里烧了起来，她忍不住轻吸口气，内心涌动起一种莫名的期待。

她猛地站起身，匆匆说了句："很晚了，我回去睡了。"便匆匆逃出了他的房间。

　　一整夜，她呆呆地看着怀中的加菲猫，越看越觉得加菲猫的表情像她，一样的笨，一样的呆。

　　她捏捏它的脸："韩沫啊！你怎么这么笨啊！他才回来一天，不，六个小时……你又陷进去了！"

　　加菲猫满脸无辜的表情。

　　"你要坚定，你要坚定啊！"

　　第二天傍晚，沫沫在物理治疗室门外安静地坐着，不时看看手表，今天的检查好像比任何一天都要漫长。

　　"你赶时间吗？"她身边的萧薇问她。

　　她尴尬地笑了笑，点点头，又低头无意识地看了一次表，终于下定决心说："抱歉，我今天有事，我不等他了。"

　　"好，我送你。"

　　沫沫说不用，萧薇还是一路跟了出来。

　　"他回来了？"萧薇忽然问，"他好吗？"

　　"很好，比起以前瘦了很多，因为工作太忙。"

　　萧薇苦笑一下："沫沫，有时候我很忌妒你。你才十九岁，身边的男人都想娶你，我遇到的男人……没人真正想娶我。"

　　"可能你还没遇到。"

　　"我以前在杂志上看过一段话，男人最想得到两种女人，美丽的，有钱的……美丽的做情人，有钱的做老婆。"

　　沫沫忍不住对萧薇皱眉，口气冰冷："我不知道别的男人怎么想，反正安诺寒绝对不是这样的人。"

　　"那是你不了解他。"

　　"没人比我更了解他。"沫沫真的生气了，又不好在人来人往的医院发作，只能加快脚步，想要摆脱萧薇。萧薇也加快脚步，跟上她。

　　萧薇说："沫沫，其实诚早就做完物理治疗了，他不出来，是不想见你。"

　　沫沫猛然停住脚步："为什么？"

　　"因为安诺寒派人警告他，说如果他再不离开你，下一个躺在医院里的就是我。"

　　"不可能！他不会。"

"不信你可以回去问他。"

听见萧薇这么肯定的语气,沫沫有些蒙了,完全无意识地走到街边,司机看见她出来,将车开到她身边,沫沫正准备上车,蓦地看见街边一辆停着的车突然启动,直直冲着萧薇站的方向疾驰而来。萧薇吓得连连退后数步,那辆车擦着她的肩过去。

"萧薇!"沫沫急忙跑过去想问问萧薇有没有事。没想到,那辆车一个急转弯,又转回来撞向她们。

车速太快了,她来不及躲避,也忘了躲避。

短短的几秒钟,沫沫吓得呆住了,以为自己会被撞死。那辆车却在距离她们两米远的地方急刹车,停住了。驾驶室里坐着一个戴着墨镜的男人,黑色的头发,黄色的皮肤,他的表情非常镇定。

然后,车很快转弯,逃离现场。

来不及细想,沫沫急忙转身去看萧薇:"你没事吧?"

她脸色苍白地站在原地,说:"我说过,你不了解他!"

看到萧薇脸色苍白的样子,她不敢想象,假如刚才她没有站在萧薇身边,车子会不会真以那样的车速撞过来,一个年轻美丽的女孩儿是否会付出生命的代价。

沫沫又想起了上一次在 Heaven & Hell 安诺寒对萧薇的冷言冷语,她忽然明白安诺寒的温柔宽容并非给每一个人,对不起他的人,他冷酷得让人害怕。

……

沫沫不知道自己怎么回到家里的,她连门都没敲,恍恍惚惚地走进安诺寒的房间。

安诺寒双手捧着影集站在窗前,听见沫沫进门,惊诧地回头。

"你为什么要让人开车撞萧薇!"沫沫问他。

他平静地合上手中的影集,放进书柜里,没有回答,似乎已经默认。

她走到他面前,仰起头看着他毫无表情的脸,突然觉得他好陌生。当初听说安诺寒用萧薇的命去威胁萧诚,她以为他只是说说,不会真的这么做,现在看来他还真是说到,就一定做得到!

"你为什么让人开车撞萧薇?"她没法接受他的默认,她一定要问出答案,"她是你曾经的恋人,你一点旧情都不念?就算你对她没了感情,你也该想想……我的感受。她死了，我会内疚一辈子的，你知不知道？"

"我知道，所以……"安诺寒走到她面前，嘲弄地牵动嘴角："我要做，会直接让人撞死萧诚，省着你被他当成白痴一样耍！"

"你？"

除了这句话，他没做更多的解释，从抽屉里拿了车钥匙，离开。

等沫沫反应过来，追出去，安诺寒已经下了楼："你把话说清楚，到底是不是你做的？"

"你认为是，那就是吧。"

第十三章

曙光初现

舞池里，萧薇尽情地扭动着妖娆的身体，一头黑色的长发在射灯下如舞动的丝绸。在众多金发碧眼的西方美女中间，她的媚惑仍然是众多男人目光的焦点。

跳得累了，萧薇坐在吧台前，端起剩下的半杯白兰地抿了一口，纤长的手指在杯壁滑动着，以一种落寞的姿态去等待愿意陪伴她的男人。她喜欢让自己时时刻刻保持性感，越是痛苦越要让自己性感，因为美貌是她唯一可以打发寂寞的东西。

许多目光投向她，这些充斥着性趣的眼神让她无比的厌恶，同时也让她觉得自己没那么悲哀。

"一个人吗？我可以坐这里吗？"说话的是一个年轻男人，身材高大，棕色的头发，深蓝色的瞳孔，算不上什么帅哥，但也不丑。

顺眼就行了，看来今晚她不会无趣了。

她眼神斜斜一挑，笑着说："当然可以！"

男人欣欣然坐下，陪她聊天。没聊几句，男人的身体倾向她，手不老实地在她的大腿上流连。

萧薇仍然笑着，端起酒杯喝了一口，辛辣的味道流过食道，暂时麻痹了由心底迸发的厌恶感。这些年，她经历过无数的男人，形形色色，有的为她一掷千金，有的让她在床上醉生梦死，唯独再没遇到过那一种——喜欢和她坐在公园的石阶上，一起看城市的夜景。

她又喝了一口酒，白兰地清冽的香气流动着，就像她遇见安诺寒时，他身上的味道。

棕发男人问她要不要出去吃点东西，她刚想说好，一群男人吵吵嚷嚷地走进来，他们都是中国人，说话声音带着潮州口音。走在最后面的一个人矮矮瘦瘦的，其貌不扬，但只要见过他的人，一定不会忘记他那双精明得发光的眼睛。

萧薇认识他，大家都叫他平哥。他是澳大利亚潮州帮的一个小头目，专门做走私生意，前几年"走私"劳工发了财，最近又在做走私海鲜的生意。

自从几年前澳大利亚两大帮派因为仇杀相互对峙，致使两败俱伤，其他的小帮派全部认清了形势，不再因为琐碎的小事争一时长短，尽其所能相互联合疯狂敛财。尤其是华人的黑帮，他们不遗余力地巴结着财力雄厚的华裔商人，以获得更多的利益。

这个平哥最近"生意"越做越红火，据说就是攀上了某个大老板。

"你就是萧薇？"平哥用中文问她，很客气。

"是啊。"她坐在原处没动，仍在保持着她认为最美的姿态。

"有人想见你。"

"见我？是谁啊？"

"安诺寒。"

听见这个名字，萧薇由内向外地发寒。

平哥没等她回答，直接跟手下说："带她走！"

……

萧薇有点害怕，想要反抗，转念想想，怕也没用。一来她真的很想见见他；二来躲不掉，不如配合一点，惹恼那些手脚粗重的男人，反倒自讨苦吃。

几个人将她带到一辆没有车牌的车上，车行驶了一段路，停下来。

当萧薇看到记忆中最幽静的公园，自以为早已无知觉的心渐渐收紧。

她走下车，一步步走在无数次走过的林荫道上，许多零零碎碎的美好画面重新拼凑起来。

石阶上，她又看到那个背影，那个她以为再不会看见的背影。

安诺寒转过身，他仍然和以前一样的帅，只是惨白的月色下，他的眉宇拢了一层阴郁，那么让人心悸。

"好久没来这里看夜景了，还是那么美！"她暗暗握住拳头，妩媚的笑声在静夜里清晰无比。

如果时间能回到从前，她早知道男人一个比一个龌龊，一定会好好抱紧眼前的人，不让他离开。不过仔细想想，她当初没有抱紧过吗？没有争取过吗？终究，他没有真正地爱过她，如果爱过，又怎么会那么轻易地放弃。

他缓缓开口："萧薇，你走到今天这一步，我有推卸不掉的责任。你希望我怎么补偿你，说吧。"

什么补偿都不能让时间倒流，让她找回那颗为爱情怦然而动的心。

"我只想知道，你爱过我吗？"

"也许，喜欢过吧。我们坐在这里看夜景的时候，那时候的你，真的很美。"

"现在呢？"她的心里燃起了希望，几步跑到他面前，扑到他的怀里，"你现在还会想起我吗？"

安诺寒冷冷地笑笑，慢慢推开她："想起你什么？想起你让萧诚去欺骗沫沫，还是，想起你找人在英国暗杀我？"

城市的灯火模糊了，萧薇踉跄着退后两步："我……没有。"

"你可以不承认。我只要你记住一件事，为了沫沫，过去的事情，我既往不咎，我也希望你们适可而止。"

"你……你为什么总是只在意韩沫？现在是这样，过去也是这样！"

安诺寒看向山下灯火辉煌的城市："沫沫是在我怀里长大的，我教她说话，教她走路，教她写字……你不会明白我对她的感情有多深。她就像是我的妹妹……"

萧薇不再说话，只是冷笑。

"我知道，这些年你心里积累了很多的怨恨，无从发泄。"安诺寒的声音听起来是那么真诚，"你想报复，可以冲着我来，我们的事情与沫沫无关。"

没有关系！说得简单，没有韩沫，或许她现在和安诺寒已经终成眷属。他的个性虽然冷淡，但对人却很细心，他一定会对她很好，保护得很好。不会让她像一朵凋谢的花，任人践踏。

她不甘心，她得不到安诺寒，她也不会让韩沫得到。

心里怨恨，萧薇表面上还在媚笑："你太高估我了，她有钱有势，出门都有人保护，我哪有那个本事报复她？"

"你做不到，有人能做到。"安诺寒嘲弄地笑笑，"萧薇，你有个好弟弟，有才华，也真心对你好……"

"你既然知道韩沫喜欢萧诚，就应该明白，你根本阻止不了他们在一起。"

"我没说让萧诚离开沫沫，我只是希望你回去转告萧诚，他如果骗沫沫，就一骗到底，要让我知道他伤害沫沫，别说唱歌，我让他以后连话都讲不出来。"

"你！"

"还有，听说你今天差点出车祸。"他温柔地对她说，"从明天起我会让人保护你，免得你出了什么意外，沫沫怨恨我！"

······

话已经说到这个份上，萧薇觉得自己除了离开，没有别的可以说了。

她转过身，沿着来时的林荫路走回去。不是每个女孩儿都像沫沫一样幸运，生活在天堂里，流着天使的血液。

至少萧薇不是，在她来澳大利亚之前，她和继父生活在一起。她的继父是个无所不用其极的商人，表面上对她温柔疼爱，内心里要多龌龊有多龌龊。从继父和他的生意伙伴身上，萧薇看过太多世事的丑恶，见识过太多男人的虚情假意。

路可以往回走，人生不会。

看见自己遇人不淑，沫沫却被安诺寒捧在手心里呵护，萧薇心有不甘，她今天故意导演了这一幕，就是为了让沫沫误解安诺寒，她也不怕沫沫去找安诺寒求证，或者说她就是希望沫沫去求证，她就是希望安诺寒明白，沫沫也从来不了解他，不相信他。

对安诺寒这样自尊心极强的男人，这种"误解"才是最伤他心的。

看着萧薇的背影越走越远，安诺寒转过身，走向另一个方向。

那晚，安诺寒在 Heaven & Hell 喝了很多酒，清冽的白兰地倒映出他眼底清晰的痛苦。

······

他的手机屏幕上播放着一个短片，看效果是有人用针孔摄录机在医院拍的很多片段的剪辑。

有沫沫和萧诚一起听音乐，一起哼着歌。

也有她为他削苹果，再切成一块一块，耐心细致。

其中还有一段······

萧诚对沫沫说："你走吧，我不想再看见你。"

沫沫捧着一碗飘着热气的中药，笑着端给他："你再试试，说不定会有用！"

萧诚一把打飞了药碗，药汁溅在沫沫细嫩的脸上："走！我让你走，你听见没有。"

她还在笑着，眼睛里都是泪光："萧诚，我不会走的！没人能让我离开你！"

他紧紧抱住她："对不起！"

"没关系，我不会怪你的。"

这个短片，有人匿名寄到英国，那时他刚做完手术，一个人躺在医院里，他的朋友把片子拿来给他。

一个人在医院的日子很寂寞，幸好有沫沫的"笑脸"陪着他度过！

那段日子，安诺寒想通了很多事。他和沫沫虽然形影不离地长大，他以为自己把沫沫当成妹妹，以为他们之间有着无法跨越的距离和沟通的障碍，他无法理解沫沫的想法，就像沫沫无法理解他的想法一样。

其实，不是的。他从来没有把她当成妹妹，在他的心目中，沫沫始终是陪伴在他身边的人，即使她还小，即使她不懂他的世界，但她是了解他，懂他的。那是一种心灵上的交流和陪伴，是他最寂寞时光中的暖阳。

他以为这份了解，这份陪伴是不会改变的。现在他才发现他错了，他离开了太多年，沫沫已经不再是原来的沫沫，他也不是从前的他了。他们的世界已经越来越远，再也没有交集了。

只是，到了这个时候，他才意识到这份陪伴对他而言有多么重要，可惜，太迟了。

喝到七分醉意，安诺寒看时间不早，正欲离开。没承想在走廊遇见一个许多年未见的朋友，聊了一阵，才知道朋友也改行做了正当生意，这些年澳大利亚生意好做，赚了不少钱。

"走！走！难得今天遇到，进去喝两杯。"安诺寒被朋友拉进他的豪华包房，也不知道又喝了多少酒，总之越喝越感慨人生无常，他们不禁想起了十八岁那段轻狂的岁月。

凌晨一点多，安诺寒被朋友送回家。

安以风还在等他："这么晚才回来？"

　　"遇到个朋友。"他口齿不清地回答，"爸，你是不是有话和我说？"

　　安以风本想和他谈谈，见他的脚步已经不稳，话都说不清，摆摆手："先去休息，明天再说吧。"

　　安诺寒回到房间，刚脱下外衣丢在床上，沫沫走进来。

　　他揉揉额头，被酒精麻痹的大脑开始胀痛："我吵醒你了？"

　　"我在等你。"

　　房间里，混合着香水味道的酒气无处不在地弥散，刺激着人的嗅觉。

　　沫沫握紧双手，盯着他衬衫的领口上鲜红色的口红印看了良久，才缓缓松开握紧的手："我想问清楚，今天的事情到底是不是你做的？"

　　又是这个问题："你为什么问我？你怎么不去问萧诚？"

　　"因为……"因为安诺寒对她来说是最亲近的人，可能人一旦遇到解不开的疑惑，便会下意识去追问自己亲近的人。

　　"我告诉你是他做的，你信吗？"

　　沫沫摇摇头："你喝醉了！"

　　安诺寒一把扯过她的手臂，愤怒再也压抑不住："你是不是认为他空灵，他的灵魂一尘不染……只有我这种残忍冷血的男人才会开车去撞人？"

　　"你！"沫沫挣扎着，"萧诚怎么会让人开车撞自己姐姐？"

　　他放开她，冷冷地说："既然不信，何必还来问我？！"

　　"我……我是……"是啊，她为什么要问他？因为她不相信他吗？他是安诺寒，那个从小喜欢到大的男人，他是什么样的人，她应该知道的，他不会做出这样的事。

　　可是她为什么要求证，为什么一定要听他亲口说一句"不是我"？

　　"我累了，有什么话明天再说吧。"安诺寒放开她，疲惫地坐在床上，用力揉着眉心，头痛让他的思维一片混乱。

　　沫沫看看他疲惫的样子，看他眸光中的醉意，也知道再纠缠下去也没有意义。况且，她怎么能因为萧薇的话就怀疑安诺寒，她应该相信他，什么都不要再问。

　　"你休息吧，我没什么话想说了。"她退出他的房间，关上房门。

　　沫沫一整夜没睡，一直在听着安诺寒的动静，他的房间很安静，除了沉稳的呼吸声，没有任何声音。第二天一早，沫沫听见隔壁有动静，起床坐在镜子前，用亮粉掩盖了一下黑眼圈，换了件粉红色的连衣裙，下楼。

安诺寒已经坐在沙发上看报纸,脸色有点苍白,沫沫拉了拉脸侧的头发,遮住脸上的潮红，坐在他身边。

安诺寒只瞥了一眼她的脸，低头快速翻报纸。空气里只剩下报纸刺耳的哗啦声。沫沫正尴尬得不知如何是好，一张报纸被递到她眼前，她接过一看，音乐版。

一阵暖意流过心尖。

"谢谢！"她目不转睛盯着手中的报纸，手指捻着报纸的边角，捻到吃早饭，一个字都没看进去。她和安诺寒专心致志地低头吃东西，对面的安以风和司徒淳若有所思地看他们吃东西。

一顿早饭，出奇地安静。

在这么安静的时刻，安诺寒桌上的手机响了，响声尤为刺耳，令她忍不住要去瞄一眼他的手机，刚巧看见上面闪烁着三个字：苏深雅。

安诺寒立刻接起电话，起身走向外面，边走边说："嗯，找我有事？"

……

"好的。"

……

"这么急？"

……

沫沫端起桌上的牛奶喝了一大口，烫伤了舌头。

安诺寒的电话讲了很久，回来的时候，沫沫正在猛吸气，让冷空气减轻舌尖的疼痛感。

不等安诺寒坐下，安以风毫不避讳地追问："是谁打电话？"

"公司的同事。"安诺寒面不改色地答道，"测试出了点问题，总设计师让我销假回去。"

"什么时候走？"

安诺寒看看手表："我去收拾一下东西，应该赶得及坐十二点的飞机。"

"这么急？"

"嗯，测试出了点问题，我要回去处理。"

沫沫闻言，无力地放下手中吃了一半的糕点。一个电话就可以让他马上回英国，可见那个女人对他来说胜过了一切。

"路上小心点。"她用生硬的口吻说。

"你不去机场送我？"

"我还有事，我要陪萧诚去做理疗。"她不是不想去送他，而是不想面对这种离别，她怕自己会哭，会抱着他不让他离开。

安诺寒没说别的，手搭在她的肩上轻轻拍了两下，匆匆上楼收拾东西。

沫沫不知道安诺寒想表达什么意思。

对她来说，那意味着结束。

去机场的路上，安以风看了看安诺寒的脸色："和沫沫吵架了？"

"没有。"安诺寒摇摇头。

"我听说你昨晚去见萧薇了。"安以风问得有些突兀。

安诺寒并不意外，安以风在外面眼线很多，什么事都不可能瞒得过他："见个面而已。"

"看见她变成现在这个样子，是不是内疚了？"

安诺寒淡淡地笑了笑："有一些吧。我真的不懂，为什么她到现在还不知道自己想要什么。"

女人，可以天真，可以无知，但千万要知道什么是自己想要的。

要男人的真心，要事业上的功成名就，要安逸奢华的生活，要让人感动的浪漫，要平平淡淡的快乐……想要什么都没错，千万别什么都想要。更加不能自己什么都不付出，一心想着从男人身上索取，那是任何男人都给不起的。

萧薇就是这样的女人，什么都想要，自己得不到，也不会让别人得到。所以，她的人生注定是悲剧，永远都是一个悲剧。

安以风的表情好像很满意，拍拍他的肩："沫沫还小，再给她点时间，她会明白自己想要什么。"

"爸，你放心，我知道什么重要，什么不重要。"

"小安，你决定在英国定居了吗？"

安诺寒犹豫了一下，才说："没有决定，我还在考虑。"

听到这个答案，安以风如释重负地松了口气，拍拍他的肩膀："爸爸尊重你的决定，你如果想留在英国，也没有问题。"

安诺寒点点头，眉目舒展，脸上终于露出一丝笑意。

这么多年了，他终于等来了父亲的理解和支持。

第十四章
在你眼中我是谁

一年后，中国。

安诺寒坐在中国商用发动机公司的休息室里，一手拿着电话，一手拼命揉着自己快要炸开的头，语气平静如陈年古井："是吗？沫沫开心就好。"

司徒淳顿了顿，说："听沫沫说，你交了女朋友，感情很好，是吗？"

听到这句话，他揉着额头的手猛地顿住了。他下意识下地想否认：没有，从来没有过。

但他很快意识到，沫沫不会平白无故这么说。这段时间，沫沫坚持要和萧诚去维也纳学音乐，为了这件事几次和她的爸爸闹翻。沫沫给他打过几次电话，说她很想离开澳大利亚，想去看看外面的世界，问他可以不以帮她。

他的回答只有两个字：不能！

安诺寒从未拒绝过沫沫的请求，这是唯一一次，坚定而果断。因为他离得太远，他已经不了解沫沫了，他不知道什么才是对她最好的选择，只能相信韩灈晨的选择一定是对的。

可他怎么也没想到，他不帮她说情，她就说他有女朋友，用这种方式去换取自由。他思考了很久，终究还是为了沫沫，选择默认。

司徒淳叹了口气，说："如果你们感情真的很好，就带回来吧。"

"好吧。"安诺寒说完，挂断电话。

这么多年，他变了很多，沫沫也变了很多，他们不再了解彼此的生活，彼此的性情，但有一点，他始终没有变，就是沫沫对他提出的要求，无论多过分，多么不合理，他总是会妥协。

这次也是一样。

敲门声打断了他的思绪，他坐直，说了声："请进。"

苏深雅走进来，一身职业套装衬托得她精明干练，自从一年前的项目顺利完成，安诺寒被总设计师看中，当成接班人重点培养，苏深雅就被调来做他的助理。

他一向是个公私分明的人，苏深雅也是，所以，他们之间再无其他。

"李总叫你去开会。"

"好的。"他说。

见他的脸色不太好，欲言又止，她问："你还有事吗？"

安诺寒沉吟片刻，像是做了个很艰难的决定，才说："你能不能帮我个忙？"

"当然可以！"她义不容辞地应下。

"我爸爸让我带女朋友回家。"

苏深雅愣了一下，她对安诺寒的生活非常了解，工作是他生活的全部，别说女朋友，他身边连半个暧昧的女人都没有。

难道他想带她回去骗他的家人？

而他说让她帮忙，看来就是要她冒充女朋友。

来不及惊讶，也来不及究其原因，她立刻点头："好，我马上去准备。"

两天后，从 S 市飞往墨尔本的飞机航班上，苏深雅眨眨长长的睫毛，深情地看了一眼身边一身随意的休闲装，却充满精英味道的安诺寒。他正凝神看着手中的测试数据，俊美的侧脸让她百看不厌，还有他眼神里浓得化不开的深邃，一如他的人。与他相识多年，她始终无法窥见他的内心世界。

自从上了飞机，安诺寒便开始看最新的发动机运行测试报告，和苏深雅没有任何交谈，甚至没有任何的眼神交流。如果不是因气流撞击，飞机震颤，安诺寒淡淡地询问她是否系紧了安全带，她几乎以为他早已忘了她的存在。

没办法，安诺寒就像他的名字一样，安静、冷漠，如千年寒冰，而她偏偏就是喜欢他这样的性子。他越是对她冷淡，她越是想吸引他的注意。

或许，这就是所谓的缘分吧。

苏深雅永远不会忘记她第一次遇到安诺寒的情景，那是她在剑桥读书的时候。

有一天，一个被她拒绝过很多次的男生又来纠缠她，她怎么也摆脱不了。刚巧，安诺寒从对面走过来，他沉默地瞥了他们一眼，她求助地看着他。

出其不意，他一抬腿，一个极其完美的侧踢，只听见有人闷哼了一声。苏深雅低头时，发现纠缠他的男生已经抱着头躺在地上。

等她从震惊中恢复过来，安诺寒已经走远了，剑桥大学蓝色的制服在他身上穿出一种中国男人沉静的味道。

从那天起，她迷上了安诺寒。

在遇到安诺寒之前，很多人都说她高傲，对喜欢她的男人都是不假辞色。她从不在意，因为她出身名门，气质优雅，才华出众，她当然有高傲的资本。

骄傲如她，当然不会主动表白。在图书馆里，她能主动坐在他对面的位置，或者去餐厅吃饭的时候，偶然间与他同桌，这已经是她的极限了，可他每次都是淡淡地看她一眼，保持沉默。

一年之后，她终于放下了骄傲，向他表白。

"安，我喜欢你！"

那是一个雨天，图书馆里，安诺寒起身去关窗时，她站在他身后说出了这句话。安诺寒关窗的动作停滞了一下，回头对她笑了笑，他的笑容浅淡，只是一个礼貌的微笑而已。

"谢谢！"

只留下这句话，他就走了。从此，没了下文。

而她，更加迷恋他。

她从很多侧面去打听安诺寒，原来他是个澳籍华人，出身于一个很普通的家庭，父亲是个教人打拳的教练，母亲不当警察了之后经营一间很小的咖啡店。他的家庭要支付剑桥大学这么高昂的学费很困难，所以安诺寒学习很勤奋，每学期都拿奖学金，他的生活也很清简。

安诺寒有很多朋友，但没有女朋友。他学习很努力，常常在图书馆里通宵读书。毕业后，他进入了 RR 公司的发动机公司工作。作为世界三大航空发动机厂家之一，RR 公司在英国有着举足轻重的地位。为了技术保密，他们极少聘用外籍人，特别是华裔。

但安诺寒是个天才，他的毕业设计让 RR 公司的总设计师看了整整一晚，第二天就决定录用他。而苏深雅为了能离他更近一些，费尽心思才争取到进 RR 公司实习的机会，还只是做机械式的测试工作。

最初，安诺寒在 RR 公司也只是一名普通的设计助理，接触不到核心技术。他到公司的半年后，无意中看见正在研制的一款发动机的控制系统存在一个漏洞，他认为飞机在极限状态下，这个漏洞就会存在安全隐患。

经过谨慎的测试，他确认了自己的想法，随即便写了一份详尽的分析报告交给这个型号的总设计师，第二天，那个总设计师就把他调入了核心设计团队。可是，安诺寒偏偏在这个时候，提交了辞职信。

她问他："为什么要辞职？"

他没有回答她。后来她才知道，因为安诺寒出生在中国 X 市，在澳大利亚生活用的也是中国的国籍，他始终记得自己是中国人，对中国有一种特别深刻的感情。在 RR 工作的那段时间，他听说中国要发展航空业，很多华人都回了国。他也毫不犹豫地辞职了。

于是，苏深雅也毫不犹豫地辞职了，和安诺寒一起进入了 SF 公司工作，其实原本她也是为了安诺寒而留在英国的。

安诺寒在 SF 公司很快受到重用，不到一年时间，已经开始独立承担主控系统的设计工作。

飞机发动机的结构非常复杂，控制系统更是异常复杂，每一个微乎其微的设计优化，都需要无数次的试验和论证才能确定。所以，安诺寒的工作非常忙，完全没有自己的私生活。她走不进他的生活，便努力成为他工作中不可缺少的人。

他们从同学到同事，经历过很多事。安诺寒不再是那个青涩的少年，已经变成了最新型发动机的控制系统设计师，她也不再是那个不谙世事的少女，她也变得精明强干，成为他身边不可缺少的女人。

可是多年的相处，她对他的了解依然不多，她只知道他有两个爱好，一个是听钢琴曲，他最喜欢的钢琴曲是贝多芬的命运。另一个爱好是搜集加菲猫，不论大小，款式，只要是加菲猫，他一定会买下来。关于他这个怪癖，有很多版本的传言，其中有一个最不靠谱：他有个妹妹，不仅长得像加菲猫，还和加菲猫一样懒惰，贪吃，迷糊，贪玩，还爱闯祸。

除此之外，她对他一无所知，所以昨天安诺寒突然对她说，"我爸爸让我带女朋友回家"，她吓得傻掉，但她还是装作很冷静地说："好的，我马上去准备。"

于是，她就稀里糊涂跟他上了飞机，踏上去澳大利亚的见家长之路。

……

飞机在她的忐忑不安中降落，苏深雅有些紧张地挽着安诺寒的手臂走出机场，不停地在心里默念那些早已熟记于心的开场白。

取了行李，走到出口。

她立刻看见一个非常引人注目的男人站在出口处，远远看去根本猜不出年龄。他身上的黑色衬衫和长裤很普通，偏偏这种最低调的颜色在他身上都显得张扬。他身边站着一个很美的女人，她的美不是那种炫目的美，而是淡雅的、沉静的，美得让人舒服。

安诺寒笑着跟他们深深拥抱，并向他们介绍："爸，妈，这是深雅，我的……女朋友。"

"伯父，伯母，你们好！"走近些，苏深雅忍不住细看安诺寒的爸爸。他有和安诺寒极为相似的冷峻的眼，挺直的鼻梁，刚毅的棱角，但他看上去比安诺寒要多几分霸气，让人望而却步。

尤其是当他用冷厉的眼神打量她时，令她不寒而栗。

苏深雅偷偷看向安诺寒，等着他打破这种尴尬的氛围，却看见他目光游移于四周。

平静无波的眼眸里隐隐透着一丝失望。

苏深雅礼貌地笑着，刚要说些寒暄的话，一个看起来十八九岁的女孩儿突然从他背后跳出来，伸手捂住安诺寒的双眼，大声说："小安哥哥，猜猜我是谁！"

女孩儿穿着松了一根鞋带的布鞋，破旧的牛仔裤，足能装进两个她的肥大T恤，辫子歪歪地系着，露出一张非常靓丽的笑脸。其实，她的五官长得很漂亮，大大的眼睛，小巧的鼻子，圆润的双唇，婴儿般娇嫩的肌肤，只是邋遢的打扮和大大的黑眼圈让她的美丽大打折扣。

安诺寒说："沫沫，你下次能不能别提示得这么明显？这很侮辱我的智商。"

沫沫松开手，摇摇头，马尾辫跟着飞舞："你这么健忘，万一你想不起来我是谁，我多没面子！"

"我还没健忘到那个程度。"安诺寒又看看她身后，问，"Uncle 和

Aunt 呢？"

　　"别提他们了，去夏威夷度假也不带我去。我已经跟他们断绝关系了！"

　　"是。"安以风别有深意地说，"所以沫沫搬来我们家住了。"

　　"哦！"安诺寒无所谓地笑了笑，似乎这种大逆不道的话对他们来说早已习以为常。

　　"小安哥哥，她是你女朋友吗？"沫沫眨着天真的大眼睛看着她，"长得真漂亮！"

　　"嗯。"安诺寒牵过苏深雅的手，介绍说，"你以后叫她深雅姐姐。深雅，她叫沫沫，是我爸爸好朋友的女儿。"

　　苏深雅优雅地伸手，并刻意寒暄说："沫沫，安常跟我提起你！"

　　"是吗？"她的眼眸闪烁了一下，也伸出手，"他说我什么？"

　　"说你很可爱！"

　　"他才不会！"沫沫与她交握的手僵硬了一下，随即一脸满不在乎地撇撇嘴，说："他一定说我懒惰、爱吃、迷糊、贪玩，是不是？"

　　苏深雅第一次觉得很无语，只能赔笑着说："他说的没错，你确实很可爱……"

　　沫沫抽回手："小安哥哥一次都没跟我说起过你……"

　　见苏深雅笑容尴尬，双唇泛白，沫沫甜甜地笑了笑，笑得像个天使："小安哥哥总喜欢把在乎的人放在心里，他从不提起的人，就是他最爱的人！"

　　安诺寒没有说话，俯身帮沫沫系上松了的鞋带。

　　"你们也累了，回家吃点东西再聊吧。"安诺寒的妈妈说。

　　"谢谢伯母。"苏深雅忙说道。

　　谁知沫沫突然又说："接完小安哥哥我就完成任务了，我跟朋友出去玩了。"

　　说完，她举起手挥了挥，头也没回蹦蹦跳跳地跑出机场。

　　苏深雅的心莫名地一沉，她有种预感，这个安诺寒从来没有提起过的女孩儿，对他有着非凡的意义。

　　走出机场，苏深雅不可思议地看着一个司机跑过来，举止十分恭谨地把安诺寒的行李抬上一辆崭新的加长豪车上。

　　安诺寒问他的爸爸："新买的？"

　　"为了接你买的，这款车外观虽然丑了点，不过挺实用，载的人多，又方便放行李。"这口吻俨然是今天上街买了棵白菜，虽然被虫子咬了，还能凑合吃。

"嗯！是很实用，全世界最经济实用的恐怕就是这款车了。"安诺寒很赞同地点点头。

苏深雅不禁失笑出声，原来安诺寒有她所不认识的另一面。

车子行驶了一个多小时，在一处海边停下。苏深雅简直不敢相信面前两栋奢华的别墅就是安诺寒的家。

安诺寒提着她的行李，牵着她的手走进前面的一栋。一楼是个宽敞的客厅，以淡雅的白色为主色调。上面是四间卧室，安诺寒将她的行李提进其中的一间，那是一个套间，里间是卧室，外间是书房，从简洁的摆设看来应该是安诺寒的房间。

"你休息一会儿，吃晚饭的时候我来叫你。"

她的确累了，从安诺寒说要带她来澳大利亚，她一夜没睡，再加上旅途的劳顿，她早已累得头脑发昏。

"那你呢？"

"我出去走走。"

"我陪你。"

"不用了，我有点事。"

说完，他关上房门，退了出去。

安诺寒离开后，苏深雅没有睡，一个人在陌生的房间有些无聊，只能趴在窗边看着海边的风景，打发孤独的时光。

不过，这里的景色倒确实很美，海浪声也很动听，一阵一阵，演绎着万年不变的旋律，抚平内心的孤单。

安诺寒和他的爸爸站在木质的观景台上聊天。

他时而说话，时而沉默，他的眉宇由始至终都在深锁着。

可当他看见远处一瘸一拐地走过来的沫沫，他的眼神忽然变得幽深。

几分钟后，一阵细碎重叠的脚步声响起，苏深雅走出卧室，听见沫沫说："你又不是我老爸，管那么多干吗？"

"我要是不管你，还有谁能管得了你！"安诺寒的声音紧跟着响起。

"唉！幸亏你一年回来两次，不然我早被你逼死了！"

开门声和关门声后，他们的对话声也转移到隔壁房间。

"你怎么弄成这样？"安诺寒的语气有些烦躁，"腿怎么受伤了？"

"跟朋友去爬山不小心跌的。"

"朋友？是萧诚？"

"……"沫沫没有回答，应该是默认了。

苏深雅无力地跌坐在书房的沙发上。她从两个人的沉默里似乎明白了什么，但又更迷茫了。还有，这两个房间的隔音怎么会这么差？

苏深雅揉揉剧痛的额头，她的头被太多太多的问题填充，满得都要炸开了。

隔壁的房间安诺寒静了一会儿，便响起了水声，隐约听来像是洗澡的声音。

"刚刚你和风叔叔在谈你和深雅姐姐的事吗？"沫沫问，声音有些模糊。

"嗯。"

"风叔叔怎么说？"

"他说尊重我的意见，感情的事……让我自己选择。"

"哦……"沫沫这句"哦"拖得有些长。

"你为什么让我带女朋友回家？"安诺寒问了个让苏深雅很意外的问题。

沫沫的回答更加意外："我没有啊！"

"我爸说是你告诉他我有女朋友……"

"嗯！是我说的！"

"你为什么要这么说？"

"……"

"沫沫？"

水声停止。沫沫的声音依然朦胧："我撑不下去了。"

"我明白了。"安诺寒的声音充满宽容和理解，"我帮你解决。"

说完，安诺寒推开门，走出房间，脚步渐行渐远。当安诺寒的脚步声彻底消失，房间里响起沫沫微弱的抽泣声，很久，直到暮色渐晚，海潮退去。

苏深雅的情绪在海浪的声音中渐渐平静下来。她开始思考安诺寒为什么要带她来见父母，为什么要假装自己有女朋友。原本她以为是安诺寒想让父母放心，或者逃避父母的催婚。

　　但她见到安诺寒的父母之后，发觉他们似乎很尊重安诺寒，说话也会很小心谨慎，不像那种强势霸道的父母。

　　她左思右想，也理解不了安诺寒的想法，只好换个角度去读懂沫沫的心事。

　　沫沫说她撑不下去了，是什么样的压力让她难以承受了，需要编出安诺寒有女朋友这样的谎话？

　　是因为萧诚吗？这个名字听起来有些像男孩的名字，是沫沫喜欢的男孩子吗？

　　她似乎明白了什么，又不太能确定。

　　不知不觉，天已经黑了。到了吃晚饭的时间，安诺寒叫苏深雅下楼吃饭。

　　因为吃的是西餐，所以整顿饭都迎合着西方人的用餐习惯——安静。

　　可表面上越安静，反而愈加可怕，每一下轻微的动作都会变成别人注目的焦点。所以苏深雅吃得特别小心，尽量维持着端庄的姿势。快要吃完时，安诺寒悄悄将手放在她的手背上，他的掌心很冷。她抬起头，装作很甜蜜地对他微笑，余光瞥见安诺寒的父母看看他们，又看看沫沫，神色有些无奈。

　　而沫沫看来的确挺贪吃，低着头吃得津津有味，光是牛排就吃了两份。

　　……

　　吃过饭，安诺寒的父母去海边散步，他的妈妈挽着他爸爸的手臂，依偎着他，沙滩上交错的脚印延伸到很远很远……

　　沫沫坐在沙发上抱着遥控器看足球赛，看得激情无限，丝毫没有在别人家做客的拘束。

　　安诺寒也并不急着上楼，也坐在沙发上看电视。苏深雅悄悄将手伸到他的手臂内侧，身体轻轻依偎过去。他的肩好宽，好温暖……就像以前一样。

　　她闭上眼睛，回忆起安诺寒的毕业 Party，那天她多喝了几杯，哭了。花园里，她想向他寻求一些安慰，主动趴在他的肩上抽泣："我好冷！你抱我一下好不好？一次就好……"

　　他却非常快速地推开了她，转身离去，连一丝温暖都舍不得给她。

　　回想起那一夜，苏深雅有些冷，依偎得更紧一些："我好冷。"

　　这一次他终于伸出手，搂紧她瘦弱的肩。

　　"你陪我上楼休息吧。"她小声说。

　　"好。"

他们起身离开时，苏深雅悄悄回眸。

电视上，沫沫喜欢的球队又进球了，她喜欢的球星梅开二度。

沫沫完全没有第一次那么兴奋，她用双手抱紧曲着的双腿，聚精会神地看着电视机。她细白的小腿上有一片擦伤，抹了药，却还在渗血。

看起来有些触目惊心。

苏深雅忽然记起她第一次和安诺寒聊天，她问他："你为什么叫安诺寒？"

他说："我喜欢这个名字。"

"因为你喜欢安静吗？"

他笑了笑，笑的时候嘴角流露出一种特别的情感。

其实，安诺寒不但喜欢安静，他的话也不多，即使在技术讨论会上，他也总是极少发言，但只要出口必是字字珠玑，深意无穷。

所以，苏深雅早已习惯在他有限的言语里，去揣测他的心事。

安诺寒带着她回到房间，推开窗子，让晚风带着咸涩的海水味道吹散满室的憋闷。

他终于开口："谢谢！"

苏深雅勉强地笑了一下："除了谢谢，没别的话说吗？"

他轻轻动了动双唇，却没有发出声音。

他走到书柜前，从里面拿出一本厚厚的影集，掀开倒数第二页，看了一眼，又合上，脸上隐隐透出失望……

尽管无意地一瞥，苏深雅还是看清了那张照片。

那是安诺寒和沫沫的合影。

桌上的生日蛋糕上插着十八根蜡烛，烛光中，安诺寒轻吻着沫沫的额头……

照片里的沫沫穿着漂亮的公主裙，微卷的头发上别着一个金色的发夹，她的脸上洋溢着甜蜜又略带羞怯的笑……

苏深雅有种被照片刺伤眼睛的感觉，泪水在眼圈里打转。她终于相信沫沫的话，他从不提起的人是他最在乎的人。

"为什么要带我来你家？"

"我以为你昨天会问。"安诺寒看着她，黑眸越发沉寂，"你这么聪明，现在应该也不需要问了。"

她的确不需要问了，因为她已经猜到了。他的父母明显很喜欢沫沫，很希望他和沫沫能在一起。但是沫沫似乎并不接受这样的安排，而他好像也不愿意。

只是为什么他们不愿意在一起，苏深雅有些想不通，她试探着问："你是为了让你父母不再逼你娶沫沫？"

"不是。"安诺寒摇摇头，"我远在英国，他们逼不了我什么，但是沫沫在他们身边，要承受的压力太大了。"

"那你为什么不干脆娶了她？"

安诺寒忽然笑了，仿佛在笑一个傻瓜。

"沫沫是我妹妹，在我眼里她永远都是个孩子！"

"孩子？"他的语气听来那么真诚，难道是她想错了，"真的吗？"

安诺寒看了一眼手上的影集，笑着说："以前每次回来，总会发现沫沫在影集里放了新的照片，可从她十八岁……她就再没放过任何一张照片。因为她遇到了萧诚。"

"她爱上了萧诚？"

苏深雅也从那样的年纪过来。少女的心事总是比风更飘忽不定。

小时候，女孩儿总会依赖着父亲、哥哥，以为那是她的天地。

当有一天女孩儿遇到让自己心动的男孩儿，心里便再也容不下其他人，仿佛天地都只为一个男人而存在……

"萧诚是一个乐队的主唱，我曾经听过他的歌，忧郁而深情。"

"那后来呢？"

安诺寒看向大海，思绪随着大海的波澜，回到了过去。他告诉苏深雅，沫沫很爱萧诚，为了和萧诚在一起，不惜和父母决裂，不惜放弃自己学舞蹈的梦想，和萧诚去维也纳学唱歌。

"他们的爱很动人。"苏深雅说。

"这个世界不是只有轰轰烈烈的爱才动人。"安诺寒轻轻叹了口气，"深雅，你能再帮我一个忙吗？"

她没有问是什么忙，便点了头。在她的心中，安诺寒无论让她做什么，她都会毫不犹豫。

"我父母希望我和你尽快结婚。"

"结婚？尽快？"也许是等这一天等得太久，她恍然觉得现在是在做梦。

安诺寒点点头："是的，不亲眼看见我们走进结婚礼堂，他们就不相信我们的关系……不过也没有那么急，我们可以先订婚。"

看见苏深雅不说话，他非常理解地说："你不用急着答复我，你好好考虑一下，毕竟……"

"我可以。"不等他说完，苏深雅已经坚定地答，"我答应了帮你，一定会帮你。"

"谢谢！"他轻轻地笑着，没有一丝高兴的感觉。

午夜，苏深雅听见楼下有轻微的响声，她悄悄起来。

安诺寒不在书房里。

她将门慢慢开启，透过门缝，她看见客厅里亮着微弱的光。

沫沫坐在沙发上吃着香蕉，安诺寒坐在她旁边小心地在她受伤的腿上涂药。

沫沫吃东西的时候，一直不抬头，慢慢地，一口一口艰难地咽着香蕉。

安诺寒说话的声音很轻："过几天我和深雅订婚，Uncle 知道这件事，一定不会再反对你跟萧诚去维也纳学音乐。"

"我的事不用你管。"

他笑了，捏捏她的鼻子："你跟 Uncle 断绝关系没有十次也有八次，哪次改变过他的决定？！"

"都是他说话不算话，断绝关系还派人跟踪我。"

"行了！所有事都交给我，你只需要收拾好东西，等着跟萧诚去周游世界！"

沫沫放下手里的香蕉皮，想笑，一滴眼泪从眼角滑下来。

"怎么了？"

"没什么。"她避开安诺寒伸向她的手，"我只是想说：小安哥哥，谢谢你！"

海边的夜好冷。

苏深雅紧紧裹着身上单薄的睡衣，还是觉得海风透骨的寒冷！

沉默一阵，安诺寒主动找了个话题："你是不是要和萧诚去希腊？如果去的话，记得把你和萧诚的照片寄给我！"

沫沫低头捂着嘴，看不清表情，只能听见隐隐的笑声："你千万别把你和深雅姐姐的照片寄给我，我不想看！"

"为什么？"

"她比我漂亮！！！"

安诺寒用双手捏捏她晶莹的脸。"傻丫头，等你长大了，一定比她漂亮！"

"哼！不理你了！"沫沫打掉他的手，拖着一条受伤的腿下了沙发，一瘸一拐地走了两步，又转回去，拿起沙发垫丢在安诺寒的脸上，"我哪里不漂亮？我不打扮而已，我好好打扮打扮，比谁都漂亮！"

"那你为什么不好好打扮？"安诺寒唇边的笑意更深，眼睛里晃过一丝狡黠的光芒。每次他露出这种眼神，那表示发生的结果早已在他的预料之中。

"女为悦己者容，你又不懂欣赏美，我干吗为你打扮！？"

"对！我不懂，你的美丽，你的个性，你的歌声……只有萧诚会懂！"安诺寒的声音很轻柔，没有任何一点讽刺。

可沫沫的脸上却有种被人讽刺的恼怒："你等着，总有一天我要让你看清我的美！"

她转过身，想要走，他在她背后无奈地叹气："你呀！永远都是个长不大的孩子！"

沫沫背对着安诺寒，所以他看不见她的表情，但从深雅的角度，刚好可以看见沫沫脸上僵硬的恼怒。

"是你太老了，跟我有代沟！不！四岁一个代沟，我们之间至少有两个代沟……"

苏深雅拢了拢睡衣，关上房门。因为她不想去看清沫沫眼睛里滑落的泪。

她不知道安诺寒是不是经常会说这句话，可她知道，这句充满宠溺纵容的话一定深深刺伤过一个女孩儿脆弱的爱！

那晚，安诺寒没有回来，他独自坐在沙滩上用手指在细沙上画着什么。

阴云遮住的月光照不清他指下的图案……

苏深雅悄悄拿出他书架上的相册，翻开。一张张载满回忆的照片为她讲述着温暖的故事。

看完那些美好的照片，苏深雅合上影集，走到窗边。皓月照清了沙滩上的图案，一只笑得无忧无虑的加菲猫……

安诺寒说得没错，动人的不只有轰轰烈烈的爱。

还存在一种爱，温和如人的体温，清淡似白开水。因为拥有已成习惯，即使再温暖都感觉不到它的存在……

第二天一大早，安诺寒和他的父亲出去安排订婚的事宜。

安诺寒的母亲去通知一些亲友。苏深雅坐在他的书房里看书。

敲门声响了两下，她刚要说请进，沫沫的笑脸从渐启的门缝里挤进来。

"深雅姐姐，想吃冰激凌吗？"

"沫沫，进来坐。"苏深雅连忙笑着起身。

沫沫抱着一大杯草莓冰激凌走进来，轻轻地放在她桌上。因为只有一杯，苏深雅说："你吃吧。小女孩真好，怎么吃都不用担心发胖。"

"哦！"沫沫笑着对她眨着眼睛，抱起冰激凌，"那你不开心的时候做什么事？"

"找人喝茶聊天，把心事说出来。有些事放在心里很重，说出来就会很轻松。"

沫沫用小勺舀了一些冰激凌，送到嘴边，又放回去："跟小安哥哥聊天吗？"

"有时会。"深雅想了想，才说，"他平时不爱说话，倒是很会安慰别人。以后你有不开心的事可以找他倾诉。"

"他？"沫沫不以为然地摇摇头，"他只会像嘲笑白痴一样笑我。"

"会吗？"

"当然！有一次我坐在院子里哭得很伤心，他问我为什么哭，我说因为他送我的彩笔被同学偷走了。他不但笑我，还说我傻。"沫沫笑着对她做了个很可爱的鬼脸，"你也想笑吧？笑吧，不用忍着。"

苏深雅真的笑不出来。面对着沫沫那双水汪汪的大眼睛，她忽然觉得那天真的背后，有种超乎想象的深奥。

"如果我是你我也会哭。"

苏深雅以为沫沫会问为什么，没想到沫沫用勺子搅动着杯子里融化的奶油说："你哭，他会认为你是在意他，我哭……他就当作是小孩子在抢玩具，随便再买一个哄我玩。"

"对不起。我不是这个意思。"

"我知道。"沫沫抱起冰激凌，坐在沙发上大口大口地吃。

安诺寒不会懂，有些女孩儿喜欢吃冰激凌，因为冰激凌能让她快乐，沫沫喜欢吃冰激凌，是因为冰激凌才能让她不去回味痛苦。

苏深雅想了想，问："你喜欢他，为什么不告诉他？"

沫沫一脸云淡风轻地回答："因为我老爸和风叔叔特别不讲道理，让他们知道我喜欢小安哥哥，他们肯定把他打晕了，直接扔在我床上……"

"啊？"深雅吃惊地看着她。

"然后，逼着他负责任！"

"……"她很难相信有父亲会做出这样的事，可沫沫的表情一点都不像开玩笑。

"我才不要嫁一个不爱我的男人，拿我一生的幸福当赌注。我又不是没人要，何苦在不懂欣赏我的男人身上浪费时间，浪费感情。"

"说得容易，要忘记一个人太难。"这些年，她何尝不是在安诺寒身上浪费了很多感情。她当然知道安诺寒不喜欢自己，也不止一次想过要去忘记安诺寒，可是当他一出现，她就什么都不顾了，明知他心中没有她，还想一生守着他。

"为什么要忘记？小安哥哥对我那么好，不能成夫妻，也可以做兄妹……"

"你真洒脱。"苏深雅不禁重新打量一番眼前的沫沫，玫粉色的连衣裙让她看来像是一株含苞待放的玫瑰，还未绽放已是香气四溢，色泽动人，待她舒展花瓣，傲然绽放，怎会不诱人采撷。

年轻真好，可以洒脱地挥挥手，把希望寄托给未来。而她，自以为情深不移，殊不知青春易逝，鲜花易谢，不知不觉她已经浪费了太多时间。

"不是我洒脱，我是不想折磨自己。暗恋本来就够苦了，更何况暗恋一个永远不会喜欢自己的人……"

"你怎么知道他不会喜欢你？"苏深雅试探着问。

沫沫笑了笑，带着一种十九岁少女不该有的淡定笑容问："小安哥哥没跟你说起过我吧？"

"他，他……"

"他不希望我成为你们之间的阻碍。"

沫沫的表情让苏深雅十分歉疚。有一瞬间她差点脱口而出：在昨天之前，我跟他什么关系都没有。他根本不爱我，他是骗你的。

可她的理智马上让她打消这个念头。因为她深知自己一旦说了，安诺寒的苦心就会白费。

这件事她必须谨慎些，稍有差池，他可能会责怪她，甚至不再娶她。

"或许，他从不提起的人才是最在乎的人。"苏深雅说。

沫沫微笑了一下，九分礼貌，一分苦涩："深雅姐姐，你和小安哥哥在一起多久了？"

突如其来的问题让她不知所措，她不想欺骗一个如此可怜的女孩儿，却不得不敷衍："很久了。"

沫沫的语气充满理解："你一定为他付出了很多吧？"

"只要能跟他在一起，所有的等待都是值得的。"

"你真执着。难怪小安哥哥那么爱你。"

这句话听来很刺耳，沫沫下一句话更加刺耳："我还年轻，以后的路还很长，我相信有一天我也能遇到一个与我两情相悦的男人。"

"你不是已经遇到了萧诚吗？"

"萧诚？"沫沫长叹一声，摇摇头，"萧诚不爱我。"

"为什么？"

"我多打了一个耳洞，他会说好酷，不会问我疼不疼。我忘记穿外套，他会夸我漂亮，根本不关心我冷不冷！当然，他更看不见我的裙子被勾破了，我的鞋带松了……"

回忆起机场里，安诺寒俯身帮沫沫系上鞋带的一幕，苏深雅忽然觉得心里不是滋味，酸酸的："不是每个男人都像安那么细心。"

"总会有的。"沫沫无言地垂下脸，慢慢站起来，走向门口，"不打扰你了，有空再聊。"

"沫沫！"深雅忍不住问，"你没问过安诺寒，怎么知道他不爱你？"

沫沫拉开门时，回过头，笑容澄澈："因为他曾经亲口说过：我的年纪做他妹妹他都嫌小，他根本没法把我当成一个女人看，他什么都愿意为我做，除了爱……"

对一个女人来说，再没有拒绝比这更狠，更绝！

嫁给安诺寒，是苏深雅最美的梦。今天，她终于穿着白色的礼服一步步走进美梦，明知道这一切都是虚幻，她还是充满了期待，因为她并没有把这一次订婚当成假的。在她看来，一切都是会变的，真的会变成假的，假的同样也会变成真的。

高大英俊的安诺寒含笑对她伸手，他手中的钻戒耀眼而夺目，她挂着最灿烂的笑脸走向他。她的脚步并没有停滞，坚定地走到他身侧。

"你愿意嫁给我吗？"他优雅地执起她的手，轻声询问。

她点点头。

他便将戒指套在她的中指上，戒指很凉，和他的手一样的凉，不过没关系，她的心是热的。

台下响起不太热烈的掌声。掌声落下，一阵钢琴乐响起。

沫沫坐在钢琴前，一袭粉红色的长裙热情而明艳。

她的手指在钢琴上飞舞，乐声如火如荼的热烈。

苏深雅听得出，那是贝多芬命运交响曲中的一段，也是安诺寒最喜欢的一段。

自从音乐声响起，安诺寒的眼光便一秒钟都没有离开沫沫，仿佛早已忘记了一切。

渐渐地，音乐声变得悲怆，死亡一样的悲伤撕扯着，蔓延着，纠结着。那仿佛是命运垂死的呼喊，渴望着一切不要结束……

乐声就在那最哀伤的音律中中断，动人的乐声在天地间陨灭。

沫沫拖着及地的长裙缓缓走向安诺寒。

她自然的卷发散在背后，俏丽的脸上施着淡妆，淡粉色的眼影，亮粉色的唇彩，让她看上去那般年轻靓丽，光彩照人。

"小安哥哥。"沫沫柔柔地微笑，"恭喜你！"

安诺寒的表情有些呆滞："谢谢！"

"这首曲子我为你练了很多年，就是为了在你的订婚宴上弹给你听。"沫沫可以把"你的"两个字咬得很重，"喜欢吗？"

安诺寒笑了，笑得十分苦涩："我一直都不知道你会弹钢琴。"

"为了给你一个惊喜，惊喜吗？"

安诺寒点点头，脸上没有一点惊喜的表情。

沫沫继续笑着，笑到眼泪都流下来："其实，我只会弹这一首曲子！

我是为你学的。"

"小安哥哥，明天我就要走了……我祝你和深雅姐姐白首偕老。"

她伸出手，给他一个祝福的拥抱，便立刻松了手。

"为什么要走？"

"我长大了，不再需要你照顾。以后，你要好好照顾深雅姐姐，别让她受委屈。"

见安诺寒点头，沫沫推开他，脚步凌乱地跑出礼堂，鲜红色的地毯下，落了一连串的泪……

苏深雅看向安诺寒，他的嘴角轻扬，露出难得一见的微笑："她真的长大了。"

订婚的酒宴结束，已经很晚。

走出酒店的时候，安诺寒脱下西装搭在苏深雅的身上，扶着她上车。

亚拉河畔，安诺寒漫步在河边，苏深雅走在他身边，近得几乎要靠在一起。

苏深雅迟疑良久，才说："刚才伯母问我，什么时候见我的父母？"

安诺寒愣了一下，问："你怎么回答的？"

"我说下个月。"

他没有说什么，微微蹙眉，似在思考怎么解决这个问题。

苏深雅趁他还没想到办法，抢先说："伯父伯母是聪明人，很难蒙混过去。所以我刚才已经跟我爸妈说了订婚的事情，他们想见见你。"

安诺寒的眉峰蹙得更紧。

"其实订婚也没什么，我爸妈向来尊重我，他们只是想看看你而已。等以后找个机会，我跟他们说我们分手了，婚约也取消了，事情就过去了。"

"好吧！"他找不到更好的解决方法，只能点点头，"我回去处理好公司的事，就去见见你父母。"

她开心地抱住安诺寒的手臂，第一次发现幸福离自己这么近。

爱有时候的确很苦，在苦中再坚持一下，终会尝到苦尽甘来的滋味。

但谁又知道，爱情的甜能维持多久？

第十五章
不可辜负好时光

月明星稀的夜晚，亚拉河无声流过。河畔边一双刚订下婚约的人影并肩行于河岸之上，苏深雅美丽的长裙在风里轻舞飞扬。

沫沫坐在车里看着这一幕，千般滋味在心头反复。

"这是最好的结局，对吗？"她问坐在身边的萧诚。

"不是，这不是！"萧诚回答，声音轻灵如流云。

"不是？"

"因为你不开心。"萧诚说，"你这么做，就是为了成全他，为了让他和喜欢的人在一起。"

"我很开心……"沫沫笑看着安诺寒远走的背影。

"你是不是想问我的嗓子什么时候好的？"萧诚摇摇头，叹了口气，"你真傻，傻得可怜！"

……

"我非常恨一个人，你猜他是谁？"

沫沫终于开口了："我知道，是他。"

见她指着安诺寒的方向，萧诚笑了，似乎对她的回答很满意："那你知道我为什么恨他吗？"

"你恨他毁了你姐姐的一生，恨他让人打伤了你。"沫沫说，"你想报复他，你的嗓子已经好了，所以却不告诉我，你骗我，就是为了利用我。"

萧诚惊讶地看着她，完全不相信沫沫的反应会如此平静。

"我早就知道。"她告诉他。

"你怎么知道我骗你？"

沫沫笑着，笑容像个天使："你还记得有人开车撞你姐姐吗？安诺寒曾经说过：他要做，会直接让人撞死你。他还说：是你让人做的。我想了好久，实在想不出他有什么理由撞你姐姐。所以，我让人帮我找到了那个司机……你猜司机怎么说？他说，是你姐姐让他做的。我又让人复印了你的病历和检查结果，我拿着咨询过很多名医，他们说你的伤都是外伤，恢复得非常好。"

她知道真相的那天，下了很大的雨，沫沫拿着萧诚的病历和检查结果站在雨里，她问自己，生气吗？伤心吗？

好像并没有，即使知道萧诚骗了她。

她仍然不恨萧诚，也不恨萧薇，因为这一切于她而言，并不重要。

萧诚扳过沫沫的肩，情绪有些激动："你明知我骗你，为什么还要装作不知道？"

"萧诚，你和你姐姐做了这么多，无非就是希望我离开安诺寒……现在不是最好的结局吗？"沫沫看向车窗外，"我们都得不到自己想要的……他也得到了自己想要的！"

萧诚恍然大悟地看着她："原来你在利用我，你故意跟你爸爸闹翻，让安诺寒以为你需要他帮你。你还告诉他爸爸，他已经有了女朋友，逼得他不得不带着女朋友回来。"

"是！"沫沫眨眨天真的大眼睛。

"你，你简直是疯了。"萧诚大声说，"爱他爱得发疯！"

"爱一个人，不是一定要得到。让他和喜欢的人在一起，不是更好吗？"晚风渐凉，吹落了一地的银杏叶。

沫沫伸出手，接住一片落叶在掌心："以后，我还有机会和他生活在同一个屋檐下，每天醒来看见他出门，睡前看见他回家，我想他时可以给他打电话，可以去见他抱着他……他，永远都是我的——小安哥哥！"

"你还可以看见他和妻子接吻，听见他们在床上发出的声音，你还能看见他的孩子出世……"萧诚的话像是一把淬了毒药的剑，割裂她自以为是的幻想。

"没关系，习惯就好了。"

沫沫走下车，脱下脚上的高跟鞋，朝着远离河畔的方向走。

每走一步，眼泪就会落下一串。

她会离开，她会独自面对风雨。

她会长大，她会嫁人，她会幸福，但是，她会把爱一直放在心底，留给他一个人！

她忽然很想去外面的世界看看了，不知道走出家人的庇护，没有安诺寒的宠爱，她是否能够承受外面世界残酷的风雨，是否能够真正地长大，学会独自面对失败和打击。

……

萧诚坐在车里，看着她挺直的背影融入黑暗，他握着方向盘的手越来越紧，棕色的眼眸染了黑夜的颜色。其实，他恨安诺寒，不仅因为安诺寒伤了他的姐姐，还因为安诺寒伤害了他最爱的女孩。

他很喜欢沫沫，从知道她从九岁爱上了一个人，为他等待，为他努力长大开始。但他真正爱上她，是从她每天去医院里照顾他开始。她很单纯，像雪花一样圣洁无瑕，即使融化成水，也要滋润大地。同时，她那么让人心痛。

爱得那么纯粹，那么真挚，最后，为了成全她爱的人，选择把所有的感情都埋在了心底。

萧诚又看向另一个方向，一双人影走在一起，看似亲密，脚步相映成双，却始终走着各自的直线，没有靠近彼此。

沫沫说每个人都得到了自己想要的，萧诚却不这么认为，在他看来他们谁都没有得到自己想要的。

人的一生会遇到自己爱的，爱自己的，但最终在一起的那个人可能既不是自己爱的，也不是爱自己的。

这就是生活，生活还得继续，生活一样精彩！

天，浓郁的蓝。

海，染了晨光的金边。

沫沫提着行李箱出门，她本想悄悄离开，不打扰任何人，没想到刚一出门就看见安诺寒孤独地站在海边，蓝色的衬衫被海风吹得剧烈地抖动着。那是比天还要浓郁的蓝色。

她也不能装作看不见，只好拖着行李箱走过去，用很自然的语气跟他打招呼："嗨！这么早就起来了？"

他闻声回头，看见她的行李箱，"你要走了？"他眼里一片沉寂。

"嗯。"她点点头，想说点告别的话，又觉得什么告别的话都是多余的。

"去哪？维也纳吗？"他一步步走近她。

沫沫摇摇头，压抑住想后退的冲动："去夏威夷找我爸妈，他们想我了。"

"哦。"他伸手去接行李箱，"我送你去机场吧。"

"不用了！"意识到自己拒绝得太迫切，沫沫紧接着解释一下，"我已经约好车了。我说过，我不需要你照顾。"

"沫沫……我去送你！"他还要坚持。

"深雅姐姐比我更需要你。我说过，我不需要你照顾。"她小声地补充一句，"你又不能照顾我一辈子。深雅姐姐比我更需要你。"

深雅的名字就像个机关，一下就会触动两个人最敏感的神经。

安诺寒脚步停滞一下，"那……你路上小心点。"

"我会的。"

他走近她，俯身在她额头上留下浅浅的吻，"下飞机记得打电话给我。"

"好。"

沫沫快步逃离，脚步不稳，海滩上留下一连串或深或浅的脚印……

走远后，她忍不住回头，安诺寒还站在那里。她仿佛在他的背影里看见了深切的落寞和忧伤。

那不该是一个刚刚订婚的人该有的背影。

坐上了去机场的车，沫沫忽然想到一个问题，他对她只是亲情吗？亲情，会那么在意一个人？会时时刻刻惦记她，包括她所在城市的天气吗？

如果这些都是亲情，那么爱情是什么？

爱情，就是男人对女人深情地说"我爱你"吗？

沫沫揉乱自己的头发，她想不通，怎么也想不通，索性不让自己去想。

夏威夷蔚蓝的海岸上，每个人都在享受着夏威夷干爽宜人的气候和丰富的娱乐活动。每个人都在轻松地消磨着时光。

唯独哪里也不去，天天缩在酒店的房间里吃饱了睡，睡醒了吃，好像要把这么多年想吃而没吃的食物都吃进去才甘心。

　　向来疼她的父母起初不想逼问她，可是忍了三天，终于还是因为太担心而忍不住了。

　　"沫沫。"韩濯晨走到她床边，缓缓地坐下，关心地问，"睡了一天了，怎么还睡？"

　　"困！"

　　沫沫挪开遮住脸的薄被，睁开干涩的眼睛，看向窗外。

　　天就要黑了，浓郁的蓝色。就像她从澳大利亚离开的那天凌晨。

　　"唉！我彻底拿你没办法了。"不知道什么时候韩濯晨走过来，无奈地说，"你想和萧诚去哪就去哪吧，你长大了，可以为自己的未来负责了。"

　　韩濯晨以为她会马上从床上跳起来，搂着他大声说：我就知道你最疼我！

　　可沫沫没有。她闭上眼睛，眼泪还是涌了出来，落在枕头上。

　　"沫沫？发生了什么事？前段时间你不是天天吵着要去吗？不是宁可和我断绝关系，也要和萧诚在一起吗？"

　　她再也压抑不住心里的委屈，爬起来，趴在韩濯晨肩上失声痛哭："爸爸，我想他，我好想他……"

　　"他？萧诚？你才跟他分开几天，就……"他怜爱地捧起她的脸，为她的眼泪紧锁眉头，"是不是萧诚和你说了什么？是不是发生了什么事？他伤害你了？！"

　　她不住地摇头："我想他，比他去英国的时候更想……他好像去了很远的地方，再也不会回来……"

　　她明明还可以打电话给他，还可以见他，可她却觉得自己彻底失去了他。

　　后来她才明白，她失去的是希望，以前尽管希望渺茫，总还有一线希望存在，她可以在患得患失的感觉里找到点快乐慰藉自己，现在连最后一线希望都消失了。

　　她的生活就像失去钢筋支撑的高楼大厦，一瞬间坍塌成泥土瓦砾，尘烟四起。

　　"沫沫？"韩濯晨的表情瞬间变得很凝重，"你是不是舍不得小安？"

　　"我……"意识到自己说了不该说的话，她咬着手背，不再说话。

　　"你跟爸爸说实话，你是不是爱他？"

　　"是！"她哭着说，"可他不爱我！他去英国没多久就和深雅姐姐在一起了……我看见过他们的照片，也看过深雅姐姐发给他的信息……我不想拆散他们。"

"你！"韩濯晨气得不知说什么好。为了沫沫和安诺寒能走到一起，该做的不该做的，他都已经做了，而她却选择了放弃，"你怎么这么傻！喜欢就要去争取！"

事到如今，他总不能再去逼着安诺寒取消婚约和沫沫在一起。

"可他不会拒绝我，我不敢。我不怕他会拒绝我，我怕他明明不愿意，却勉强自己接受我，不管他愿不愿意……"

"我明白！"韩濯晨黯然拍拍她的肩，"沫沫，小安已经订婚了，路是你自己选的……"

她点点头，终于明白了那句话：爱错了，就要承受这个苦果，没人能救赎你！

"爸爸，我想去中国读书，我喜欢那里。"

"中国？"

韩濯晨犹豫了一下，点点头："去吧，那里是个好地方。"

他忍住了下半句话没说：小安也在那里。

后来的两个月，沫沫联系了一所中国S市的学校，学习中国古典舞蹈。这两个月的忙碌里，思念没有被时间冲淡，反而愈加浓烈。

不过，时间有一个好处，它会滋养出一种叫作"习惯"的东西。习惯是一剂强大的麻醉药，再深切的疼痛都能被它麻醉。

她的一切手续已经办好，明天，她就要离开澳大利亚了，开始新的生活。但她并不想和其他失恋的女孩儿一样，毁灭所有爱过的痕迹，相反，她更希望带走一样可以每日陪伴她的东西，让所有的回忆都不会随时间褪色。

夜已经深了，沫沫一个人坐在安诺寒的房间里，端着温热的蓝山咖啡，掀开影集。他已经回了S市，带着他心爱的未婚妻，徒留一张张颜色艳丽如初的旧照片，让她去回味遗失的宠爱和呵护。

沫沫轻叹一声，合上影集放回原处，这个影集，她更希望留给安诺寒。她拉开他的抽屉看了看，抽屉里没什么特别的东西，几把车钥匙，一台相机，一个装手表的盒子，一个淘汰的旧手机……如果她没有记错，那是安诺寒以前用过的。

最后，她打开他的衣柜，发现一件质地柔软的衬衫。她记得有一次她的睡衣脏了，她懒得回家换，就穿了那件衬衫睡觉。那一晚，她睡得很好，还做了一个很美的梦。

她伸手把那件衬衫拿出来，带走了。

第二天，沫沫告别了家人，一个人坐在候机室里，耳边传来各种登机信息，窗外一架又一架的飞机从她的视线里消失不见，夕阳半挂，暮色交替之间，她第一次感受到长大的滋味。

忘掉一个不想忘掉的人，辜负一段本不该有的感情，和父母争执最后情难而终，离开长大的一片故土。

她和安诺寒之间，到底是兄妹之情，还是爱情，她已经快分辨不出来了，可能是长久的一种依赖，可能是一种情难恣意，让她误认为，那种情愫，叫作爱情，直到如今他订婚了，她才幡然醒悟，原来一切都是自己执念太深，如今，放下了，心会痛，但以后应该也不会比现在更痛了。

她无法对安诺寒说，自己对萧诚说过的话都是谎话，想和他学音乐是真，想去维也纳也是真，可是，她只想成全他，也想成全自己，自古人事两难全，这是韩濯晨常挂在嘴边的一句话，她如今才知晓，其中所蕴含的道理，就像她不想安诺寒勉强和不爱的人结婚一样，她也勉强不了自己去爱萧诚，所以，她没有选择和萧诚去维也纳。

她还年轻，风华正茂，不可辜负好时光。

登机的时间快到了，她握紧手中的机票和护照，一时冲动，她还是没有忍住拨通了安诺寒的电话。

电话很快接通，绵长且悠远的声音传来。

"沫沫？"

"嗯。"这是自他订婚到现在已经两个月了，沫沫第一次听见他的声音。

"小安哥哥，你在做什么呢？"

"正和深雅吃饭。"

听见这个名字，沫沫仿佛被人打了一个耳光，除了疼痛什么知觉都没有了。

他有了名正言顺的未婚妻，他们的从前已经失去了追问的意义。

他问："什么时候去维也纳？"

"下个月！"

……

两个人都没有话说了，好像已经疏远得找不到任何话题。

"找我有事吗？"安诺寒问。

"没事不能打电话给你吗？"

"我不是这个意思。"

"我知道。"她捧着电话的手颤抖了一下，小声说，"我没什么事，就是有一点点想你。"

……过了几秒后，一声轻微的叹息声传来，"两个月了，只有一点点想我……"

"总比你一点都不想强！"

……他没有回答。

见他不说话，沫沫故意装作很轻松地问："你和深雅姐姐什么时候结婚啊？我等着喝喜酒呢。"

"结婚的事情不急，下个月我先去见见深雅的父母，征求一下他们的意见。"

沫沫咬咬双唇，一滴眼泪掉下来："他们一定会同意的！"

"为什么？"

"因为你是天底下最有责任心，最能托付终身的好男人。"

"谁说的？"安诺寒的声音多了点笑意，"我可不这么认为。"

"我说的，我就是这么认为的。"

"哦？我还以为你的眼里只有萧诚一个男人。"

"不是的。"她想说，我眼里只能容得下你一个人，可犹豫了一下，却说，"他在我心里……"

安诺寒干笑了两声，她也陪着干笑了两声。

电话里只剩下他们的笑声。

"好了，我不耽误你约会了！拜拜！"

"拜拜！"

挂断了电话，沫沫最后回头望了一眼她出生和长大的城市，含泪笑了笑。

这一刻，她有些理解安诺寒执意要去英国的心情，故土难离，难舍难分，但人总会长大，总会要去寻找属于自己的天地。

S市的晨雾笼罩了地平线，玫瑰黄色的阳光透过浓雾照射在落地窗前。

安诺寒站在落地窗前，手指在凉薄的玻璃上缓缓移动，指尖过处，一张加菲猫调皮的笑脸若隐若现……

他看着，一点一点他呼出的气息凝在玻璃上，模糊了笑脸。

但沫沫有点调皮，有点可爱的笑颜早已在他的人生中定格，什么都冲不走，掩不去。

他没有告诉她，他已经请好了假，买好了机票，准备三天后回墨尔本——为她送行。

因为他知道，这一次她离开，以后再见面就不知是何年何月。

苏深雅打来电话，告诉他她已经在楼下了，安诺寒，时间已经到了。他提起行李箱下楼，和苏深雅一起去B市参加一个项目评审会。

评审会进展得很顺利，经过两天的开会讨论，材料和工艺全部确认符合要求，可以进入正式的试生产流程，这就意味着，他的目标离得更近了。他想打电话告诉沫沫这个好消息，可是沫沫的手机处于关机状态。

第二天，安诺寒坐上返回澳大利亚的飞机，飞机划破澳大利亚碧蓝的长空，直出云霄，颠簸的气流撞击着机翼……

安诺寒从未有过如此强烈的期待，期待着高远的天空，宽广的原始森林，期待海浪潮起潮落的声音，满园的彼岸花的颜色和坐在花丛中冲他做鬼脸的小女孩儿。

回到墨尔本的家，他先去了沫沫的家。花园里，骄阳似火，满园的彼岸花在一夜之间盛放。因为没有绿色的点缀，花瓣红得热烈，红得妖艳。

"小安？"韩芊芜笑着问，"你怎么回来了？"

韩濯晨也站起来，迎上前，看了一眼安诺寒手中的行李箱，没有说话。

"我这两天刚好有假期，回来看看沫沫。"

韩濯晨深深看了他一眼，无奈，却又无能为力地说道："沫沫……已经走了。"

"走了？她去哪里了？"

"我也不知道，她只留下了一封信，说她长大了，想要去追求自己的梦想，就离开了。"

"她和萧诚一起走的吗？"安诺寒急忙追问。

韩濯晨没有回答，安诺寒已经猜到了答案，她一定是跟萧诚走的，否则以韩濯晨的爱女心切，怎么会让沫沫离开。

他早知道沫沫会和萧诚离开，只是没有想到会这么快，甚至没有跟他说一句再见。

第十六章

回到故乡

澳大利亚和中国风土人情相差甚远，虽然沫沫的父母都是中国人，但她从小在澳大利亚长大，对中国的认识仅限于一些文字和图画。第一次离家，第一次到异国他乡，虽然沫沫心中有着很多期待，但也免不了忐忑和迷茫。当她站在机场的出口不知所措的时候，她看见一个青春洋溢的女孩举着牌子站在人群中，上面写着"韩沫"。

她兴奋不已地跑到女孩身边，那个女孩就是言柒。她在网上联系到的同学兼室友。在S大里，留学生可以选择独居，也可以选择找一个室友合住，室友可以是外国留学生，也可以是中国学生，双方自愿就可以。

沫沫在S大的同学群里认识了言柒，向她咨询过一些S大的事情，和她非常投缘，就约定了和言柒同住一个寝室，彼此关照。

言柒比沫沫早报到两天，已经把入学流程弄得很清楚了，她很热心地陪着沫沫去办理入学手续，去银行开户，去食堂吃饭。两个同龄的女孩，一起上课，一起吃饭，一起学习，很快就成了形影不离的好朋友。

她们有很多共同的兴趣爱好，比如舞蹈，中国的历史文化，还有古装的电视剧，还有旅行。这些爱好让她们总有说不完的话，有时候会聊到后半夜，越聊越兴奋，恨不得把中国上下五千年都聊一遍。唯独有两个话题，她们从来不谈及，就是家庭和感情。因为沫沫看出了言柒和家人关系不好，从不联系，而言柒也看得出沫沫每天穿着男士衬衫在寝室里走来走去的时候，情绪非常低落，她知道那件衬衫的主人一定在她心上留下她不愿意触及的伤痕。

在艺术学生中，沫沫是个很另类的存在。除了言柒，她不和其他同学们出去玩，更不去夜店，她几乎把所有时间都用在了练舞和适应学校环境上，每天除了上课，去舞蹈室自己练习舞蹈动作，还要看很多中国古典文化的书。

期末考试结束，沫沫的成绩是全班最好的，也是新生中唯一被选中参加新年晚会国风舞蹈节目的学生。

言柒问她："你为什么要这么拼呀？"

她想了很久："因为习惯吧。小时候，以为只要拼命做好该做的事情，就能快点长大，现在长大了，却发现拼命已经成为一种习惯，戒不掉了。"

以前为了追赶安诺寒的脚步，为了成为可以与他并肩站在一起的女人，她努力做好每件事，现在，结局无法更改，但她已经习惯了，习惯用尽力气去做想做的事，习惯了让自己变得更好。

言柒说："唉！长大有什么好？还是小时候无忧无虑。"

"是啊，长大了才明白什么叫'无能为力'。"

"马上就要寒假了，你假期有什么打算？"

"我找了个舞蹈老师的工作，下个月初开始上课。还有十天的假期，我想去旅行。"

"好啊！"言柒惊喜地说，"我正好也想去苏杭玩玩，我们一起去吧。"

"好啊！"

放假的第一天，言柒和沫沫就出发去了苏州和杭州，沫沫第一次走进了书本中的那些山山水水，就像是一个进入另一个新世界的孩子一般，对一切都很好奇。世界之大，不能只拘泥于男女之情，山川，河流，人群，每到一个地方，便会开启一段新的人生。

看见江南古巷，如此诗情画意，沫沫十分喜欢，赖着不肯走，言柒拿她没办法，只能多住两日。第一天，沫沫看见一句诗词："醉后不知天在水，满船清梦压星河。"

她问言柒是什么意思，言柒告诉她，这是一种意境：入夜时分，船入湖中，一番畅饮，风波平息，酒醉之际，看着天空，不知是天融入了水，还是水漫过了天，终至于醺醺然醉了，睡了。

言柒的解释很美，但是沫沫也只是勉强能理解，看着沫沫一脸迷离的样子，言柒决定带她体验一次。

杭州多水，游船很多，不过言柒却没有带她坐游船，而是租了一艘很小的渔船，在一处清净的地方，带她月下泛舟，举杯言欢。两人在船上边吃边喝，每人都喝了几罐啤酒。微醺之际，两人躺在船头上，沫沫看着漫天星空，这里远离灯火霓虹，天空难得见到繁星点点，她看着星空，看得久了，发现星星离她的距离好像并不是那么遥远，仿佛一伸手就能碰到。

夜深人静，周围虫鸣声却此起彼伏，偶尔蛰落在水上的昆虫挥动薄如蝉翼的翅膀，激起一声轻响。沫沫闭上眼睛，感受着船只随着水波微微晃动，她的神思极度放松，感觉一阵惬意。

言柒推了她一下，说道："你现在感觉是自己在天上，还是在水里啊。"

沫沫想了一下，没有回答，表情却十分放松。

她翻了个身，看清了满河倒映着天空中微弱的星光，忽然爱上了这种感觉。

言柒告诉她，这就叫作意境。

她们把酒言欢，不知不觉又喝了几瓶啤酒，两个人的醉意都深了，意识模糊，坐都坐不稳，干脆躺在船上继续聊。她们开始聊起彼此的故事，这是她们相识以来，第一次真正地聊起了彼此的故事，沫沫也是第一次告诉别人，她家里的事情。

提起家里人，言柒的表情有些黯然，忽然问道："你家里人对你一定很好吧？"

沫沫点点头："是啊，他们对我很好，很宠我，但也总是把我保护得密不透风。以前经常会觉得他们烦，现在离开家了，没有他们管我，我还有些不习惯……"

言柒苦笑了一下，没说什么。

"你呢，你的父母对你也一定不错吧，我见你的第一眼，就觉得，你的母亲一定是个很漂亮的女人，所以生出的女儿才这么美。"沫沫脑子也不太清晰，随口就问了，如果她没有喝醉，她是不会这么问的。

言柒也醉了，很多平时不想说的话，在这样美好的夜晚，也没办法压抑在心底。她轻轻说："我没有父母。"

沫沫轻轻看向言柒，她坐在船上，一身白衣，披散的长发迎风飘扬，好似一张名画，沫沫看着她，忽然觉得她举手投足之间都好有魅力。

她往言柒身边靠了靠，换了个话题："小柒，陆飞那么喜欢你，你为什么不接受他？"

"喜欢我？"言柒苦笑一下，"我觉得不是。"

"他对你这么好，每天都在寝室楼下等你，送你这么多礼物，怎么可能不喜欢你？"

"他喜欢的根本不是我。"

"啊？"沫沫有些不懂了，"为什么你觉得陆飞喜欢的人不是你？"

"因为……他根本不了解我。他只是看见现在的我，沫沫，有时候看人不能只看外表，你看我一身白衣，仿佛很圣洁，但是，没准我骨子很脏，曾经受过万人唾骂。"

沫沫有些惊讶："怎么会？"

接着，言柒给她讲了一个很长的故事……

故事里的言柒曾经是个堕落的女孩，曾经低到尘埃里。

她的出身不好，从她记事起，父亲就经常进监狱，母亲很宠爱弟弟，几乎不管她，她从小就学习很好，但母亲为了给弟弟攒学费，初中之后就让她去读中专，然后打工赚钱养家。

读中专的女孩子很多不好好学习，那时候，言柒每天去便利后打工，回到学校抓紧时间学习，希望可以改变自己的命运。但是后来父亲出狱后，对她百般压榨，弟弟总闯祸，母亲骂她是拖油瓶，还说后悔生了她。

言柒从小就觉得自己是这个世界上多余的人，她看不到希望，于是，那天和父母吵完架的夜晚，她走上了堕落之路，和在酒吧做服务员认识的一个富二代在一起，从此做了那人的情妇。

那个男人会给她很多钱，会给她买很多名牌衣服和贵重的礼物。她天生丽质，再稍微一打扮，更是明艳动人。那个男人就特别喜欢，除了娶她，几乎满足她所有的要求。她年纪小，不谙世事，以为男人是真的对她好，付出了自己的一切。

这样的日子自然不会长久，两年后，那个男人遇到了比她更漂亮，更妖娆的女孩，他很快就厌倦了她，把她抛诸脑后。言柒这才意识到男人的无情无义，以及自己的愚蠢无知，而那时的她，既没有了工作的能力，也没有拿得出手的学历。她找不到体面的工作，只能做一些售货员、售楼员的工作。

人向来是由俭入奢易，由奢入俭难，她坚持了一段时间，就再也不愿意做这种辛苦又不赚钱的工作。她别的都不会，只有一些舞蹈的基础，她听说要考艺术大学，就要找好老师教舞蹈，所谓的好，不单是要教得好，也要在舞蹈行业中有身份地位。她想去真正的艺术殿堂，她要改变自己的命运，可她积攒的钱已经花得差不多了，根本没有钱请好老师指导她。

于是，她走回了老路，但是她思路清晰，就是要赚钱去请最好的舞蹈老师，去考S市最好的艺术院校。她要依靠自己的实力，去追求自己的梦想。

那段时间，她都不知道自己陪了多少男人，所以她害怕床上有人，因为她知道，只要床上有人，她就又要开始"工作"了，她讨厌这份工作，但这是她最快存够钱的捷径。那段时间，是她最恨自己父母的时候，她不是恨他们没有给她提供好的经济条件，而是恨他们没有在她不懂事的时候阻止她走入歧途。现在，她已经无退路了，只能咬紧牙走过这段最后的荆棘之路。

终于，她攒够了钱，也考上了理想中的大学，每天学习舞蹈。她只有在跳舞的时候，才能感觉自己的灵魂是可以洗净的。在新的环境，她彻底摆脱了过去，她开始穿白色的衣服，留起了长头发，她讨厌黑色，喜欢独居，拒绝恋爱，因为她觉得自己脏，不配拥有爱情。

大学毕业后，她又考了S大学的硕士研究生，认识了沫沫。她喜欢和沫沫在一起，因为沫沫的眼睛是纯粹的、真诚的，和沫沫在一起，她总会忘记过去，变成一个没有过去的言柒。

听完这个故事后，沫沫已经眼泪汪汪的，看着如今说来云淡风轻的言柒，她无法想象她怎样独自一人熬过那段黑暗的年少时光。她可怜言柒，同时也佩服她，她虽然走错过路，但终究还是浴火重生，成为现在光芒万丈的言柒。

言柒和她说："人在一生中会长大三次：第一次是发现自己不是世界中心的时候；第二次是发现即使再怎么努力，有些事终究还是让人无能为力的时候；第三次是……明知道有些事可能会无能为力但还是会尽力争取的时候。"

沫沫用力点点头，陷入思索。

"沫沫，你现在长到哪个阶段了？"

沫沫把这三句话反复想了两遍，回答："我现在明白了，有些事再怎么努力，终究是改变不了结果。"

言柒笑了笑，笑得别有深意："你是不是遇到过让你无能为力的人？"

沫沫点点头，闭上瞬间湿润了的眼睛。

她和安诺寒半年没有联系了，他好吗？她没有联系他，他为什么也不找她？他应该不知道她来了中国，来了S市吧？否则，他至少会来看她，不论他多忙，他总会来看她一次，请她吃一顿饭，他一定会的。

言柒用力拍了一下沫沫的肩膀："别难过，既然不想争取，说明他不值得你争取。那就让他成为过去吧！当你遇到一个人，明知道他不属于你，明知道无论付出多少，都无法靠近他，还是想尽力争取，你才是真正的成长了。"

"你遇到过吗？"

言柒摇摇头："我没有遇到过，也不想遇到。"

言柒说她不想遇到，可沫沫看得出来，她还是渴望有一个人能够包容她，理解她，给她温暖，给她一颗真心。只是这个人，究竟会不会出现，她们都不知道。

其实，哪个女孩不希望遇到这样一个人，可没有遇到之前，谁又会知道这个人是否会出现？唯有怀着希望去等待，等待一个可能永远不会出现的幻想……

结束了苏州和杭州的一段美好旅行，沫沫先回S市，去舞蹈学校教一些小孩子跳舞。言柒又去了其他城市。

一转眼假期过去了，同学们都回来了，冷清了一个假期的学校又热闹起来。有一天，沫沫刚教完课回来，她的同学杨丹遇见她，特别兴奋地告诉她："你回来得正好，今晚有个艺人要来演出。"杨丹是那种常年穿着牛仔裤和T恤衫的女孩，性格活泼开朗，只要有她在，就不会冷场，是和谁都能玩得很好的人。

"艺人？谁呀？"

"好像叫什么……我也记不清了。他没什么名气，是最近刚出道的，据说歌唱得很好，舞也跳得很好，最关键的是长得超级帅。"

看杨丹一脸兴奋，沫沫认命地喝了一大瓶水，和杨丹、言柒一起加入奔向学校礼堂的大军。

今天天气略有些凉意，学校礼堂里的人虽多，但也不觉得热，等待的时间也并不漫长。

时间到了，灯光暗下，一束淡蓝色的光打到舞台上，吉他声悠悠响起，整个礼堂立刻安静下来。

"It won't be easy……"

恍如天籁般的歌声响起，干净得不染尘埃的嗓音让沫沫一惊，她仔细去看舞台上的人。

她没有听错，唱歌的人，正是萧诚。

人群中的萧诚依旧是一副冷漠的样子，黑色的 T 恤，简单的牛仔裤，头发是栗棕色的，被抓出帅气的形状，额前弧度优美，头发根根分明，衬得他一双眼睛纤细狭长，消瘦的脸很有型，偏偏皮肤还如此白皙，便显得双唇格外的红，坐在石阶上，神情专注，仿佛眼中只有一把吉他和一首歌曲。

歌声响起，沫沫的眼泪差点没掉下来。

那是她和安诺寒最喜欢的歌，也是她和萧诚第一次见面，萧诚唱的歌——《阿根廷，别为我哭泣》。

萧诚的歌声还是那么绝美，那么有感染力，全场的女孩们爆发出雷鸣般的惊呼声，沫沫身边的言柒、杨丹，还有她们的同学奥利都疯狂了，尤其是杨丹，抓着她的手，兴奋不已。没有人发现沫沫此时，脸色苍白，一双手，紧紧地握着。

"他唱得太好听了，气质太绝了，好有贵族气息啊！"

"是啊！是啊，太帅了！"

沫沫看着萧诚，目光仿佛回到了当初的那个酒吧，尽管身边嘈杂，但他的身上总会有一种魔力，让人不忍移开目光。

"I love you and hope you love me……I kept my promise. Don't keep your distance……"

一曲结束，萧诚的神情并没有因为身边的欢呼而改变，依旧维持着独有的孤傲和冰冷。听众中的女孩们却按捺不住了，激动得站起身，努力挥舞着双手想引起他的注意，只求获得他一个眼神，就像沫沫当初一样。沫沫却再也没有了当年的热情，只是还是会被他的歌声打动，在他的歌声中回到过去，想起和安诺寒一起长大的日子，她曾以为很苦涩，现在回味起嘴角还禁不住笑出来的点点滴滴。

演唱会结束了，沫沫转身离开，让自己没入人群中，她的眼中和心中再无波澜。她甚至都不关心，萧诚为什么出现在这里，也不想再去和他有任何交集。

她以为萧诚不会在人群中看见她，却不知道她离开的时候，萧诚的目光一直追随着她，始终没有移开。

演出结束之后，言柒和大家八卦到了很晚才回寝室，回到寝室就开始把自己八卦的料和沫沫分享。原来，萧诚在几个月前和和麟辉艺人公司签约，他经过了一个多月的舞蹈培训，借着参加一个选秀活动出道。因为他颜值高，歌唱得好，又有麟辉公司的好资源力捧他，他刚出道就备受关注，现在也算小有名气。

萧诚会出名沫沫并不意外，让她意外的是萧诚会来中国做艺人，毕竟以萧诚那样高傲的性子，不会喜欢娱乐圈的虚假浮华。

她对自己说，萧诚为什么来中国，喜不喜欢娱乐圈对她而言已经不重要了。自从安诺寒订婚那天，她和萧诚把一切都摊开来说，他们已经是陌路人了。可是她虽然这么告诉自己，脑子里还是忍不住出现和萧诚相识的过往。

她和萧诚学习唱歌的两年，萧诚真的教会了她很多，陪伴她度过很多不愉快的时光。她不想和他再做朋友，不代表她见到萧诚的时候内心毫无波澜。所以，这一夜，沫沫失眠了。

第二天天刚亮，沫沫就抱着书去图书馆，她最近想再修一门古典文学，所以经常在图书馆自习。S大图书馆的自习室很抢手，不早去根本就抢不到，今天她没有睡，图书馆刚开门就进来了，结果还是在三四层转悠了一圈，终于在一个角落找到了位置，她欢喜地坐下，拿出书来读。

沫沫在图书馆泡了一整天，到了傍晚的时候感觉到周围一阵骚动，抬起头来看看，发现对面好像坐了一个包裹得密不透风的男人，他穿了一身黑色的衣服，戴着黑色的帽子和黑色的口罩。他还略低着头，连眼睛都看不见。

来图书馆还凹造型，要不要这么神秘，沫沫心里嘀咕了两句，然后看起自己的书来。

　　一张小纸团扔了过来，正好砸中了沫沫的眉心。

　　沫沫不爽地看了看纸团，对面那个人只露出一双眼睛，单手转着一支笔，示意她看那个小纸团，沫沫打开纸团，上面用英文写着："好久不见！"

　　沫沫看到了这句话，再抬头细看眼前的人，才认出是萧诚。

　　"你怎么在这里？"沫沫惊讶地问，声音因受惊而略高了一些，立刻换来周围几个人的侧目，她急忙捂着嘴低下头。

　　萧诚走到她身边，手肘挂着桌子，脸垂下，在她脸侧压低声音说："我刚才给你的寝室打电话，你的室友告诉我你在图书馆看书。""哦。"沫沫往后坐了坐，与他拉开点距离，"这里人多，我们出去说吧。"

　　萧诚眉心温柔舒展，点点头，走了出去，沫沫收拾好东西随后跟了出去。

　　出了图书馆，绕过综合楼才是通往夜市的路，S大的林荫路很美，两个人慢悠悠地散着步。

　　日落西山，整个校区的景色变得柔和起来。

　　沉默许久，沫沫终于开口问："你怎么会在这里？你不是应该在维也纳吗？"

　　萧诚说："我姐姐想回中国，我也刚好很想看看中国是什么样子，我就跟她一起来了。"

　　沫沫点点头："中国确实是一个很美的地方。"

　　"那你现在还在学舞蹈吗？"萧诚问。

　　"嗯，现在学中国的古典舞。"

　　"你想要登台表演的机会吗？如果需要我，我可以介绍你去麟辉，他们现在的资源很好。"

　　"我？"

　　"是啊，你的舞跳得这么好，唱歌也好听，很适合做艺人。"

　　她学了这么久的舞蹈，也想过可以在舞台上纵情跳上一段舞蹈，获得更多人的认可和掌声。可是她从未想过要去影视公司做艺人，更没想过要和萧诚在一间公司。

　　"你让我考虑考虑吧。"

　　"好，不着急，你慢慢考虑就好。"

　　不知不觉，两个人走到了夜市边缘。

　　沫沫轻车熟路地找到了一个摊位："老板，来两个榴莲班戟。"

　　老板冲她笑了笑，利落地装盒。

　　沫沫拿出一个分给萧诚，萧诚摇摇头，表示都是你的。

　　"哦，我忘了，你不爱吃榴莲。"沫沫这才想起来，萧诚一向不喜欢这种烟火繁杂之地，也不爱吃那些有异味的食物。他喜欢优雅的西餐，喜欢把所有食物都做得精致美观再食用。沫沫也不勉强他，自顾自地吃了起来。

　　"我记得你以前不爱吃榴莲的。"萧诚问。

　　沫沫边吃边点头："对呀，我原是誓死不吃的，后来被言柒拉着沦陷了……她还给我安利了好多的美食，她真的超级会吃，知道特别多好吃的东西！"

　　"喜欢你就多吃点。"

　　"对了，我最近还发现茄子也很好吃啊，言柒那天带我去吃家常菜，有一道蒜蓉茄子，特别好吃，我一个人可以吃一盘！"

　　萧诚露出了无奈的表情："茄子和蒜，这两个，我都不喜欢……"

　　沫沫边吃边鄙视："那你可是要错过太多人间美味了！"

　　"没关系，你吃就好！"

　　沫沫又嘀咕了两句，然后转攻下一个摊位。

　　这里夜市的好吃的，都是言柒带她吃的，言柒从小生活在烟火气浓郁的环境，对什么东西好吃，可是太了解了，她就像是一个拥有很多玩具的小孩子，在遇到一个朋友的时候，想迫不及待地把自己心爱的玩具和食物分给别人，然后希望得到她的夸奖。

　　好在沫沫从小就是捧场王，言柒带她走了一圈，简直是为她打开了新世界的大门。

　　"这个叫馅饼，我还是第一次吃这么薄的馅饼呢，你要不要也尝尝？"

　　萧诚摇摇头。

　　"那这个水果炒冰呢，都是新鲜水果，很甜的。"

　　"水果可以吃一点。"萧诚说道。

　　沫沫点了两份不一样口味的水果炒冰，一份给自己，一份给萧诚，不过她也会偶尔吃几口萧诚的。

就在他们吃得开心的时候，沫沫发现身边好像有人对他们指指点点。

"那个是萧诚对吧！"一个女生问。

"好像是啊，好帅啊！"另一个女生说。

"他身边那个女孩是谁，女朋友吗？"

"不会吧？上次采访的时候，他说自己没有女朋友的。"

沫沫很想装作听不到的样子，但是无奈……她们说话的声音太大了，简直无视她啊！

倒是萧诚，一脸不受打扰的样子，慢条斯理地吃着手中的炒冰，仿佛周围所有的事情都和他没有关系。

"我们要走吗？"沫沫问道。

"不用，我已经习惯了，无视就好。"萧诚冲着她淡淡地笑了一下。

几个女孩子鼓起勇气走过来要萧诚签名，萧诚点点头，给他们签了名。女孩又要拍照，萧诚以公司有规定，不能随便拍照的理由礼貌回绝。

女孩们也没强求，仔细看了沫沫一眼便离开了。

沫沫发现萧诚变了很多。过去的萧诚特别酷，被人打扰的时候扭头就走，完全不给人接近的机会。他现在学会了笑，学会了适应，学会了如何利用自己。毕竟每个人都无法在世俗的环境里真正做自己。

两个人逛完夜市，萧诚送沫沫回了寝室，一路夜风清凉，走到门口时，沫沫遇到了言柒。

"沫沫？"言柒过来跟她打招呼，意外地看见萧诚，这几天她正好每天刷萧诚的节目，一眼便认出了他。

"萧诚？"

萧诚礼貌地微笑："你好。"

言柒看看萧诚又看看沫沫，惊讶地问："你们认识。"

"嗯，以前认识的。"

……

回寝室的一路，言柒自然要对她严刑拷问一番。

她和言柒倒是每天会约着一起上大课，言柒和她寝室里所有人都不一样，她成熟稳重，从不生事，但是那些刚刚从高中考上来的女生，每天都把寝室搞得鸡飞狗跳，毕竟，大家还没有转变好身份。言柒不同，经历得多了，让她也看开了许多，有些事情，能不计较，就不计较，倒不如留点时间读书。

沫沫寝室里的同学们，平时也算相安无事，她一直属于性格很好的女孩，叶宜和杨丹每天在一起，聊不完的话题。

"你和萧诚好像很熟啊？"言柒的嘴角噙着笑意。

"嗯，认识很多年了！"

言柒道："你们该不会……"

"我们就是普通朋友。"

言柒当然不信，一副早已看穿一切的口吻说："我刚才可是看到了，萧诚眼睛里全都是你哦。"

"那是因为我们以前有过一些误会……现在，他选择了一条根本不可能回头的路，对我好，也是因为一点执念吧。他现在做了艺人，有一条不一样的路要走了。"

言柒揽着她坐在石阶上，说道："他就是那个你觉得不可能的人吗？"

沫沫摇摇头，欲言又止。她不是不想告诉言柒，而是她自己都不知道她和萧诚的关系该如何界定。

萧诚为她受过伤，也曾经口口声声地说过喜欢她，但是，他的心，又有多少是真多少是假，她无从得知，也不想去猜度。

"那你有没有想过，跟他发展一下？我觉得你们很合适。"言柒又说。

"我们是不可能的。"沫沫想都没想就果断否认了。

无论她和萧诚有多么合适，她和萧诚之间有着一条无法跨越的鸿沟。那鸿沟是萧薇曾经受过的伤害，也是萧诚曾经欺骗过她，还有就是，她心中始终放不下的那份牵念。

"我和萧诚之间，羁绊太多，谁都无法放下，现在他能有自己的事业，我反而替他高兴，我真心希望他能越来越好，过他想过的生活！"对于和萧诚的关系，她选择顺其自然吧，如果当不成恋人，朋友总可以吧。

"你呀，什么羁绊，什么事业，你就是想的太多了。喜欢一个人，什么都不用想，直接上就行了。"言柒摸摸鼻子，故作神秘道，"我告诉你哦，我可听说了，他现在已经开始拍戏了，一旦戏开拍，他进了组，你想见他一面就难了。"

"嗯，我知道，他刚刚跟我说了！"

“你要是再不抓紧，这么帅的帅哥就要变成别人家的了！”

“咦，你好像对他印象不错，要不要我给你们介绍介绍？”沫沫对言柒眨眨眼。

“我？算了吧。他怎么可能喜欢我？”

沫沫意识到自己说错话了，不再多说。现在的言柒洒脱自由，很难与两年前她描述的那个女孩联想在一起，如此美丽的女孩子，在少年时期经受了人世间最肮脏的事情，之后居然还能浴火重生，沫沫对她欣赏之余，更多了一份敬佩。

她相信有一天，言柒也可以放开过去的一切，可以去追求自己的幸福。

一个月后，萧诚又来了 S 大，说要请她吃饭。

为了避免被拍到，沫沫让他在校园后面的街边等她，她一路上十分警惕地东张西望，确定没有人跟踪，才走到约定的地点，坐上萧诚的车。

多日不见，萧诚又瘦了，满眼的疲惫。

他们一起去吃了饭，沫沫看得出来，他真的很累，刚才吃饭的时候，她清楚地看见他双眼布满了血丝，如果不是一直在说话，她几乎以为他快要睡着了。

“你为什么想做明星？”

萧诚略微思索了一下，答：“因为梦想不能被放弃。”

“那你喜欢现在的状态吗？是你当初想要的吗？”

萧诚冲他一笑：“沫沫，有的时候，想要的，要把得失放在一起比较，才会知道。”

他虽然失去了自由，每天都很辛苦，但是，他却获得了万众瞩目的影响力，这样……就足够了。

两人回到学校的时候，已经很晚了，萧诚强打着精神，把沫沫送回了宿舍。

“沫沫，你说如果今天有人拍到我们在一起，爆出来，我该怎么回复？”

沫沫有些怔住了，这个问题听起来很简单，作为艺人，他当然是要立刻否认。

但这个问题从他口中问出来，便是一种试探。

见沫沫有些出神，萧诚忽然将她拉进怀里，紧紧地抱住，沫沫立刻回过神，挣脱出来。

　　她匆忙下车，跑了两步，又想起刚才的问题，停住脚步。

　　她回头，看着萧诚，平静却坚定地回答他刚才的问题："以后，如果有人爆出我们的照片，你就说——我们是朋友，别无其他。晚安。"

　　说完，她头也不回地离开。

　　留下萧诚在黑夜里，独自一人。

第十七章
你在吃醋吗

　　S大学每年夏季都会有一届舞蹈比赛，选拔出有潜质的学生。很多艺人公司都很关注这次比赛，有些公司还会为比赛提供赞助或者让公司的艺人过来捧场。今年的比赛，萧诚就代表麟辉公司来观看比赛，坐在特邀嘉宾席上。沫沫虽然学舞蹈多年，却是第一次参加这样的正规比赛，难免有些紧张，走上舞台，看见嘉宾席上有一个熟悉的身影，一身白衣，精致的设计让他整个人的身材显示出超好的比例，细腰削肩长腿，整个人有种超凡脱尘的气质。

　　看见意外出现的萧诚，沫沫不禁愣了一下。

　　帷幕拉开的瞬间，古风歌曲《左手指月》的前奏悠扬地响起，灯光骤亮，耀眼的光束落在沫沫的身上。沫沫这才回神，伴随着节奏舞动起衣袖，一身红衣包裹着她曼妙的身躯，腰部被紧紧勒住，显得更加不盈一握，眼眸装点了许多水晶贴片，格外动人，玲珑水袖拖地，优美的发髻衬得整个脸格外的小巧。

　　音乐起初十分轻柔，鼓点鲜明，沫沫的水袖绸衫交织在一起，柔美中带着一丝飘逸。在起初的紧绷之后，逐渐找到了在舞台上的感觉，她的水袖柔软却有力，抛向空中散出优美的弧线，单脚翻身后，她像一只灵巧的蝴蝶一样，在追光灯的伴随下，翩然起舞，让人眩目。

　　评委们不禁赞叹，开始低头相互交流。

　　"这个女生跳得很好啊，很有舞台感。"

　　"基本功很好，技巧也不错。"

　　萧诚不言，只是专注地看着她跳。

　　……

台上一舞动情，水袖交缠挥舞，将气氛推到顶点，场下观众爆发了雷鸣般的掌声。沫沫看着台下，又觉得台上的灯光很炫目，她鞠躬，然后便谢了幕。

然而，就在幕布即将合上之时，沫沫的目光像是忽然被一个身影刺到一样，整个人身子一震。那个人站在安全出口处，静静地看着她，她被灯光晃得看不清他的脸，但是她被那身影牵动了心。

沫沫顿时感觉呼吸一滞，回到后台来不及换装，就跑了出来。

小礼堂的舞台离出口距离不近，沫沫飞快地跑了出去，快要到门口的时候，忽然被自己的水袖缠住了脚，整个身子飞了出去，不轻不重地摔了一跤。

霎时间她觉得眼前一黑，然后膝盖传来一阵痛楚。她顾不上疼痛，抬头向远方看去，平静的操场，平静的白杨，连风的影子都没有。

刚才是她看错了吗？可是她刚刚明明看得很清楚，别人她可能会认错，安诺寒化成了灰她也认得出的。

"沫沫？"一个声音自她身后传来，由远及近："你没事吧？"

那声音就像一道火花，划过她的心脏，痛过之后，迟迟不能平静下来。

沫沫转身，看见安诺寒一身黑衣，站在黑夜里，几乎快要与夜色融合在一起了。

安诺寒很少穿黑衣，在沫沫的印象里，他都是很阳光的，喜欢穿浅色的衬衫，就算要穿西服，也是浅淡的颜色，从未见过他穿一身黑色的衣服，那有点陌生的样子，沫沫从未见过。

是啊，他们已经有一年没见了。

安诺寒走过来，自然而然地将外套脱下来，披在沫沫身上，沫沫还穿着舞蹈服，画着浓艳却美丽的妆容，仿佛壁画里走出来的仙女。

"刚才摔得痛不痛？"安诺寒不动声色地问道。

沫沫这才反应过来，忙去看了看自己的膝盖，红色的薄纱下，更显得她的长腿肤色白皙，那被撞红了的一点，也就格外明显了。

"我没事。"

安诺寒没有听她的话，而是伸出手去，在膝盖上轻轻碰了碰，确定没事之后，才让她站起来。

"跑这么快干什么？"安诺寒问。

沫沫摇摇头，一颗心猛烈地跳动，不知如何是好，刚刚他看见了吗？

"你刚才……一直站在那里吗？"沫沫小声问。

"是的。"安诺寒没有正面回答，但是也侧面告诉她，他一直关注着她，直到看完。

"你怎么来了？"

"我妈妈今天才告诉我，你在 S 市，她还说你今天有个舞蹈比赛，我当然要来给你助威。"

沫沫苦笑了一声，然后说了一句"谢谢"。

两人沉默了一阵，沫沫低着头，心中一酸，不由得握紧双手。相互对视一眼，两个人又是一阵欲言又止，末了，还是沫沫笑着说道："小安哥哥，你看我是不是瘦了很多？"

一句"小安哥哥"让安诺寒身子一震，胸口恍若被重重地捶了一下一样，痛得他喘不过来气，往昔的记忆不断涌入脑海中，都是沫沫在时时刻刻地叫着他"小安哥哥"的影子，顽皮的，撒娇的，温柔的，受委屈的，却没有一句，像今日这样，冷静而自持。

安诺寒含笑摸了摸她的头："已经很瘦了，应该再吃胖一点才好看。"

沫沫说道："可能是小时候吃的好吃的太多了吧，长大了之后，反而对吃的没什么兴趣了。"

他们的对话仿佛隔着一堵墙一样，双方都在浅浅地试探着彼此的感情。

"你来 S 市读书，怎么没有告诉我？我一直以为你在维也纳。"

"我……"她总不能告诉他，她是不想打扰他，不想让苏深雅误会什么，才故意躲着他。

想来想去，她编了个理由说："想过独立的生活。"

"哦。"

"你最近工作忙吗？"

"还好，月底有一套方案要试验考核，在赶着做评审工作。"

沫沫刚要再说什么，安诺寒却忽然目光一暗，幽幽说道："看来你在这里过得不错，我也就放心了。"

"我……"

还没等沫沫说完，一双手忽然揽住了她的肩膀，将她整个人向后带了一下，沫沫惊讶地回头，却正对上萧诚一双冷若冰霜的眼睛。

　　一身白衣的少年，怀里是娇艳的红衣少女，任何人路过，都会忍不住赞叹一句他们的绝配。

　　此情此景，安诺寒已知，再不必多说什么了。

　　沫沫也完全惊呆了，不知道萧诚会在这个时候出现。

　　"沫沫，你跳得很好，评委给你评了一个亚军，很快就要颁奖了，你快点回去准备准备吧。"

　　"亚军？"她十分惊喜，她原本只是想来参与一下，根本没指望拿到名次的。

　　安诺寒听到这个消息好像也很开心，笑了笑，催促她道："你快回去领奖吧。我还有事，先走了，我的手机号没有变，有事给我打电话。"

　　等沫沫反应过来的时候，安诺寒已经离开了，那背影在黑夜里越走越远，沫沫忽然从萧诚怀里冲了出去，却发现，无从辨别安诺寒离开的方向。

　　夜太黑了，让人很难辨别方向，就像人生，有些选择一旦做了，就只能一路走下去。

　　"沫沫。"萧诚追了上去，给她重新披上外套说道，"外面冷，我们还是先进去吧。"

　　他的到来，像是一阵风一样，还没有适应，便吹向了下一个方向，而沫沫，原本的轨道，也彻底被打乱，一颗心，七上八下，不知该如何是好。

　　今天看到萧诚和她在一起的样子，安诺寒会怎么想，是不是坐实了他们之间的关系？她再解释，还有用吗？

　　沫沫在黑夜里张望，一时间，模糊了眼睛。

　　领奖过程中，沫沫满脑袋都是今晚安诺寒消失的身影，寂寞又苍凉之后，整个人都透着一种失落感。言柒以为她是因为得了亚军而不开心，陪着她回寝室的一路上都在安慰她，一直在说她跳得很好，比那个得冠军的男生跳得好多了，无奈那个男生在学校里有很多"女友粉"，人气高。

　　沫沫只是听着，也没说什么。

　　回到寝室，她一个人默默地洗漱好，然后钻进了被窝，言柒听她半天没讲话，不由得问一句："沫沫，你怎么了？"

　　"没什么，只是遇见了一个好久没见的人，有些感慨。"

　　"谁呀？萧诚吗？"

沫沫想解释，但又不知道该从何说起，咬着指甲，悄悄地落下了一滴泪。

言柒以为她说的是萧诚，自以为是地分析道："沫沫，其实你的担心还是有必要的，你想，萧诚以后肯定是要做大明星的，他身边也会有很多粉丝，如果你想和他继续交往，就，真的要大度一点……"

沫沫叹息，这都什么跟什么啊……

"没事了，言柒，我想早点睡了。"

"嗯，那晚安了。"

沫沫挂断手机，将手机放在胸口处，开始在床上翻来覆去，此时已经熄灯了，周围静悄悄的。

安诺寒和她不一样，从小独立，很有主见，他没有和自己在一起，也是不想因为自己的关系而继承父亲的家业，如今他终于得到了自己想要的，沫沫不由得在心底为他高兴。

输入那个号码，沫沫一直犹豫着要不要按出去。

在经历一番思想斗争后，沫沫还是拨出了那个号码，不为别的，就算什么都没有了，安诺寒还是他哥哥，哥哥特意来看她的比赛，作为妹妹感谢一下，总没什么错吧。

电话只响了一声就被接了起来。

沫沫的心忽然漏跳了一拍。

"沫沫？"

"小安哥哥。"

"怎么这么晚还没睡？"

沫沫看了看表，已经十点十五了，她倒是一点也没觉得："时间还早，我还不困。"

"你回到家了吗？"

对方沉默了一秒钟，然后说道："我在你的寝室楼下。"

"啊？"沫沫吓了一跳，从床上弹了起来，"你不是有事先走了吗？"

"刚刚有萧诚在，我才那么说。我今晚休息，没什么事，看你们校园环境挺好，就在你们校园里转转。"

"那你等我一下。"沫沫飞快地下床，穿衣服，现在距离寝室关门还有十五分钟，她开门，下楼，三分钟足够了。

"你要出来吗？"

　　"嗯，等我。"

　　不到三分钟，沫沫就出现在了安诺寒的面前，由于下楼梯时跑得太快，她在他面前喘了半分钟，才把气息喘匀。

　　"怎么跑这么急，小心又摔倒。"

　　沫沫穿着一身粉红色的长绒睡衣，外面披了一件外套，披散着一头长发，十分可爱的模样，安诺寒看了，不禁心中一暖，这才是她的沫沫。

　　沫沫注视着安诺寒，虽然之前在小礼堂门口见过他，但是那个时候，只有重逢的喜悦和紧张，完全没有看清楚他的样子，如今在楼前灯光的映照下，她终于看清了他的样子。

　　眼前的安诺寒穿了一件黑色的风衣，又高又瘦，黑色的头发有型却不凌乱，几缕碎发垂在眼前，让他的双眼看起来更加狭长了一些，面容较四年前更加棱角分明，下巴消瘦得让人心疼，却多添了一丝冷酷，整个人散发着一种冰冷又禁欲的气息，但唯独注视着她的那双眼睛，充满无尽温柔，仿佛要将她沉溺在里面一般。

　　时间一分一秒地流逝着，沫沫和安诺寒的身边有两对依依不舍抱在一起即将分别的情侣。

　　"你过得好吗？"

　　她点点头，想说：我过得很好，刚说了一个"我"字，眼泪"唰"地一下就流了下来，她控制不住地开始抽泣。

　　安诺寒叹了一口气，自然而然地把沫沫揽到怀里，轻拍她的背，安慰道："你别哭啊。"

　　在被拥进安诺寒的怀里时，沫沫的心仿佛被狠狠地揉了一下，她抓着他的袖子，靠着他的身体，这熟悉的感觉终于回来了，他的怀抱依旧那么温暖，只不过，他好像也瘦了很多，沫沫咬紧嘴唇，努力不让自己哭出声来。

　　等她平复了心情后，安诺寒抬起手，轻轻地擦干了她的眼泪，道："再哭，就真成小花猫了。"

　　沫沫破涕为笑，眼睛里亮闪闪的，都是星星。

　　"小安哥哥，我很想你。"

　　安诺寒摸了摸她的头发："我也是，沫沫。"

　　这句话，比蜜还甜。

　　她推开安诺寒，小声说道："我要回去了。"

"嗯。"

"再见。"

"再见。"

沫沫不舍地转身，然而，安诺寒还握住她的手指。

沫沫心里一阵甜蜜，却还是不舍地松开。

目送沫沫离开后，安诺寒才露出了一个微笑。

刚回到寝室，沫沫便收到了一条短信。

安诺寒："明天有时间吗？我带你去吃好吃的。"

沫沫噘了噘嘴，她在他眼里还是那么爱吃吗，想了一会，她回复道："我明天上午有课，下午可以出去。"

"好，明天我来接你。"

"嗯嗯。"

放下手机，沫沫忽然觉得有些兴奋，仿佛之前所有的理智都在见到安诺寒之后化为虚有，她曾经信誓旦旦，要远离他，再也不要依赖他，可是，有了刚刚那个短浅的拥抱，她感觉，自己还是逃离不了。

难道，这真的是爱情？

沫沫被自己突然涌上心头的这个想法吓了一跳。

一夜无眠，第二天，沫沫顶着两个大黑眼圈去上理论课，她虽然强撑着精神，但后半堂课还是选择放飞自我，一睡到底。

下课后，她回到寝室，飞快地洗了个澡，然后换上了一件鹅黄色的连衣裙，将长发卷了个漂亮的波浪卷，然后对着镜子开始化妆。

她其实不怎么会化妆，一些化妆品还是言柒送给她的，言柒倒是很会打扮自己，不过就是懒得打扮而已，白衬衣，牛仔裤，就是她最平常的装扮，但是沫沫不同，她还是喜欢有颜色的衣服。

将自己打扮妥当后，沫沫在镜子里静静地看着自己，没一会儿便接到了安诺寒的电话。

两人约在学校东门见面。

沫沫出了校门，忽然感觉今天天气非常好，天空蔚蓝如洗，万里无云，只一轮太阳高高照起。

安诺寒早就在门口等着她了，沫沫见到他时，他正靠在车边讲电话，语气有些严肃，但看见沫沫之后，便温柔一笑，像是嘱咐了两句，然后挂掉电话，向她走去。

"小安哥哥。"她仰头仔细看他的脸，虽然仍是英俊的外表，但眼睛里也布满了红血丝，看来昨晚又加班到很晚。

"走吧。"

"去哪里啊？"

"先去吃饭，然后我带你去一个地方。"

沫沫点点头，然后跟着安诺寒上了车。车子很快驶入车流，转眼便消失不见。

餐厅很快就到了，很安静，在一片郁郁葱葱的树林之中，是城市里很难得的一景，外面的围栏里种着色彩淡雅的花朵，里面却是别有一番情调。

"想吃什么，沫沫。"安诺寒把菜单递给她。

沫沫翻了几页，都是常规的德餐，她思索了一下，只点了一个沙拉和一个甜品。

"听说这里的香肠很不错，要尝尝吗？"安诺寒建议道。

沫沫点点头。

安诺寒略想了一下，问："稍微有点油腻，没关系吧？你现在还在控制体重吗？"

"在控制。但是因为每天活动量挺大的，所以不用刻意节食减肥了。"

"那就尝尝这里的特色吧。"他招来服务生，点了一份招牌菜和一杯苏打水。

"小安哥哥，深雅姐姐还好吗？"

安诺寒随意点了一下头，言简意赅地说了句："很好。"

"哦。"沫沫低头喝了一口柠檬水，觉得有点酸，她不由得眯了眯眼睛。

"萧诚呢？他对你好吗？我看他做了艺人，人气挺高的。"

"他对我很好，虽然做了艺人，但是我们还是能经常见面。"沫沫低声说道。对于萧诚的问题，两人无法避免，却又不想提及，仿佛一根横亘的刺一样，让人左右不适。

菜来了，打断了两人本就不太有兴趣的谈话，两个人都暗自松了口气。只是待服务生布完菜后，两人忽然陷入一阵沉默。

"你打算什么时候结婚啊？"沫沫尝试着转移话题，却未察觉这是对方也不爱谈及的话题。

安诺寒怔了一下，说道："我不想那么早结婚，想先把工作做好。"

沫沫笑笑："你还是那么独立。"

"这和独立没什么关系。"只是他自己不想而已。

"既然这样，我还能多做一阵子你妹妹。"

"有什么不一样吗？"安诺寒问。

沫沫吃了一大口沙拉，装作很轻松的样子回答："当然不一样，你结婚了，就有了不一样的生活，你会把更多的时间分给你的妻子和孩子，你怎么还有时间和我玩啊！"

安诺寒沉思一会，追逐着她躲避的视线，然后伸手去摸了摸她的头发，柔声说道："沫沫，别想太多，不管什么时候，我都是你的小安哥哥。"

"我知道，我知道。"沫沫认真地重复了一句他的话，开始专心吃眼前的甜饼，咬了一口，赞道，"这个甜饼很好吃。"

"那你多吃点。"安诺寒把自己餐盘里一块精致的肋条切好，放在她的面前。

"这块一点都不油腻。"

沫沫吃了一口，笑得很可爱。

"听我妈说，你这一年，去了很多地方，怎么样，是不是心都野了？"

"也没有去很多，就是和朋友去了几个地方，中国的风景真美，哪里都漂亮……"

一提到玩，沫沫便向安诺寒滔滔不绝地说了起来，聊起她去过的壮美河山、绝美宫殿、世外桃源、冰雪世界，还有言柒，那个倔强却不肯认输的女孩。

安诺寒无奈地摇头："你一个女孩子，还是要注意安全的。"

"中国很安全啊，到处都会有人。而且我都是和朋友一起去，可以互相照顾的。"

"好吧，如果遇到什么事情，一定要第一时间告诉我，知道吗？"

"我知道爸爸和妈妈年轻的时候，经历过一些事情，所以他们就想让我也活在真空的世界里，不沾染外面的一点邪恶，但是，小安哥哥，我选择离开澳大利亚，并不会后悔，反而很庆幸，我出来了。"

"沫沫……"安诺寒忽然觉得无言以对，他那么明事理，却无法反驳沫沫的话，他想让沫沫一直待在澳大利亚，可是，他自己还是为了自由，选择离开墨尔本，去了英国，又回到中国。

　　"说到我爸爸，我就生气，我走了一年，居然忍着一个电话都不给我打！"沫沫恶狠狠地吃了一口蔬菜。

　　安诺寒笑，不知道该不该说。

　　"怎么了，小安哥哥，你笑什么？"

　　安诺寒犹豫了一下，还是决定告诉她。

　　"其实，我妈妈每次给你打电话的时候，韩叔叔都在一边听着。"

　　沫沫惊呆了！

　　"啊？"她居然都不知道！

　　她还想说呢，为什么小淳阿姨那么关心她，基本上每周都会打电话询问她的日常生活，虽然她也会打听一下父母的近况，但她并不知道韩濯晨和韩芊芜其实一直也在默默地关注着她。

　　沫沫不再说话，而是盯着面前那盘沙拉，吃了个干净。

　　吃完饭之后，两个人的关系好像又向从前的感觉靠近了一点点，不再那么拘谨了，天有点冷，安诺寒将车开过来，送她回学校。

　　一路树荫，闪闪而过，沫沫一直坐得很直，这是她学习舞蹈多年一直保持的一个优美体态，安诺寒从前从没有注意过，现在看来，只觉得沫沫真的是和从前那个大大咧咧的女孩，完全不一样了。

　　"沫沫，有一件事，我想和你道歉……"

　　"什么事啊？"

　　"之前，听芊芊阿姨说，你练舞蹈，是因为我。"

　　沫沫一下子沉默了，像是心事被戳破一样。

　　"沫沫，我其实从来没有嫌弃你胖，我总是笑你，只是觉得你可爱，想逗逗你。我没想到你这么在意。"

　　沫沫张了张嘴，像是千言万语堵在胸口，却什么都说不出来。

　　当年她想跳舞减肥，和安诺寒有一些关系，但是更多的是她喜欢舞蹈，她认为那是人间最美的姿态，如果不是她太胖，她早就去学跳舞了。她从小到大，从没有全身心地投入过一件事情当中，是因为安诺寒的鼓励，她才下定了决心，走进舞蹈教室。学习舞蹈虽然很辛苦，但是她觉得很值得，那份专注，是她从来没有体验过的一种感觉。

　　"没关系，小安哥哥，我跳舞，也是因为喜欢。"

安诺寒冲她笑了笑："不过我的沫沫终于长成大姑娘了，比我想象的还要美好！"

沫沫不好意思地笑了笑。

"沫沫，萧诚对你好吗？"

他突如其来的问题，让她有些蒙，但她很快想起来，萧诚最近和一个女艺人在合作，网上有些捕风捉影的传言。她意识到安诺寒是在担心她，故意装出一副很轻松的表情回答："萧诚对我很好，只是他现在是艺人身份，公司对他的私生活限制得很严格，我们见面的时间不多。"

"沫沫，我听说……"

"小安哥哥，你不用担心我，我绝对相信萧诚。"

安诺寒紧握的手，无力地开始放松，最后垂到了身侧："沫沫，你真，比我想象的还要成熟。"

沫沫笑了笑："从小一直盼着长大，可是长大后，却总是怀念小时候的时光，怀念年轻时候的肆无忌惮。"

"是啊，再也回不去了。"

安诺寒轻轻拍了拍她的头，抚摸着她的长发。

不知从什么开始，他觉得，和沫沫的距离开始拉远，是因为她的冷静自持，还是恬淡疏离？他总是希望她可以快点长大，可是，等她真正长大之后，他却开始怀念沫沫小时候的快乐时光，那时候，她每天都会粘着他，每天都会等他回家，然后扑在他的怀里，笑得天真又肆无忌惮。

究竟是什么，让一切变成了现在这个样子？

安诺寒自己也不知道。

可能，是他们都想为对方好，给对方自由吧。

车子驶入校园，停在了她的寝室楼下。

虽然不舍，她还是转身走进宿舍楼，没有回头……

那天之后的一年中，安诺寒偶尔会来看她，生日的时候送给她一部手机，有时他也会给她发一些消息，他们就是那样不冷不热地联系着，牵绊着。

在此期间，萧诚拍了个电视剧，剧是一个大 IP 改编的，虽然不是男一号，但人设很讨喜，和他的性格也很贴合，剧照出来，就收到了原著粉的认可，吸引了很多粉丝，沫沫身边就有几个同学被他圈粉，每天热火朝天地为萧诚应援打榜。

之后，萧诚的曝光度越来越高，参加了几个综艺节目，反响更是热烈。萧诚学习声乐，也有十多年了，他拥有的天籁之音，沫沫也曾沉迷过，所以她完全能理解，萧诚为什么会红。

沫沫也看过这个综艺节目，她只觉得，萧诚似乎比以前更成熟了，但眼睛里，没有了曾经的光芒。

喜欢萧诚的人很多，但是知道萧诚和沫沫关系匪浅的只有言柒一个人。她看见萧诚越来越红，也看出沫沫的心事越来越重，经常抱着手机看很久，没有发微信，也没玩游戏，看八卦，就只是看着手机屏幕发呆。

有一天，言柒实在看不下去了，约了沫沫去学校附近的夜市玩，沫沫很喜欢这里，经常和言柒一起来的。

走到最喜欢的摊位上，言柒轻车熟路地点了一大堆吃的，沫沫只是盯着面前的酒杯发呆。

言柒吃了一口肉串，问道："沫沫，你最近怎么总发呆啊？"

"我有吗？"

言柒咽下肉串，愣愣地看着她，竟然无言以对。

"可能，最近太闲了吧。"沫沫随口说。

"闲？你修两个学位还闲？"言柒恨恨道，"你能不能编个像样的理由搪塞我？"

"我……"沫沫看看言柒一脸真诚而关切的表情，心中一暖，也换上了真诚的表情，说道："我最近有点理解你说的"长大的第三阶段了"。有些事明知道努力也没有用，还是想去争取一下。"

"争取？你是说萧诚吗？"言柒很自然地想到了萧诚，"你和萧诚，在一起了吗？"

"没有。我和萧诚就是普通朋友。"

"为什么啊？那么个神仙哥哥，你居然不要？"

"……"

"你是不是不想耽误他？以萧诚现在火爆的程度，如果爆出恋爱，肯定会影响人气。而且，你见他一面也挺不容易的，要知道，在中国，明星可不是哪个固定女人的，是广大粉丝的。"

沫沫笑着摇摇头。

"你笑什么？"

"那我还是把他留给广大粉丝吧。"对于萧诚，沫沫始终觉得，她和萧诚能做朋友还挺好的，萧诚是她不曾拥有过的一种心安。

言柒仔细看看沫沫的表情，她说的确实很坦然，并不像是故作镇定的样子："你真的不喜欢萧诚？"

沫沫坚定地点头："我喜欢过他，欣赏他的颜值，仰慕他的才华，也喜欢跟他做朋友，分享彼此的开心不开心。但是我从来没爱过他，也从没想过尝试去爱他。"

"哦。那可真可惜……那你想要争取的是什么？"

"其实，我最近一直纠结的是，我有个从小一起长大的小安哥哥，他在S市工作，他经常会约我吃饭，我不知道该跟他保持一个什么样的距离。"

"他喜欢你？他在追你？"

"不是，不是！他对我，就像对亲妹妹一样。"

"那有什么可保持距离的，正常相处就好了。"言柒从没听沫沫提起过"小安哥哥"，自然也以为这个哥哥对沫沫没有多重要，她以为沫沫只是对感情有些懵懂，想不明白而已。所以，她握了握她的手，以看透世事的语气说道："沫沫，其实人都是这样，经历一些，才会看透一些，内心强大了，就什么都不怕了。"

沫沫点点头，她觉得言柒说得对，有些事她还需要更加慎重地考虑考虑。

第十八章

第一口蛋糕的滋味

结束了过往的回忆，沫沫合上相册，放回卧室的书架上。然后，她想起刚才看见的情侣表，又拿出手表盒，轻轻打开。里面放着一款男士的手表，纯钢的表链，表盘设计简洁大方，没有任何多余的缀饰，唯一特别的就是秒针是一支跳动的箭，每一分钟，箭尖都会留下一圈圆形的冷光。

沫沫伸出手，看向手腕的表，两只表放在一起，无论色泽、款式，设计出奇的和谐。

她忽然想到一个问题，安诺寒为什么要送她情侣表，单纯地觉得这对手表很好看，她会喜欢吗？可是他不明白情侣表的意义吗？

她很想立刻问问安诺寒，可是他已经醉得不省人事，给不了她任何答案。

心烦意乱间，她又随手从抽屉里拿起安诺寒的旧手机看了看。手机看上去好久没有用了，她随手按下开机键，没想到手机竟然还有电，开了机。而开机屏幕上先闪动起一张调皮的鬼脸，肉乎乎的脸堆成一团，特别可笑。

这张照片她记得，是她很小的时候照的，她很喜欢，就把照片发给安诺寒看。安诺寒说照片很可爱，她就得寸进尺将它设置成他的手机开机画面。当时她只是一时兴起而已，从不曾想过安诺寒竟然没有换掉，更不曾想到，他的手机换了一个又一个，她的照片始终作为开机画面存在着。

她对着手机呆坐了一阵，说不清怎样一种滋味涌起，有喜悦，也有酸楚……喜悦是因为她感受到了一种在意，他的生活中她始终是第一位的。酸楚是这种在意不能取代爱情。

沫沫无意识地按着他的手机，不知又触动了哪一个按键，手机进入了视频播放列表，列表上有一个视频文件，文件名叫"沫沫"。

沫沫以为安诺寒趁她不注意偷偷拍过她的视频，一时好奇便点开了。

当画面上出现躺在病床上的萧诚和坐在他身边的她，她震惊得手一颤，手机差点从她手中滑落。

她瞪大眼睛看着手机上的画面，她简直不敢相信自己看到的。

视频的画面有些模糊，而且为了完美地展现了一种暧昧到了极致的男女关系，经过了细心的剪辑和处理。

她和萧诚一起听音乐，一起轻声哼着温婉的钢琴乐……

她和萧诚聊天，聊音乐，聊过去，聊未来……她还为他憧憬美好的前途，鼓励他要振作……

还有萧诚几次心情不好，骂她，赶她走，她说什么也不肯走，坚持要留下来，有一次她哭着说："我知道你不是真想赶我走，你是不想要我的同情和愧疚，萧诚，我不是同情你，真的不是……"

她接下去说的一段话被删去了。如果她没记错，她说的是："我是真的欣赏你，我眼中的萧诚只要站在舞台上，不用嗓音也可以征服所有人。"

视频转到了下一段，她为萧诚削苹果，不小心割破了手指，鲜血渗出。萧诚拉过她的手，用嘴帮她吸去手指上的血，四目相对，萧诚的眼睛里尽是浓烈的爱意……可她抽回手的一段却被剪掉了。接下来，一个护士走进来，笑着说："好恩爱啊！真羡慕你们！"

而她反驳的画面也被剪辑下去，只剩下她羞怯的一笑，起身对萧诚说："我先回家了，明天放学我再来看你。"

她走后，护士又对萧诚说："你女朋友真的好爱你！"

萧诚看着门的方向，表情恋恋不舍："她是我的天使。"

起初沫沫以为安诺寒出于关心，请人录了她和萧诚在医院里相处的过程，可是看到这里之后，她否定了这个可能性，因为安诺寒绝对不想看到这样严重背离事实真相的录像。

那么有条件，又有动机做这件事的只有两个人，萧诚和萧薇。

视频中的一幕一幕，她和萧诚就像甜蜜的情侣一样相依相伴，不离不弃。其中有一个情景是萧诚抓住她的手，问她："沫沫，等我毕业之后，我们一起去维也纳学音乐吧……然后，我要带你去希腊……我要带你去你想去的任何地方……"

她低下头，看不清表情，却能清晰地听见一个声音在说："好！"

沫沫有点怀疑自己患了失忆症，把这一段重放一遍，又放一遍，仔细去回忆。

她明明记得自己没答应过萧诚要和他走，可这个"好"字清晰极了！

直到看完整段非常有技术含量的视频合集，沫沫终于明白安诺寒为什么深信她爱萧诚，因为这段录像清晰地展现了一个女孩子的坚定执着，温柔体贴。

她不觉得委屈，只是非常想知道安诺寒看到这段视频是怎样的想法。会不会觉得她很傻，明明知道萧诚是萧薇的弟弟，还是义无反顾地"爱"着萧诚，不要自尊地纠缠着他？或者，他终于因为可以摆脱她的纠缠而松了一口气，毫不犹豫地和苏深雅在一起了？

不过，她转念想想，事情已经过去这么多年了，他也快要结婚了，当初的感受已经不重要了。

她走出卧室，坐在沙发边看着安诺寒，他已经睡得很安稳，但是他的头靠着沙发扶手，脖子以一种很不舒服的姿势扭着，衬衫裹在身上看起来也很拘束。虽然沫沫认为自己拖着一条伤腿，很难把这么大一个男人扶回卧室，可她还是决定试试。于是，漫长的艰苦过程就开始了，她连拖带拽，连扶带背，等她终于把安诺寒放在床上，她的腿已经疼到麻痹，伤口缝针的地方渗出丝丝鲜血。

沫沫跌坐在床上，躺了一会才恢复了点力气，又坐起来尝试着帮他脱下身上的衣裤。这是她第一次给男人脱衣服，原以为会非常艰难，实际上，比非常艰难还要更艰难，她尽量不让视线落在不该看的地方，可是肌肤的触感还是清晰地从指间传到心头，令她的心跳乱了节奏。

煎熬了半个多小时，她才终于成功地脱下了他的衬衫和裤子，而她的脸已经红得像个苹果了。最后，沫沫拉过被子，轻轻盖在他身上，看着他熟睡中的面容，那么沉静清逸，只是眉峰皱得那么紧，让人心疼。她一时没有控制住，指尖轻轻落在他的眉间，想帮他抚平忧愁。

"沫沫，你……"他忽然毫无意识地搂住她，口中含糊着说了一句话，她没有听清，想要靠近他听清一些。

"小安哥哥？你说什么？"

他却突然轻啄了一下她的耳朵，热流从他的呼吸冲进耳朵。一瞬间，她的灵魂被抽空了一般，眼前剩下空白。

此时此刻，无人的深夜，孤男寡女同在床边，他拥着她，温润的唇似有若无摩擦过耳畔，她完全蒙了，甚至不知道自己在哪，在干什么。

他的手摸索过她的背，唇印在她耳后最敏感的地带……一团火从身体里烧了起来，她忍不住轻吸口气。她挣了几下，发现没法推开他，于是放弃了徒劳的努力，轻轻靠在他的怀中。她死死捏着手中的抱枕，想要抗拒又无比期待，她恐慌，她矛盾，她挣扎，脸上的表情随着心理变化变幻莫测。

他拨开散落在脸颊的发丝，炽热的唇覆在她脸上。

"沫沫。"安诺寒真的醉了，醉得无法用理智去控制他的所作所为，也没有办法思考一切后果。他抱住她，手指紧紧扣着她腰，垂首吻上她的唇，温柔地辗转，亲昵地摩擦……他想要她，此时此刻，他的脑中只有一个念头。

蕴含着酒气的呼吸越来越急促，他的吻也越来越蛮横，狂野又激烈，唇舌纠缠得疼了。

天边，有一颗流星坠下，拖着长长的光辉，消失于夜空。对面的镜子里映出妖娆的画面，一强一弱交缠的身体，越挣扎，纠缠得越紧密。

单纯的唇舌纠缠已经满足不了他的渴望。他的手在她紧绷的背上滑动，身体与身体的摩挲，荡漾着一阵又一阵的情潮……

第一次被男人触摸，特别是想到那双手的主人是她从小就喜欢粘着不放的安诺寒，沫沫努力睁着大大的眼睛看着眼前的男人，她很想看清如此陌生的他，以确定他是否真的是她从小就暗恋的"小安哥哥"。

谁知，越看越发现今天的他与平时完全不同，醉意中，他的眼睛半眯着，眸光火热。他的骨骼修长，肌肉线条刚毅，好似积蓄了无限的力量……还有他的胸膛，那么宽阔平坦……

她忘记反抗，安诺寒更加肆无忌惮，他放过她的唇，顺着她的颈项一路吻下去，舌尖在她的肌肤上辗转。

世界天旋地转，沫沫好像看见黑色的天幕上盛开着一簇簇血红的彼岸花，金色的星辰坠落在大海，金色的海浪一片荼蘼。

沫沫含苞待放的身子根本经不起这种挑逗。她所有知觉与快乐都被他掌控，手臂攀上他的颈项，由反抗变成迎合。

"小安哥哥……"

"嗯……"

　　沫沫仰起头，望着窗外漆黑的夜空。世界都在颠倒毁灭，分不清黑夜还是白昼，也无所谓黑夜还是白昼。

　　人在咫尺，他的眼神醉得没有焦距，远得无法触及。可她不在乎，能被他拥有，哪怕只爱这迷乱的一夜，足矣！

　　他的唇移到她的耳后，轻浅地含住她的耳唇，他的身体欺身压来，正压在她受伤的腿上，她禁不住疼得叫了一声："啊！"

　　这一声好像忽然唤醒了他的意识，他愣了一下，低头看着怀里的沫沫。他晃了晃头，看看周围，像是恍然从梦境中惊醒。

　　愣了一阵，他似乎想起这是什么地方，他床上的是什么人，脸色骤然苍白。

　　"对不起！"他急忙放开她，退到床的另一侧，与她拉开距离。

　　沫沫知道他清醒了，不该醉的时候醉了，不该清醒的时候为什么要清醒？

　　"对不起。"他用力揉了揉额头，满脸都是愧疚之色，"对不起！我喝醉了！"

　　沫沫勉强笑了笑，再说不出什么："没关系。我不会介意的。"

　　沫沫拉好半褪的衣服，快步跑出他的卧室。他没有追出来，也没有再多说什么。

　　没有女人会不介意男人在这么关键的时刻，带着一副"险些铸成大错"的愧疚表情离开。尤其那个男人是她暗恋已久、期待已久的人。她失落的同时又很庆幸他在最关键的时候推开了她，没有真的铸成大错，没有对不起苏深雅。

　　沫沫闭上眼睛靠在冰冷的墙壁上，心绪完全乱了，他们今天能逃避，明天怎么办？以后怎么办？

　　一想到明天早上，他清醒过来，两个人尴尬的场景，沫沫更有些慌了，只能暗自祈祷他醉得很厉害，刚刚只是短暂的梦醒，明天醒来之后，什么都不记得，就算模糊记得，也分不清是真实发生还是做梦。

　　这一夜，她彻底无法入眠了。艰难地熬到了天亮，她听见客厅里响起细微的脚步声。她知道安诺寒已经醒了，可她不敢出门，缩在床上蒙着被子装睡觉。她听见微弱的响动持续了一段时间，最后脚步声离她越来越近，直到停在她的门前。

他轻轻问了一声："沫沫，在睡吗？"

"没有……"

她下意识应了一声，应完就立刻后悔了，她应该装睡觉的。不过，装得了一时，也装不了一世，她总要去面对的。她默默下床，打开门，只见安诺寒已经穿好了工作服，准备出门。

他衣着整洁，身姿笔挺，除了眼睛微微有些红，看不出任何宿醉的痕迹。

"你要去上班吗？"

"嗯，公司临时开会，通知我现在参加会议，我开完会马上就回来。"

她知道他现在肯定很难受，不想提起他的伤心事，还是忍不住担心他："哦。小安哥哥，你还好吧？头痛吗？"

"没事。"他说话的时候，目光移向别处，努力克制着情绪，"昨天晚上……"

"噢，昨晚你喝醉了，我知道你喝醉了，没事没事……你快去上班吧，不是找你开会吗，肯定是急事，你快走吧。你不用管我，我自己能照顾自己。"她语无伦次地说着，"哦，还有，你们总师的事情，你也别太难过了，难过也改变不了什么。"

安诺寒点点头，沉默着走到门前。开门的时候，他回头看了她一眼。

他微微张口，想说什么，最后却没有说。

其实，她也有很多想说的，想问的，面对他极力压抑痛苦的表情，她又不知道从哪里说起，说到哪里终止。他想，他现在也是这样的心情吧，有些话不说，两个人还能装作若无其事，继续做兄妹，一旦说出来，两个人面对面将昨晚一时失控所做的事情宣之于口，他们还怎么坦然相处？还怎么再做兄妹？

怕是以后都要断绝来往了。

可是，他们不说，不代表事情没有发生。已经发生了，他们闭口不谈，自欺欺人，就能抹掉彼此的那段记忆吗？

她想不出来怎么办，也不想再想了，反正以后有很多时间，现在就让他们都静一静吧。

一夜没睡，安诺寒走后，她趴在床上还是睡不着，翻来覆去过了很久很久，她听见一声开门声。她以为是安诺寒回来了，磨磨蹭蹭下床走出卧室，却没想到，来的人是苏深雅。

苏深雅手中提着蔬菜和水果，满面笑意望着她："沫沫，好久没见了。"

沫沫呆愣了很久，才艰难地发出声音，低声叫了一句："深雅姐姐。"

"沫沫，你的腿伤好些了吗？"苏深雅放下手中的水果和青菜，从鞋柜里拿了双拖鞋换上。

"只是小伤，已经好得差不多了。"

"诺寒也真是的，看我太忙了，就没告诉我你的事。刚才他让我陪你去医院换药，我才知道你出了车祸，腿受伤的事情。"苏深雅一边解释，一边很熟练地在冰箱中取出面，走到厨房。

很快她就为沫沫煮了一碗热汤面，端了出来。

"沫沫，不好意思，我不太会做饭，只会煮面，你凑合吃吧。"

"我喜欢吃面。"她见苏深雅只煮了一碗，有些不解地问，"深雅姐姐，你不吃吗？"

"我已经吃过了。你吃吧，吃完饭我带你去换药。"

"麻烦你了。"

"沫沫，你跟我不用客气。诺寒出差了，最快也要明天晚上回来，他对我千叮万嘱，让我一定照顾好你。"

原来，他出差了。连回家收拾行李的时间，跟她道个别的时间都没有，看来是真的很急。

沫沫点点头，埋头吃面。其实，她根本吃不出面的味道，只是觉得酸意从嘴里一直流到心里，让她浑身不适。

原本她有很多问题想问安诺寒，但是现在，她什么都不必问了，或者说，安诺寒已经给了她答案——他心中只有苏深雅，他的未婚妻。

不论他当年为什么要送她手表，也不论他看见萧诚与她的视频是什么感受，那都是过去的事情了。现在，他的身边已经有了心爱的人，他们的感情很好，只是彼此工作太忙，不能每天腻在一起而已。

成熟男女的感情本就该是这样的，不必朝朝暮暮，只需天长地久。在面对苏深雅的事情上，他们二人都选择了回避，就在她已经忘了还有这个人的时候，她就这样出现在她的面前，是啊，他们俩虽然没有结婚，但是确实是订婚了。

在医院换完药回来的路上，沫沫收到萧诚发来的信息，问她腿伤怎么样了。

"好多了……"知道她腿受伤的人不多，除了安诺寒只有言柒，那么一定是言柒告诉他的。

"我今天刚好没有行程了，我去你的学校看你。"

沫沫本想拒绝，看一眼身边的苏深雅，果断做了个决定。

她将安诺寒的住处发给了萧诚，告诉他："我正好要回学校，你来接我吧。"

"好。"萧诚很痛快地答应了。

沫沫抬头对苏深雅说："深雅姐姐，萧诚的行程结束了，他一会就来接我，你去上班吧，不用再来照顾我了。"

"你要走？你不等诺寒回来就走吗？"

"不了，他现在事情这么多，我不想打扰他。"沫沫说。

苏深雅看看她，没有多说什么，但是却在她的目光中看到了一种释然。

她知道，安诺寒这段时间一定非常忙，她不想让他分心。她也在苏深雅的眼神中看到了不安，她不希望自己的存在，影响到他们之间的感情和信任。

所以，她选择了离开。

苏深雅送她回家，帮她收拾好行李，一直陪她到萧诚过来接她。萧诚穿了一身藏蓝色的外套，依旧戴了渔夫帽和黑色口罩，让人辨认不清五官，但是熟悉他的人还是能一眼认出他的身影。

沫沫坐上萧诚的车，离开了安诺寒的家，但是一路上，她并未开口。

见她神色有些不对，萧诚问道："怎么了，沫沫？"

沫沫轻轻吸了口气，对他露出了一个微笑，问："萧诚，我有件事想问你，我希望你能告诉我实话。"

见沫沫的表情郑重，萧诚的神色有些紧张："什么事？"

"三年前，你在医院住院的时候，有人拍了我们两个人的视频，是你姐姐拍的吗？"

……

"看来你是知道的。"

萧诚依然沉默着。

沫沫转过身，面对着正在开车的萧诚。他摘下了口罩，露出一张桀骜的脸。认识了萧诚这么多年，听过他唱那么多首歌，她以为她是了解萧诚的。原来，她竟然不了解他。

不是他变了，而是她从未了解过。

"你们为什么要这么做？"沫沫又问。

萧诚终于开口："如果我告诉你，因为我喜欢你，我不想失去你，你信吗？"

沫沫摇摇头，她不是不相信，而是她不愿意去相信。

车子开了一个多小时，这一个小时中，沫沫没有再多说一句话。车开到了沫沫的学校，萧诚没有把车开进校园，而是停在了路边的一个餐馆门前。

"沫沫，我们吃点东西吧，边吃边聊。"

她摇摇头："萧诚，你以后不要再来找我了。"

"为什么？"

"我原来以为我们可以做朋友。我今天才知道，我们做不了朋友。"她平静地说着，"因为，你从来没把我当成朋友。"

"那是因为……"萧诚顿了顿，最后终于说出口，"我喜欢你。"

……

"沫沫，过去的事情就过去吧，你再给我一次机会，行吗？"

"对不起。"

很多人都说萧诚很好，他就像天上的星星一样闪亮，言柒也不止一次劝她别不知道好歹，别错过了萧诚。

或许倒退五年，她十八岁的时候，也可能会对他动心。但是现在，她不会了，因为她已经清楚地知道，她想要的是什么。

除了安诺寒，她不会再爱上任何男人了。

夜半时分，沫沫躺在床上看手机上的电子书，手机的光晃得眼睛干涩，她忽然有些后悔没把安诺寒给她买的书带回来，还有安诺寒给她买的那些无糖饮料，在这个炎热的夏季，喝起来真是很清新爽口。

她的手机响起微信提示音，她的微信除了安诺寒的信息，其他人的都不提示。所以微信提示音一响起，她的手不由得抖了一下。

她缓缓拿起手机，看了一眼，果然是安诺寒发来的信息："沫沫，睡了吗？"

夜晚的灯明晃晃地打在沫沫略显苍白的脸上，她想了好久，想不出回复什么，决定不回复。

隔了十几分钟，又一条信息发来："你怎么走了？是因为昨晚的事情吗？"

他知道她走了？他出差回来了？沫沫看了一下手表，又是半夜十二点。他出差当天就回来，应该是担心她吧，而他回来看见的是空空荡荡的房间，不知道该是什么样的心情。

她没有回复，而他也没有再发信息。

静夜，安诺寒坐在阳台的躺椅上，安静地看着远处的灯火，午夜的S市，空气总是雾蒙蒙的，看不见星空，连月光都是暗淡的。今天，他出差开完会，参会的专家都向他求证李总去世的消息，他们都说不敢相信，也不愿意相信，多希望他能否认。

他何尝不希望这不是真的，但是一切已经发生了，无法改变。

带着愈加沉重的心情，他坐深夜的航班回到S市，他想见沫沫，想在她身上寻求一些温暖，也想跟她好好谈谈昨晚的事情。

其实，昨天晚上，他应该第一时间跟她解释。他没有，因为他喝了太多酒，思维混乱，他害怕自己吓到沫沫，更害怕自己看见沫沫，会再次失控，做出更不可原谅的事情。

他逼着自己冷静下来，也希望沫沫能冷静下来的时候，他再请求她的原谅。

可惜，他回到家，她已经走了。他给她发信息，她也没有回复。

安诺寒拿出手机，又看了一眼发给沫沫的微信，还是他发出的最后一条："你怎么走了？是因为昨晚的事情吗？"

他知道沫沫看见了，因为他发出信息之后一直看着手机屏幕，上面显示了"对方正在编辑信息"，后来信息提示消失了，她并没有回复。

沫沫从小到大，都不是个爱生气的女孩，更加不会生他的气。不管他说错什么，做错什么，她都不会放在心上。就连萧诚被打的那次，她也没有因为生气而不理他。这是她第一次，与他绝交。

因为从来没有过这样的经验，他竟然不知道该怎么做了。

他在手机上编辑了"对不起"三个字，犹豫了一会又删除了。他希望能够想出一句比这个更合适的话，想来想去，只想到了另外三个字"我爱你"。

相比之下，他觉得"我爱你"比"对不起"更能安抚沫沫，毕竟一切的错如果是出于压抑在心中的"我爱你"，而不是一时的酒后失态，可能更容易让女孩接受。

只是，他该说吗？如果说了，如果沫沫知道他对她的感情，他们以后怕是不能心无杂念地相处了。

安诺寒一时难以决定，有些心烦，又在手机里随意翻出存储的照片，那些画面，都是沫沫。

她的新同学、新宿舍，还有……萧诚。

照片里的沫沫，笑得十分开心，那种笑容是自信的笑容，他只见过沫沫撒娇的笑，逞强的笑，捉弄他的时候的笑，但是这种自信的笑，他是从未见过的。

自从他去了英国后，沫沫几乎时时刻刻都在改变，只有他，除了年龄的增长，便是心性的冷淡，而沫沫，每一年的变化，他都看在眼里，长高了，变瘦了，成熟了，也沉静了。如今的沫沫，正是绽放的最美年华，她的一颦一笑都充满了青春的朝气，她越来越美，就像白天鹅般傲然独立。而他，也在改变，岁月虽然没有在他脸上留下太多痕迹，但是他知道，自己已经不再年轻了。

这些年，他一个人生活，一个人工作。他以为他喜欢工作，喜欢忙碌，喜欢独来独往，可自从沫沫腿受伤，在他家里住了两天，每天，他只要想到沫沫在家里等他，他就盼望着讨论会快点结束，他可以回家陪伴她。

有她的夜晚，似乎都是明亮的灯火，温暖的空气。

他临时出差，一开完会，马上就买了机票回S市，就是为了快点看见她。可她却走了，留给他一个空荡荡的房间。

一个人坐在沙发上，看着她每晚睡着的位置，他才真正意识到，他有多么需要她……

第十九章
我要我们在一起

沫沫原本以为她和萧诚把该说的都说清楚了，他与她已再无可能有交集，从此后，他做灯光下最耀眼的偶像，她过着平凡而充实的生活。她怎么也没想到，只是一夜之间，一切就变了。

她早上睡醒，打开手机，立刻看见言柒打给她的未接来电，还有发来的微信："沫沫，你和萧诚在一起了？要公开吗？"

沫沫一脸蒙地回电话给言柒，电话刚打了两声，言柒迫不及待的声音就传来，问题一模一样："沫沫，你和萧诚在一起了？要公开吗？"

"没有啊。"言柒急切又带着点兴奋的预期让她有种不祥的预感，"你是不是听说了什么？"

"你和萧诚的照片都上热搜了，你不知道啊？"

"热搜？我一会打给你。"沫沫急忙挂断电话，打开微博看热搜消息，果然有一个热门话题：萧诚秘密女友。

沫沫浑身一寒，脑中晃过很多萧诚来找她的场景，她有些不敢去打开话题，害怕看见不想看见的图片和无法入眼的网友留言。纠结了一会，她还是决定看看，不管话题怎么难堪，她总要面对，总要解决的。

虽然做好了心理准备，当沫沫打开话题，看见满屏幕的侮辱和诅咒之言，她还是气得全身都在发抖。

排名第一的热帖是萧诚昨天送她回学校的照片，萧诚帮她拿了行李，送她到寝室楼下。他们的脸拍得很清晰，角度也很全面，配的文字更是振聋发聩——萧诚与 S 市女生恋情实锤。

排名第二的热帖就是萧诚粉丝发的澄清贴，帖子理智又详细地分析了萧诚的表情、神态，得出结论就是他们是普通朋友，没有任何关系。

后面的帖子就没有那么理智了，有人说萧诚私生活乱，跟很多大学女生交往。后面还有人扒出了沫沫的资料，包括姓名、学校、专业、国籍，说她和萧诚来自同一个城市，是认识的，但也仅限认识，沫沫自己爆出和萧诚的绯闻，炒作上热搜，是为了蹭萧诚的热度，混进娱乐圈。

一夜之间，萧诚与她的关系在网络上传得沸沸扬扬，而萧诚和萧诚所在的公司都没有出面否认，任由别人臆测。沫沫知道，娱乐圈向来如此，捕风捉影，越描越黑，很多空穴来风的绯闻，只要置之不理就可以了。

可是她莫名其妙地被"绯闻女友"，被这么多人诋毁和臆测，心里非常不舒服。她打开微博，正在考虑要不要发一条澄清自己的微博，敲门声就响起来了。

"沫沫，你在吗？"她听出了声音，是杨丹。杨丹是她的同学，家住在S市，杨丹自从听过萧诚唱歌，就疯狂地迷恋上萧诚，成了他的死忠粉。杨丹这个时候来找她，肯定是看见了她和萧诚的绯闻，过来找她求证。

虽然沫沫非常不想跟人解释，但是杨丹毕竟是她的同学，关系也还不错，她也不好拒绝。

"我在，等等。"

沫沫一瘸一拐走到门前，旋开门锁，打开门。让她意外的是，门外不止杨丹一个人，而是十几个女生，见她开门，女生们一拥而上，把她团团围住。

"沫沫，你和萧诚认识吗？"杨丹问。

不等沫沫回答，很多问题接踵而至。

"你和萧诚到底是什么关系？"

"你们是普通朋友对不对？"

"你是萧诚的粉丝吧？"

沫沫缓了口气，用尽全部力气大声回答："我和他就是普通朋友，我们从来没有交往过。"

杨丹立刻问："网上说照片是你爆料的？是吗？"

"当然不是。"沫沫极力摇头，"照片一定是狗仔偷拍的，我不想跟他有什么绯闻，也不想蹭他热度，我更没想过要混娱乐圈……"

"你真的跟萧诚是普通朋友？"有人质疑，反复地追问。

走廊里路过的人，听见这边吵闹，都来看热闹，这一看就更热闹了，来的人越来越多，把整个寝室堵得水泄不通。

言柒打电话来的时候，沫沫正被几十个女生吵得头疼。她接通言柒的电话，听见言柒问："沫沫，你看见热搜了吧？到底怎么回事啊？"

沫沫无奈地对她说："我不知道，我真的什么都不知道。"

言柒听见吵闹声，急忙问："沫沫，你在哪？怎么这么吵？"

"我在寝室。小柒，我不跟你说了，太乱了。"

"好！我今天就回Ｓ市。你先撑着，我晚上应该能到。"

言柒说让她撑着，沫沫无奈地叹气，她真的要撑不住了，头疼得都要炸开了，这些人还是怎么赶都不肯走，不停地追问她和萧诚到底是怎么认识的，和萧诚是什么关系。

她当然不能说，她怕说出来这些人添油加醋，在网上乱说，到时会给萧诚添麻烦。

她被以杨丹为首的女生"狂轰滥炸"了几个小时，在她指天发誓她和萧诚只是普通的认识而已，再没有任何关系的前提下，寝室的楼长出面才把所有人都疏散了。

所有人都走了，沫沫锁紧房门，整个人全身是汗，已经累得虚脱了。她坐在床边，到处找能吃的东西，可是什么都没有。她拿出电话想叫个外卖，却发现手机上有三个来自安诺寒的未接来电，还有一条来自安诺寒的微信："我看见网上有你和萧诚的绯闻，你的私人资料被公开了，有没有人骚扰你？"

这个时候，沫沫真的很希望安诺寒能在她身边，最好能带她离开学校，带她去个没有人也没有网络的地方，让她可以不必再被人纠缠，反反复复问那些无聊的问题，让她不需要面对网上那些毫无根据的揣测，毫无理由的谩骂。

她拿起手机，回复的还是只有五个字："没有，我很好。"

"你是想和萧诚公开关系吗？"

"当然不是……"她在手机上编辑了四个字，犹豫了很久，最后改成了："你不用担心，我自己可以处理。"

现在的她和萧诚的事情已经一团乱，谣言满天飞，她不想再把他牵扯进来，让他也卷进是非的漩涡。而且，她现在也心里也很乱，不是因为逃避那天晚上发生的事情，而是经过了那激情的一吻，她的心里想来想去的都是他，就连昨晚做梦，她都梦见他们结婚了，她的爸爸将她的手交在安诺寒温热的手心，她按捺不住兴奋的心情，穿着洁白的婚纱扑向他的怀中。

这么多年，她以为她淡然了，以为她能够接受没有他的生活，原来都是她自欺欺人而已，只要靠近他，她就没法控制自己去爱他……现在，她无比想念在他家里的时光，他静静工作，她静静看书，他们就那么静静坐在一个沙发上，什么都不想，只是享受夜晚的时光，十分惬意。

她以为自己冷静了两年多，已经可以管住自己的心，原来她还是做不到。他只是出现两天，随便一撩拨，她就立刻不可自拔地沦陷了。

手机上又响起信息提示音，她点开来看："好吧。你要记得，不管发生什么事，还有我保护你。"

看到这句话，她双手紧紧抱着手机，她忽然什么都不害怕，不在意了。因为她知道，无论遇到什么，安诺寒都会在她身后，照顾她，保护她。

安诺寒拿着手机等了很久，没有等到沫沫的回复，他放下手机，目光重新移到桌上的信纸上。这封信是刚刚有人送来的，写信的人是沫沫，写信的时间是五年前。

几天前，他正在公司加班，接到了一个陌生的电话，上面显示的是澳大利亚的电话号码。他接通电话，是个陌生的女孩儿声音，讲的是澳大利亚口音的英文："你好，请问是 Anthony 先生吗？"

"我是。"

"我是澳大利亚墨尔本市的一家邮递公司，负责运送写给未来的信。"

"未来？"安诺寒有点不太理解，又确定了一下，"对不起，麻烦你再讲清楚一些。"

女孩儿咬字清晰地说："是这样的，五年前有个叫韩沫的女孩儿给你写了一封信，指定要在三天后寄送给你。我们打你的电话打不通，去了你的住处找你，你的家人给了我们您的电话。我们打这个电话是想确定一下你在什么地方，以保证我们能够准时寄出信件。"

他不知道沫沫为什么会给他写信，她究竟有什么话不能在电话里说，要在五年前写信给他。为什么这五年来，他与沫沫见过不止一次，沫沫从没跟他提起？是一个浪漫的小游戏？还是她真的有什么话难以启齿？

他隐隐感觉这封信很重要，语气郑重地说："我现在在中国的Ｓ市，请你现在把信传真给我？"

"很抱歉，这封信涉及个人隐私，我们不能拆开。这样吧，你把地址告诉我，我们尽快给您寄出。"

一封信勾起安诺寒内心的情愫，深切的思念让他感到有些急躁。

他非常想知道信上的内容，哪怕仅是一句祝福，一个玩笑。只要是沫沫写给他的，对他就有着一种非凡的吸引力。

"你们可不可以让人送过来？费用我来出。"

对方犹豫了一下，最后还是答应了他。

就在刚才,安诺寒收到了他等待多日的信,他迫不及待地拆开密封的信,边走边看上面的字迹。

唯美的信纸散发着陈旧的香气。

……

"小安哥哥……"看到这四个字，安诺寒心中一颤，耳边又响起沫沫熟悉的呼唤。他放慢了脚步，怕因为纸张的晃动他看漏了任何一个字。

"收到这封信的时候，我不知道你在哪里，也不知道自己在哪里，但我知道我已经不需要你的照顾和宠爱。

"我很高兴，你可以不必再为了履行诺言娶我。我也可以不必再用谎言欺骗你。我终于可以告诉你：小安哥哥，我爱你！"

安诺寒的脚步顿住，返回去又把上面的文字重新看了一遍，才继续看下去。

"你可以不必再为了履行诺言娶我。我也可以不必再用谎言欺骗你。"

他有点不理解沫沫这两句话的含义，越想越不懂。

急着知道她想写什么，他想快速浏览下面的文字，又担心错过任何重要的信息，所以他按捺住急切的心情，慢慢地看，细细地读着。

"从很小很小起，我就梦想着在希腊最大的教堂举行婚礼，在雅典娜的祝福下走到你身边……你说我是个孩子，不能轻言爱情。其实，爱上一个人和年龄无关，十岁也好，二十岁也好，都不重要，重要的是你爱的人有多大。你十岁的时候，我是个婴儿，你当然没法爱我。可我十岁的时候，你是个很有吸引力的男人。所以，我一直在爱着你。"

　　他推算了一下她写信的时间，应该是快要十八岁的时候。原来，那时候她爱着他。带着一种深切的感动，他继续看下去。

　　"我直到今天才告诉你，因为我不想你为了对我的承诺，再次错过你爱的女人！小安哥哥，别再挂念我，我会不再爱你，我会嫁人，我会幸福，我会照顾好自己，我会快快乐乐地生活！答应我，你要好好地爱深雅姐姐！你眼中永远不会长大的妹妹：韩沫"。

　　看到"深雅"两个字，安诺寒有些震惊，五年前沫沫就知道苏深雅的名字？

　　她怎么会知道？是萧诚告诉她的？

　　在安诺寒的记忆里，十岁以前的沫沫每时每刻把"我爱你"和"你娶我"挂在嘴边，听得他不厌其烦。十岁以后，早已习惯了这两句话的他总盼着什么时候再听到，然而，她再没说过。

　　他以为她不再爱了，以为没有了爱情，他们还有亲情，还有友情……太多的感情融合在一起，爱情显得不那么重要。

　　现在想想，这也是一种悲哀，感情拥有的太多，竟然让他们不懂得珍惜爱情。

　　一封信，安诺寒反反复复读了三遍，每一个字，每一句话都在向他倾诉着沫沫曾经的委屈和她压在心头无法成言的暗恋。

　　信纸被他揉进手心，他的心也被这份迟来的信揉得粉碎，碎了一地。

　　如果沫沫在他眼前，他也会把她也揉碎了，揉进身体，问问她：为什么不在五年前说？

　　他还想问问她：那么现在呢？在她心里只有萧诚了吗？萧诚能给她幸福吗？现在网络上的流言蜚语已经到了人身攻击的程度，萧诚还不肯站出来表明立场，保护沫沫，任由沫沫被中伤……

　　他重新拿起手机，在通讯录中找到萧诚的手机号，这个电话是他在得知萧诚进入娱乐圈时便辗转要来的，以备不时之需，现在算是到了需要的时候，他需要知道，萧诚到底想怎么样。

　　一整天，沫沫的寝室就没有停止过骚扰，总有人敲门，她都没有开，一个人憋在寝室里刷微博，关注着事态的发展。现在爆料的人越来越多，有人发了萧诚参加沫沫舞蹈比赛的视频，萧诚和沫沫去逛夜市的照片也被人扒了出来。

关于他们的关系讨论越来越热烈，什么不堪入目的词汇都有，沫沫以前只觉得中国话很优美，从不曾想到当这种语言变成利剑可以如此伤人。到了晚上八点多，言柒终于回来了，还给她带了她最爱吃的菠萝饭。

沫沫感动得紧紧抱住言柒，都舍不得松手："小柒，你终于回来了。"

"唉！等我等着急了吧？"

沫沫摇头："不急不急，知道你能回来，我就安心了。可是，你怎么这么快就回来了，你不是说要多玩几天吗？"

"玩什么啊，我昨天晚上看见你和萧诚被人爆料了，我就知道你有麻烦了，你这伤了一条腿。我以为你在你的小安哥哥家，还算放心些，给你打电话听说你在寝室，我当然要赶紧回来。你是不知道粉丝对偶像的绯闻有多在意，你这种单纯的小姑娘，又伤了一条腿，哪里能应付得了。"

沫沫立刻把言柒抱得更紧了，言柒是她第一个真正意义上的朋友，可以在关键时刻在她身边保护她的朋友。

言柒大声抗议："你快放开我吧，我要被你勒死了。"

沫沫恋恋不舍地松开言柒，捧着菠萝饭开始狂吃。言柒就在她身边，帮她分析局势。

言柒说："很显然，这不是一次简单的狗仔爆料，这像是一场有策划的炒作，因为正常情况下，如果是偶像明星的隐私被狗仔拍到，艺人公司会先公关，麟辉公司没有管，说明他们不怕爆。还有，消息爆出来，这么多的营销号联动讨论，顶上了热搜，应该是背后有人推动这件事。"

"会是谁？是萧诚得罪了什么人吗？"沫沫不解地问。

"有可能，但是萧诚和麟辉都不出面澄清，任由大家热议，我觉得最大的可能性就是麟辉自己在炒作绯闻，希望帮萧诚提高曝光度。不过这也都是我的猜测，究竟真相是什么谁能知道呢？咦，沫沫，你和萧诚联系了吗？"

提起萧诚，沫沫的表情淡淡的，没有太多的情绪："没有。"

"你为什么不找他问问清楚？"言柒完全不理解沫沫的想法，这种事情不该是第一时间找当事人求证吗？不该是让萧诚抓紧时间尽快解决吗？

"我跟他说过，不再联系了。况且我了解他，这件事他会站出来澄清，只是时间早晚而已。"

"不是吧，你这也太佛系了。"

"不佛系还能怎么办？"沫沫把手机拿出来，指了指屏幕上好不负责任的言论，"我跟她们说我跟萧诚已经绝交了，还是跟他们对骂？谁会相信我说的话？谁又会相信萧诚的话？网络就是这样的地方，总有一些人，披着正义的外皮，不负责任地诋毁和谩骂。对错不重要，真相不重要，她们只是想骂人而已，偏偏还有一些人被他们洗脑，也跟着是非不分。"

"你，怎么……"言柒看看沫沫，总觉得她的情绪不太对，正常情况下，她在毫不知情的情况下被卷入舆论的漩涡，应该是很气愤，努力想办法为自己辩解，可是沫沫好像并不在意这些，她眉宇间好像有更加深刻的伤痛，让她无暇在意其他。言柒思索一阵，终于想到了一个关键的问题。

"沫沫，你怎么回寝室了？你怎么不留在你的小安哥哥家里？"

……果然，提起这个问题，沫沫沉默了。

言柒试探着问："发生了什么事吗？"

沫沫摇摇头："什么事都没有，我就是不想打扰他……"

言柒看着她，忽然笑了："你是怕自己喜欢上他吧？"

被人一下猜中了心事，沫沫不免有些尴尬："哪有？才没有！"

"都在你脸上写着呢！"言柒笑着用肩膀撞她一下，"以前我没见过他，也很少听你提起他，我只知道你们小时候常在一起玩，关系很不错。那天在医院，你一看见他突然出现，眼里就再也容不下其他。后来，在莫高窟的时候，你说他有未婚妻，我才明白你为什么跟他生活在一个城市，却总是回避他。因为你怕控制不住自己的感情，是吧？"

……

"沫沫，你把感情都藏起来，是因为他有未婚妻吗？"

沫沫欲点头，犹豫一下，却没有点头："他的未婚妻是个特别好的女人，陪在他身边八年。"

"可是他喜欢的人是你啊！"

"他喜欢我？"沫沫忙摆手，"不是的，他一直把我当成小妹妹。"

"不喜欢你？"言柒吃惊地看着她，像是看着一个傻子，"那你觉得什么样是喜欢？每天在你的寝室楼下对你大喊我爱你？每天什么都不做，天天缠在你身边？"

"当然不是……呃，小柒，你什么意思？"

"我的意思是，他很明显就是喜欢你啊！不喜欢你，怎么会注意到你在高速公路上待了两个小时，怎么会知道你出了车祸，立刻就坐飞机去医院看你。"

"那是因为他看着我长大，习惯了照顾我，保护我。"

言柒气得拿手指点她的额头："你是装傻还是真傻啊！他看你的眼神里全都是爱，那哪里是看妹妹的眼神？"

"眼神？你是说……可是他如果喜欢我，为什么跟别的女人订婚？"

"那我就不知道了，你应该去问问他。"言柒说，"不管是什么原因，我都觉得你应该问清楚。"

"小柒，我不是不敢问，我也不是害怕他拒绝我。我是担心他不喜欢我，却因为心疼我，而勉强接受我。他和深雅姐姐的感情这么好，我不能这么自私。"

"你！"言柒气得又想拿手指戳她，沫沫急忙躲开，"你是真傻吧？哪有男人为了心疼而接受一个不喜欢的女人？我看你的小安哥哥也不是那种拎不清的男人，他如果不喜欢你，肯定会好好跟你说清楚，绝对不会误了你一生的。"

沫沫沉吟良久，其实这几天她每天心神不宁，也是因为心中隐隐有些期待，安诺寒放在床上的枕头，还有那款情侣表，还有，他工作这么忙，每天都会按时下班回家照顾她，这些无声的情感，她怎么会感受不到？

可是他这种情感到底是什么？她很想问清楚，只是她一想到苏深雅，想到一个女人陪在安诺寒身边多年，他在英国时，她便在英国，他回了中国，她也回来。无论是工作还是生活，她都在默默地支持他。

一想到苏深雅，她又退缩了。

算了，不想了，她现在应该好好睡一觉，纵然网上大风大浪，早晚都会过去的，说不定明天她一觉醒来，萧诚就否认了，一切就过去了。

风雨总会过去，彩虹总会出现。这是安诺寒的爸爸最常说的一句话，她觉得很有道理，每次遇到不开心的事情就这么安慰自己。

沫沫睡了一觉，醒来后第一时间看网上的新闻，这一刷还真刷出了惊喜——热搜上出现：萧诚否认恋情。

她惊喜地进入话题，满屏幕都是在讨论"萧诚发微博否认恋情，绯闻女友只是路人甲。"沫沫仔细一看，有点开心不起来了，因为萧诚的否认，大家都开始揣测她的人品问题。

有人认为照片是她放出来的，她想出名，故意蹭萧诚的热度。

也有人认为她倒贴萧诚，但是萧诚根本不喜欢她。

除此之外，更多的人认为萧诚这是此地无银三百两，他否认恋情，是想维护粉丝群体。

沫沫随意看了几个无脑的帖子，气得把手机关了，丢在一边。

彼时，言柒也看见了热搜，无奈地对沫沫摇头："怎么又上热搜了？帖子都是一些大 V 发的，回复的内容也基本差不多，像是职业黑子，看起来还是有人在背后操纵。"

"会是谁在操纵？"沫沫平时不混粉圈，对这些操作完全不理解。言柒也只是稍微了解一些，猜测说："会不会是麟辉在帮萧诚炒热度？我听说萧诚有一部新戏要上映了，也有可能是影视公司在炒作。反正不管是谁在搞事情，你就是那个任人宰割的小白兔，就算被抹成黑兔子，也只能认命了，谁让咱们就是穷学生呢！"

言柒一边说一边继续刷帖子，一边刷还一边骂，说那些黑子简直没有良心，没有人性。她还提醒沫沫，萧诚一些不理智的粉丝可能会围攻她，让她近期不要出门了，以免有危险。

沫沫想起昨天被围堵的场景，不由得心有余悸。不过怕也没有用，她还是应该养好了身体，才能有战斗的力气。

她关了那些垃圾帖子，打开外卖软件："小柒，你想吃什么？我叫外卖。"

"呃，你还有心情吃啊？"

"当然，没有什么事情是一顿美食解决不了的，如果有，那就两顿。"

"有道理。"

沫沫选了很多好吃的，她和言柒大吃了一顿。她吃饱喝足，休养生息，言柒又拿起手机继续刷新消息，突然，她惊叫一声，猛地从床上弹坐起来，惊喜地喊着："沫沫，你快看！"

"什么？"沫沫原本在闭目养神，听见言柒让她看手机，才把手机拿过来打开。

"有个大号发了帖子，曝出你有未婚夫。"

"啊？在哪里？"

"等我发给你看……"

沫沫点开言柒发给她的链接，整个人都惊呆了，因为上面的图片都是她和安诺寒的一些照片。虽然安诺寒的脸被挡住了，但是他们曾拍过的那些美好的照片她都清楚地记得。

照片很多，文字只有言简意赅的几行："萧诚的绯闻女友已有未婚夫，两人非常相爱，萧诚坦言两人只是普通朋友，请诸位看客不要过度解读。"

下面的留言很多，风向出奇的一致，认为沫沫与安诺寒非常相配，而且两个人肯定是恋人，因为沫沫的眼睛里都是爱意，显而易见，男人的脸虽然看不见，但是肢体语言非常清晰地在保护着沫沫，同样的显而易见。

之后的半天时间里，萧诚否认恋情的话题热度有增无减，但是大家讨论的不再是沫沫和萧诚的关系，而是沫沫与安诺寒的那些照片。

有人在照片中看出他们的衣服都是奢侈品牌中的限量款，认为他们是门当户对的富二代，也有人从照片中看出他们时间跨度很长，推测他们是青梅竹马，两小无猜……

然后，有人自称是沫沫的朋友，曝出沫沫的出身，证实她出生于澳大利亚的墨尔本，出身富豪家庭，十六岁考上墨尔本大学，曾聘请过萧诚做她的音乐老师，她和萧诚仅仅是师生关系而已。

爆料的人还说，沫沫从小就很喜欢她的未婚夫，他们虽然相差十岁，但是感情极深，马上就要结婚了。

其实这种话题也并不是很让人关注，却不知为什么，讨论这个话题的人特别多，铺天盖地，甚至淹没了萧诚相关的话题。

言柒越看越觉得不对，对沫沫说："怎么发帖子和评论的人权重都这么高，应该是有人花了大价钱在帮你洗脱跟萧诚的关系。"

"你是说，有人在帮我？"沫沫立刻想起安诺寒昨天发给她的信息，他说不管发生什么，他一定会保护她。

"沫沫，你知道是谁在帮你吗？"

"应该是他吧。"没错，一定是他，只有他有这些照片，也只有他会为她做这些事。

"他……"言柒一听到沫沫瞬间柔和的声音，马上反应过来，"是你的小安哥哥？！"

"嗯。"

"哇！他真的太帅了！他这波操作太绝了！现在萧诚的粉丝只会以为是误会一场，不会再为难你了。你看现在，萧诚的粉丝都开始刷萧诚的美照了……"

沫沫没有心思再看什么美照，脑子里想的都是安诺寒。她知道他会站出来帮她，只是没想到是这样的方式，更没想到他认领她的"未婚夫"头衔，他这么做，苏深雅会怎么想？难道他不担心苏深雅介意吗？还是说，他们已经达成了共识？

那她现在该怎么做，至少应该给他发个信息表示感谢吧？

她拿起手机，打开微信，聊天界面上忽然显示安诺寒的一条留言："沫沫，你在学校吗？"

她把这个消息看了很多遍，没有回复。她当然想见他，只是见过之后呢？有些人，注定不是属于她，又何必牵绊不断。

犹豫间，安诺寒又发来一条消息："我很快到你的学校了，等我。"

"好。"

既然已经在路上了，她也就没法拒绝了。该面对的早晚要面对，该说清楚的话，早晚是要说清楚的。

沫沫原本想精心打扮一番，谁知刚换好衣服，安诺寒就到了寝室楼下，给她发来信息，让她下楼，并且告诉她戴上帽子，以免被人认出来，纠缠她。她戴了个鸭舌帽，在言柒的搀扶下，走出寝室的大门。

在寝室门前，沫沫还是被眼尖的同学认出来："那是韩沫吗？就是那个萧诚的绯闻女友？"

"不是说他们只是普通朋友吗？"

"对，我听说她有未婚夫……咦，你们看那边，是那个男人吧？"

"好像是！快拍照！"

安诺寒无视几个八卦的女生举起的手机，直接走到沫沫身边，俯身将沫沫横抱起来，放在车门早已打开的副驾驶座位上，同时不忘郑重地对言柒道谢："谢谢你照顾沫沫，改天我请你吃饭。"

"好啊！"言柒笑着对他眨眨眼，并伸手竖起拇指对他比了个赞，"干得漂亮！沫沫交给你喽，加油哦！"

安诺寒似乎明白了言柒的意思，露出难得一见的笑容，还微微点了一下头，那春风化雨的笑意让言柒心中深深感叹一句——真帅啊！难怪沫沫这么多年还放不下这个男人，换了谁能忘啊！

安诺寒上车后，将车平稳地开出校园，沫沫看看他明显憔悴的脸色，想问他是否还在为总设计师离去的事情难过，又怕提起来，勾起他的伤心事，只能简单问一句："还难过吗？"

安诺寒立刻懂了她的意思，不禁深深叹了口气："太忙了，根本没有时间去难过。但是看见他的办公室，整理他留下的资料，还是会忍不住想起一些事……"

她轻轻握着他的手，他的手很凉："别想了。要不然，你就当他是退休了，去喜欢的地方旅行了。"

"嗯，我知道。"

他没说带她去哪，她也没问，只是坐在车上看着前方的路。跟他在一起，去哪里都是好的，看什么都是最好的风景。

一路上，安诺寒没说话，沉默的气氛十分压抑，沫沫只好先开口说："网上的那些澄清，是你发的吧？"

"不是我发的……"沫沫刚想问，不是他是谁，就听见他继续说，"是请专业的团队做的。"

所以，还是他做的。

"哦，谢谢。可是，你说我是你的未婚妻，深雅姐姐不会介意吗？"

"她不会。"

沫沫如释重负地松了口气："那就好。"

"因为，苏深雅跟我没有任何关系。"他提起苏深雅的时候，语气有些不悦，琢磨了好一会，才发现他是连名带姓称呼苏深雅，而且语气十分冷淡。

"小安哥哥，你和深雅姐姐到底怎么了？"她恳切地看着他，无关其他，她是真的关心他。前天她离开他家的时候，苏深雅的态度很好，没有什么异样，难道是他们这两天闹矛盾了，是因为她的事吧？

见沫沫还是一副焦虑的样子，安诺寒在等红灯的时候，转过脸，郑重地对她说："沫沫，苏深雅只是我的工作助手。"

"助手？你们分手了？！"

他叹了口气，说道："我们从来没在一起过。当初我跟她订婚，是因为你让我带女朋友回去。我知道，你想和萧诚在一起，才这么说。"

他们是假订婚？以安诺寒的性格，怎么会做这种事？

沫沫心中一惊，愣了半天才缓过来，他所做的一起都是为了她。她不知道自己该说什么，只能苦笑着摇头，对他说："你这么做，想过深雅姐姐的感受吗？订婚是假的，但她对你的喜欢是真的……"

"我知道，我劝过她很多次，只是她的执念太深，她说一定要等我结婚，才能死心。"安诺寒忽然对她笑了一下，"希望她不会等太久了。"

"小安哥哥……"她尝试了几次，才终于问出口，"你这么多年，都是单身？"

他摸摸她的头，只说了一句："傻孩子！"

绿灯亮了，他启动车子继续向前平稳地行驶，沫沫的内心却再也平稳不了了。

如果他这么多年都是单身一人，那她岂不是又有了机会……蓦地，她想起了三天前在他家中发生的一幕，他轻唤着她的名字，深吻上她的唇，那是否意味着她在他眼中已经不是孩子了，孤男寡女共处一室的时候，他会对她动情……

然后，她又想起他阳台上的雏菊，想起他抽屉里的那块情侣表，这些年，她依稀觉得她似乎误解了什么事，又不敢确定，想问问安诺寒，悄悄瞄了一眼他的脸，一见他的曲线优雅的侧颜，她就心跳加速，什么都问不出口。

或许，她可以再对他表白一次，毕竟她现在长大了，他以前也说过等她长大了，再在他面前说出"我要嫁给你"，他就会接受，他说过。

就算他拒绝，她也至少努力过，不必再后悔……

等她说服了自己勇敢一次，安诺寒的车已经停在了他的公寓的地下停车场。他再次背着她，回到了他的家，而安诺寒的家里，仍然是一个人简简单单的生活痕迹。

"你先休息一下，我去给你准备晚饭。"他将她放在沙发上，脱下衣服就进了厨房。

这一次，安诺寒给她做了牛排，牛排端上来的时候香气四溢，和以前的味道一模一样。沫沫坐在桌前，立刻就觉得饿了。

"你要不要喝一杯酒？"安诺寒拿来一瓶红酒。

"嗯，给我倒一杯吧。"根据她不太丰富的医学常识，她的腿受伤，好像不应该饮酒，可是现在的气氛这么好，确实需要一点红酒增加情调，而且她准备表白，喝点酒会增加勇气，比起腿伤，她认为勇气更重要。

香气诱人的牛排转眼吃了大半，红酒也喝了半杯，沫沫觉得现在气氛非常和谐，非常适合表白，她正犹豫要不要开口，听见安诺寒说："我昨天给萧诚打电话了。"

"萧诚？你打电话给他……说什么？"

"我问他到底敢不敢承认你们的关系。"

沫沫一惊，忙问："他怎么说？"

"他说，你已经跟他绝交了。"安诺寒顿了顿说，"他还说，你们从来没有在一起过，你心里没有他的位置……"

……她脑子有些短路，灯光下看安诺寒的脸，竟有些模糊。

"我还收到了你给我写的信。"安诺寒又说。

"信？什么信？"

"五年前的那封？"

沫沫的脑子"嗡"的一声，赶紧喝一口酒来缓解一下，谁知酒喝进去，脑子更乱了。她完全想不起来自己五年前都写了什么，绞尽脑汁依稀只想起一句话："我会不再爱你，我会嫁人，我会幸福……"

她眨着蒙眬的眼睛，抬头看着安诺寒："我……"

"沫沫，你现在长大了，还愿意嫁给我吗？"

……

她蒙了好久，才反应过来，却还是怀疑自己听错了，又问了一遍："你说什么？"

他说："沫沫，我爱你，我想娶你，你愿意嫁给我吗？"

看着安诺寒走近她，她的眼睛被泪水朦胧了。等了这么多年，她想要的就是这样一句：我爱你。今天，她终于等到这句话了。

她用一秒钟做了个决定："我愿意。"

　　安诺寒终于走到了她面前,伸手将她抱在怀里,这一刻不需要任何言语,她懂了他的坚定,他也懂了她的感动。

　　这段爱情,她等待得太久了。

　　二十年,她从不在乎这段爱她付出过多少,也不在乎这段距离一千步的爱恋,她坚持走了九百九十九步,她想要的就是安诺寒肯迈出这最后的一步,说出这句:"我爱你,嫁给我吧。"

　　因为她知道,安诺寒是个遵守承诺的男人,他肯迈出一步,就意味着他这一生都会一心一意爱着她。

　　所以,她愿意等待。

　　现在,她终于等到了。

　　这一天,来之不易。

第二十章
我的沫沫终于长大了

真正的恋爱，不需要刻意营造什么浪漫的气氛，哪怕最平淡的生活，都会蒙了一层浪漫的轻纱。

比如，吃过晚饭，他坐在书桌前上网，她趴在他的床上看杂志，看得累了，她反过身像看杂志一样，细细地读他的表情，猜他在做什么……

比如，她躺在沙发上，他坐在她身边，捧起她的手，小心翼翼为她修剪指尖。

手指之间慢慢地触摸，纠缠……

十个手指甲剪完了，再把脚伸到他怀里，看着他耐心地剪着。

比如，清晨，天刚蒙蒙亮，她睡意全无，悄悄爬下床走进隔壁安诺寒的房间。

他还在睡着，沉静的睡容散发出一种成熟男人的韵味，那种经历过风雨的成熟是漫长的等待留给他的印记……

不想吵醒他，沫沫正准备离开，安诺寒伸手拉住她。"几点了？"

她看看表。"五点。"

"这么早起床？"

"嗯……睡不着了！"

他笑了笑，向旁边挪了挪身体，拍拍他身边的位置。

沫沫开开心心地爬上他的床，钻进他的被子里。

……

她九岁以前，每次睡不着或者从噩梦中惊醒，都会抱着自己的枕头跑到他的房间，可怜兮兮地站在他床边。安诺寒立刻就会明白她的意思，把她小小的身体抱上床，拥在怀里，讲童话故事给她听。

有种特别安稳的感觉了。用不了多久，她就会进入甜蜜的梦。

梦里，他拉着她的手，跑出漆黑的城堡，跑向雅典娜女神的雕像……

今天她却怎么也睡不着了。

躺在他的身边，枕着他的手臂，被独属于他的气息包围着……

他搭在她腰间的掌心滚烫如熔岩，快要把她融化。

他浅浅的呼吸吹拂着她的脸颊，她的心随之荡漾起来。

少女清纯的香甜缭绕鼻端，安诺寒同样睡不着了。他睁开眼睛，怀中的女孩儿睁着黑漆漆的眼睛看着他，像个不懂世事的精灵。

他微笑，倾过脸，伸手轻轻抚摩上沫沫粉红色的唇，丰润又柔软。"沫沫，随便爬上男人的床是件很危险的事。"

她轻轻"哦！"了一声，单纯娇憨的笑脸上，如水的明眸朦朦胧胧，欲语还休的诱惑……

他的心蓦然悸动，忍不住凑近她，薄唇撩过她的软玉温香。

她没有拒绝，羞怯地一笑，柔柔的小手绕过他的腰……

触电一般，他快速封住她的唇……

绵长的吻，热切的相拥，持续了整整一个美好的清晨，直到安诺寒快要把持不住自己，才起身下床。

从此以后，他深切地恋上了她的味道，纯洁又诱惑。

八月初，安诺寒难得有了九天的假期，他告诉沫沫，要带她回墨尔本。

沫沫立刻回到寝室简单收拾了下东西，拿好护照，和安诺寒一起飞回了澳大利亚。再次踏上这片熟悉的土地，沫沫第一次发现墨尔本的风景如此美好。

正在花园里聊天的安以风和韩濯晨看见安诺寒牵着沫沫的手走进院子，都愣住了。

"你们？"安以风看着他们，似乎明白了什么，又似乎不太明白。

当他们听到安诺寒郑重其事说要娶沫沫的时候，韩濯晨清了清嗓子，没有说话。

"什么？！"安以风以为自己听错了，"你说什么？"

"我想娶沫沫，不是因为承诺，也不是因为责任……"

安以风气得腾一下站起来，咬牙切齿地瞪着他："你要不是我的亲生儿子，我非打死你不可！"

"爸，我……"

"口口声声答应我娶沫沫，却背着我在英国养了个女人，沫沫让我成全你们，我成全你！你有未婚妻了，又跑回来招惹沫沫……你当沫沫是什么？！"

"爸，我以前不知道沫沫喜欢我，我以为……"安诺寒想要解释。

安以风一听这话，更生气："全世界的人都知道，你不知道？！"

……安诺寒被骂得无言以对。

"今天你给我把话说清楚，你到底想做什么？"

安诺寒解释说："我和苏深雅是假订婚，我从来没喜欢过她，也从来没跟她在一起过。"

"骗我？"安以风当时就一巴掌挥了过去，见安诺寒一动不动地站着，不躲不避，他又打不下去，挥到半空的手顿了顿，又收回来。

"爸！我承认我以前做错过很多，伤害了沫沫。可我真的爱她，我比谁都希望她能幸福……"安诺寒坚定地说，"从今天开始，我会一心一意地爱沫沫，用心照顾她，守护她……再不会让她受到一点委屈。"

安以风看了一眼韩濯晨，示意他说点什么。

作为准岳父，韩濯晨还能说什么，只笑了笑说："你年纪也不小了，尽快把婚事办了吧。"

安以风："……"

在澳大利亚度过的假期，就像回到了过去最美好的时光，每一天都是无忧无虑的甜蜜。

清晨，安诺寒醒来第一件事情就是去找沫沫。沫沫还在熟睡，头歪歪地枕着加菲猫的抱枕。藕荷色的被子搭在她腰上，嫩黄色的半透明睡衣在明媚的阳光下，隐约透出里面诱人的曲线。

安诺寒小心翼翼地拉高被子，盖在她的肩上，怕她着凉，也怕让人遐想的曲线勾起他梦幻般的回忆……

时间好像突然回到了过去，他记起沫沫小时候，每次他叫她起床上学，她都要再赖上一会儿，他便耐心地等着她醒来。

那时候，他就喜欢这样看着她恬静的睡容，每次看着她嘴角都会不自觉弯起。

安诺寒跪坐在她的床前，安静地看着她，和以前一样，捏起一缕她的头发，缠绕在手指上，松开，再缠上……

淡紫色的光照进房间，映在沫沫的脸上。他发现沫沫又瘦了，眼睛有点红肿的迹象，还隐隐有点黑眼圈。他的心抽痛了一下，用食指勾勒出她精致的五官，细长的眉，长长的睫毛，还有她小巧的唇。

睡梦中的沫沫皱了皱眉，牙齿无意识地咬住嘴唇。

"傻丫头……"他小声说，"你是什么时候长大的？"

他以为她活得很快乐，无忧无虑，却没想到，沫沫真的长大了，从他离开澳大利亚去英国以后，她已经学会了用天真的笑脸去掩饰她内心的痛苦。

"小安哥哥，你让我再睡会儿。"沫沫闭着眼睛挥挥手，"我昨晚很晚才睡着……"

他握住她的小手。纤长的手指光滑柔软。

以后，他再也不会放开她的手……

忽然，她的手动了一下，睁大眼睛看看他。

没等她想好，安诺寒直接把她搂过来，吻上她的娇艳的双唇，然后在她惊讶得忘记闭嘴的时候，舌尖长驱直入，卷住她的舌尖。

他的吻，不给她一点退缩的余地……

沫沫又呆掉了。

他狂肆的亲吻，她的眼眶又氤氲了。

窗帘微微摆动，彼岸花的清香袭入……

薄薄的绢丝睡衣在拉扯中滑落，半边香肩润白如玉……

已经没有了下文。

安诺寒的双手环住她的腰，手轻轻搭在她的肩上，温柔而绵长地辗转呵护着她。

沫沫的手开始攀上他的肩膀……

他的唇落在她的肩上，炙热的舌尖吻得她身体一阵一阵虚无缥缈。

忽然，沫沫感觉手指上一凉，睁开眼睛，发现一枚钻戒牢牢套在她的手指上。

"小安哥哥，那句话，你能不能再说一次？"沫沫仰起头，期待地看着安诺寒。

"哪一句？"他不解地问。

沫沫甜笑一下，小声告诉他："我爱你。"

"哦……"他笑着点头，"谢谢！"

"你……"

他的大手揽过她的腰，手指摩挲着她的唇，低沉的声音有种特殊的魅惑。"沫沫，爱不是用来说的，是用心感受的。我为你做了这么多，你一点都感觉不到我爱你？"

不是沫沫没有感觉到，若是他们素不相识，白痴都能感觉出安诺寒对她所做的一切"别有用心"。

偏偏她早已习惯了他对她的好，习惯到分辨不出那是亲情还是爱情。也许是分辨出了，自己没有信心去相信。

"那么，今天，我好好让你感受。"他说着便抱起她，走上楼，进了房间。

沫沫只觉眼前一晃，人被丢在柔软的床上。还不等她反应过来，安诺寒已经压在她身上，唇覆在她的唇上……

她轻轻"啊"了一声，全身都软了，无力地瘫在他臂弯中，回应着他温柔的细吻。

若即若离的亲吻中，他的手在她背上轻轻拂过……每一下碰触都让她快乐得颤抖。

"我爱你！"安诺寒轻吟着。

她张开嘴，舌尖舔了舔他的拇指指腹，一点点含住，慢慢吸吮着……

"闭上眼睛。"他说，语气不容拒绝。

她乖乖闭上，等待着最美好的时刻到来……

午后，明媚的阳光照进卧房，淡紫色的阳光洒在床上。

沫沫翻了个身，薄被顺着光滑的肌肤滑落，美丽的胴体上点点红晕充分暴露了一度的狂欢。

"小安哥哥？"沫沫闭着眼睛伸手摸了摸枕边，空无一人。

她猛然睁大眼睛，惊慌地环顾房间，熟悉的景物，不见熟悉的人影。

她第一个反应，就是害怕。

"小安哥哥？！"她惊慌地喊着。

门被快速推开，安诺寒走进来，在她床边坐下，关心地摸摸她的头："怎么了？做噩梦了？"

"没有。醒来看不见你，以为……"沫沫脸颊红透，"又是个梦。"

"又？"安诺寒凑近她，暧昧地问："以前做过这样的梦？"

这问题，实在很过分。

……沫沫裹紧身上的被子，连同羞红的脸一起包住。当然梦见过，不过没有这么深入，没有这么沉醉，最多就是亲亲，抱抱。

他看出她的窘迫，没再追问。"你一定饿了，我带你出去吃饭吧。"

"我爸妈还没回来？"

昨天两家人一起吃中午饭，沫沫埋头吃饭，不时偷偷瞄一眼安诺寒，心里激动万分。

想和他说几句话，又不好意思开口。

安以风突然说他知道一家温泉浴场，环境很好。

韩濯晨沉寂的眼神与安以风交接两秒，眉峰微锁。

之后，韩濯晨看一眼沫沫，见她正在偷看安诺寒，隐隐叹了口气，说：我最近也有点劳累，正想去放松一下，下午一起去吧。

于是，两对夫妇去泡温泉，把安诺寒和沫沫留在家里。

当时沫沫还不明白他们为什么要去，经过昨夜，她懂了。

……

"回来了。"安诺寒告诉说，"他们去医院做检查了。"

"哦。"沫沫说，"那你去楼下等我吧，我穿上衣服就下去。"

"不需要我帮忙吗？"他说着，眼光瞟向她的身体。

帮她穿衣服？

……

安诺寒见她没拒绝，站起来从她衣柜里拿出一条裙子，又从最下层的抽屉里拿了一套白色的内衣。

"你怎么知道我的……衣服放在那里？"

安诺寒笑而不语。拉开她的被子，像脱衣服一样，一件件为她穿好……

不知是有意还是无意，他的指尖时不时滑过她敏感的地带，弄得她连耳朵都红了。

穿好衣服，挽着安诺寒的手臂下楼时，沫沫想起很多年前的一天。

她当时正在叠衣服，听见安诺寒敲门，问她在不在。她一时慌张，把剩下的内衣塞进下面的抽屉，合上。

安诺寒进门的时候，看了她的柜子一眼，快速地移开视线。

她才发现自己的内裤有一半露在外面，娇嫩的粉红色，还有个可爱的史努比图案。

她红着脸拉开抽屉，塞进去。

那时候的日子，现在想起，又多了一层旖旎的色彩。

法国餐厅里，安诺寒点了很多菜，说她太瘦了，不停地劝她多吃点。

"不吃了，我怕胖。"沫沫坚决地推开鹅肝。

"怕胖？我们可以增加点运动量。"

"我们？"她一问出口，立刻意识到他话中的深意，恨不得把脸埋在鹅肝里，不要抬起来。

"吃过饭想去哪儿？"

她想都不想答："公园。"

"公园？"

"别人约会都去那里。"

安诺寒捏捏她的脸："依我看，还是游乐园和动物园比较适合你。"

"我长大了！"

"对，长大了！"他已经见证过了她真正的成长。

可不知为什么，在安诺寒的眼中她始终都是个小孩子。

当然，除了在床上……

……

参天的树木傲然矗立，鹅卵石的小路夹在中间，路边野草野花遍地。

沫沫挽着安诺寒的手臂走在小路上，她想起一个重要的问题。

"小安哥哥，你休假休了这么多天，什么时候回去工作啊？"

"不急，我又请了半个月的婚假，至少还能再陪你十几天。"

"婚假？！你要跟我结婚？"她激动地跳到他身上，双腿缠住他的腰，双手搂着他的颈项吻上他。

越吻越深入，越吻越绵长。

漫长的亲吻中，飞鸟栖息在枝头，树叶飘落。野花的花苞渐渐舒展开了。

吻到快要窒息，他们才依依不舍地分开，沫沫从他身上跳下来，回过身，笑意在脸上僵住……

她看见小路的尽头，小山顶，站着一个女人。

黑发在风里凌乱。

白色的裙子飘在空中。

沫沫仍然找不到其他词汇描绘她的美丽，除了"倾国倾城"。

"她该不会跳下去吧。"沫沫担忧地看着远方的山坡，山坡虽然不算陡峭，但荆棘密布，怪石嶙峋，一旦跳下去，即使侥幸不死，也会遍体鳞伤。

"她不会！"安诺寒平静地看看山顶的萧薇，摇摇头，"没有人能让她放弃自己的生命。"

"可是……她为什么站在这里？"

"我们走吧，看见我们在这里，她说不定真会跳下去。"

"呃？真的不管她吗？"

"走吧。"他们走远之后，安诺寒又回头看了一眼山顶，萧薇还站在哪里，望着山下的风景。

他知道萧薇仍然放不下那段回忆。可风景还是当年的风景，他永远不会再陪她看。因为值得他守护的，只有一个女人。

第二天一大早，沫沫还没睡醒，安诺寒把她从被子里拖出来。

"什么事啊！我还没睡醒呢。"她埋头在被子里。

"带你去个地方。"

"什么地方？"

"去希腊，私奔！"

"什么？！"沫沫一下子坐起来，"你说什么？"

"嘘！趁着他们都不在，我带你去结婚。只有我们两个人……"

沫沫大脑短路了三秒钟，立刻起来穿衣服。

大清早起来去私奔，太浪漫了！

……

一切和梦境一样，梧桐树下，光影斑驳。

他牵着她的手走过林荫小路，走进古老的教堂，握紧彼此的手。

最简单的婚礼，没有礼服，没有鲜花，没有音乐，没有掌声，甚至没有神父……

可他们有感情，永不会褪色的感情……

不论将来如何，生命的旅途里，他将牢牢牵着她的手，不再分离。

——完——

番外一
取名字

二十年前，澳大利亚。

远离城市，在喧嚣的海滨别墅里，五个人坐在桌前吃早餐，两对年轻的夫妇和一个十岁左右的小男孩儿。其中一个俊美又不失霸气的男人放下手中的筷子，脸上露出一种坏坏的笑意："小安，你应该有个中文名字，安东尼这个名字有点别扭，让老爸正式给你起个名字吧。"

叫小安的男孩儿抬起眼，一双澄澈的星眸写满期待。

"我叫安以风，你妈妈叫司徒淳，我的姓和你妈妈的名加在一起，安淳！你觉得怎么样？"

"鹌鹑？"小安难以置信地看着他，表情很明显在问：你是我亲爸吗？

另一个男人优雅地拿起纸巾擦擦薄唇，微笑道："两个字的名字不够大气，不如再加一个'淡'，更好些。"

小安的眼睛瞪得更大："安淳淡？"

"鹌鹑蛋？"安以风认真地想了想，说："晨哥，你太有才了！这个名字的确更有内涵。"

小安的脸色发青，求助地看向她的妈妈。

她善良的妈妈想了想说："不如把我和你爸爸的姓加在一起好了。"

安以风陷入沉思："安，司徒，我们两个人的儿子。有了！"

他一拍桌子："安徒生！"

小安再也不能容忍了，站起来："我去看看沫沫睡醒了没有。"

……

婴儿房里，刚刚两个月大的女婴正在熟睡，白嫩的小脸能清晰地看见淡蓝色的血管，长长的睫毛随着鼻息轻微地颤动，粉红色的唇像新鲜的草莓。

小安悄悄地在她脸颊上吻了一下，浓郁的奶香扑鼻而来，甜甜的，腻腻的。

"小安，你也太没出息了，一会儿没见就想你老婆了！"安以风又在逗他。

小安被逗得俊脸泛红："她还不是我老婆呢。"

"等她长大了，老爸做主，把沫沫嫁给你。"安以风眼光一闪，"韩沫……我又想到一个好名字。"

"我不要！ Anthony 挺好听的。"

"'安诺寒'，你觉得怎么样？这个名字就是你对沫沫的承诺！"

小安立刻喜欢上这个名字。

他再次看向白色摇篮中的小女孩儿，她已经醒了，睁着大大的眼睛看着他。

他对她伸手，小女孩儿立刻展开双臂，等待着他的拥抱。

番外二
蜜月

X 市，传说中的东方之珠。

一百年的殖民统治，让这个国际大都市有着太多动人的传奇。

走在人流拥挤的街道，仰头看见周围密集的高楼大厦，早已习惯澳大利亚空旷的沫沫有些不太习惯，死死地扯着安诺寒的手臂，生怕他被人流冲走。

昨天安诺寒带她去了港口，那里的夜景灯火璀璨，如诗如幻。令她不由得感叹 X 市的繁华瑰丽。

今天来的这个地方特别乱，行人有很多酒气熏天。

街边有些穿着暴露的女人，手里捏着根香烟，眉眼不住地乱飞。

"小安哥哥，这里是什么地方？"沫沫好奇地看着周围问。

"砵兰街。"安诺寒告诉她，"这是 X 市有名的龙蛇混杂、声色犬马的地方。"

"哦！"她看看周围五光十色的招牌，夜总会，时钟酒店。

"为什么要带我来这里？"这里也不像什么观光旅游的地方，难道安诺寒带她来这里是想学习点发展娱乐事业的经验？

安诺寒告诉她："你知道吗，我小时候经常偷偷跑来这里……"

"为什么？"

"因为这里有过很多故事。"安诺寒带着沫沫走进一家夜总会，吧台里调酒的是一位时尚的美女，染成黄色的长发柔顺亮泽，身上散发着一种令人愉快的热情……

"想喝点什么？"调酒师问。

"烈焰焚情。"见调酒师惊讶地打量他，安诺寒说："有人说这种酒非常独特，只有你们夜总会有。"

"是的，我要提醒你，那个酒很烈。"

"没关系，我很想试试。"

没多久，一杯酒端上来。鲜红色的酒上，燃着黄色的火焰。

沫沫第一次见到这样的酒。"这酒真特别！"

美女调酒师笑着说："我的师父教我调它的时候，还告诉我一个安以风的故事。"

"安以风？"沫沫差点跳起来，幸好安诺寒悄悄拉住她的手。

"X市人都听说过这个男人，他是X市最后一个教父级别的老大，从他死了以后，X市变成了真正的法治社会！"

安诺寒笑了笑，把手放在酒杯上，火焰因为没有助燃的氧气渐渐熄灭，他端起酒杯，一口气喝进去……

美女调酒师见他一口气喝进去，接着说："他最喜欢喝这种酒，常常坐在这里喝一整夜。他说这种酒够火辣，够热烈，像极了一个女人……"

"女人？"沫沫听得兴致勃勃，"他喜欢那个女人？"

"有人说，他喜欢过一个女警，为了那个女警连命都可以不要。但是那个女警却骗了他……从此以后，他再不相信感情……女人对他来说如过眼浮云。"

"再来一杯！"安诺寒说。

趁着美女调酒师转身去调酒，沫沫凑近他耳边问："那个女警是不是小淳阿姨？"

"是。"安诺寒小声说。

沫沫正偷笑，有个不年轻但很有韵味的女人走进来。

经过他们身边时，她盯着沫沫看了很久，转眼看到安诺寒更为吃惊。

但她没说什么，走向里面。

女人走了以后，沫沫问美女调酒师："她是谁啊？"

"秋姐是个女强人，自己有很多家店，人脉广。不过，她从没结过婚，她总说：这年头，好男人都死绝了！有人说她喜欢韩濯晨，是不是真的就不知道了。"

"韩濯晨？"

"是啊，听说他非常可怕，很多人听到他的名字都要吓得浑身发寒……

不过照样挡不住迷恋他的女人前赴后继……"

那一个晚上，沫沫在夜总会听到了很多故事，他们不止听到了韩濯晨的故事，也听到了安以风的过往。

安诺寒一直很认真地听，他从来不知道安以风曾有过那么艰难的岁月……

因为听故事听得太投入，沫沫和安诺寒回到酒店已经过了午夜。午夜的 X 市，霓虹幻彩，更凸显出这个寸土寸金的城市的魅力。

站在三十六楼的阳台，几乎半个岛屿尽收眼底，许多年少的回忆被熟悉的景物勾起。

安诺寒很少提及自己的过去，包括沫沫，也不知道他曾是个没有父亲的私生子，他曾经被人放肆地嘲笑，侮辱……

他还曾经天真地崇拜着那个人……

安诺寒自嘲地笑笑。

一双纤细的手臂缠住他的腰，小手在他身前握住。

玫瑰的淡香从柔软的身体上徐徐飘散。

"小安哥哥……你在想什么？想得这么入神？"轻轻的询问在他背后响起，柔软的语调拉回他略有些惆怅的思绪。

"想我小时候。"

"你小时候？有什么有趣的事情吗？"沫沫眨着眼期待地看着他。

安诺寒想了很久，笑着说："有！有件事情很有趣！我小时候有个偶像，我崇拜他，喜欢他，就连听见他的名字都会莫名其妙地兴奋。九岁那年，妈妈辞去了警察的工作，要带我离开 X 市，临走前，我毫无理由地想见他，想听他跟我说句话，无论说什么都行。于是，我偷偷跑去他最喜欢出没的砗兰街，在各个夜总会门口转悠，我连续去了三天，终于等到他。那天天气特别热，我远远看见他的背影，兴奋得血液都沸腾了。我跑过去，刚想跟他说话，他的一个手下揪住我的衣领问我想干什么，我说想要他给我签个名……他的手下一阵大笑，把我丢到三米以外，等我爬起来时，他已经走远了，由始至终都没看我一眼……可我居然开心极了，缠着我妈妈一遍遍告诉她当时的情景，说他太酷了。妈妈一句话都不说，低着头用消毒水为我擦去膝盖上的血迹，包扎伤口……"

讲到这里，安诺寒牵动一下嘴角，笑了。

沫沫也憋不住笑出来："小安哥哥，没想到你也有这么天真的时候，难怪你要去砟兰街。你是不是还想去找他签名？"

安诺寒没有回答。

"他叫什么名字？做什么的？"沫沫天真地想着：她一定要帮安诺寒找到他的偶像，要一个签名，实现他的愿望！

安诺寒看向远方，悠然开口："他叫安以风……"

沫沫愣住了，拼命想从一种混乱的状态中努力去思考听到的信息。

"是，是不是件很有意思的事？"

"你九岁时，风叔叔还不认识你？"这是否意味着安诺寒不是他的亲生儿子？可他们明明长得很像。

"更有趣的是，有一天早上，我看见他衣衫不整从我妈妈房里走出来……他告诉我，他是我的亲生父亲。"

沫沫看着安诺寒，好像第一次认识他一样。

她发现他的温柔和细心背后，好像有许多无法弥补的伤害。她忽然产生了一种特殊的感情，不想再单纯地被他呵护，保护，更想去保护他，抚慰他。

安诺寒转过身，拍拍沫沫的肩："很晚了，你一定累了。去睡吧！"

"那你呢？"她问。

"我去洗个澡。"

"我帮你擦背。"

……

浴室里，乳白色的灯光下，水珠在古铜色的脊背上跳动，荡漾着玄妙的声音。

沫沫揉开掌心中的液体，揉到变成泡沫才缓缓把手放在他弹性十足的背上，轻柔地揉搓着，揉得每条肌理都变得放松……

这些日子，一切都像梦幻一般，数不清多少次他的指尖抚过她全身，他的双唇吻过她每一寸肌肤……

沉浸在一种旖旎的梦幻里，她猛然看见安诺寒手臂上有一条长达两寸的疤痕，疤痕已经平复，只有颜色比肤色红，看上去已经很久了。

因为安诺寒每次和他在一起都要关灯，所以她从未看到。

她的心被撕痛，手指小心翼翼地抚摸着他手臂上的伤痕。

这么深的伤口，当时一定很疼。

"怎么弄伤的？"

"手术留下的。"

"手术？"沫沫听得一惊，"什么手术？我怎么不知道？"

安诺寒没有回答。

她急忙追问："你说话啊！"

"在英国的时候摔伤了手肘，做了手术。"安诺寒说，"我怕你们担心，所以没跟你们说。"

沫沫想到他一个人躺在医院里，身边连个细心照顾他的人都没有，心里更难受："什么时候的事？"

"三年前。萧诚被打的第二天，你记不记得我们通电话……说了一半。"

沫沫想起来了，他们在电话里争执，她说到了一半就断了，再打过去他关机。

后来她再打电话，他说过：好久没那么闲了。

她以为他和别的女人在一起，怎么也没想到，那时候他正躺在医院里……

"你为什么不告诉我？"

安诺寒转过身，看着她……

"因为你在医院里照顾萧诚。"

她再也说不出话，双手搂住他的颈项，双唇贴上他的唇……

他抱住她，反身把她按在玻璃浴屏上，疯狂地吻着她。

他的呼吸混着微弱的酒气，他的眼神里染着混沌的醉意，清纯的身子在他眼中染上媚惑的色彩。

他的手指在她肌肤上滑行，有力的大掌强硬地爱抚着她光洁的胸口。

让激情在他们交缠的身体中燃烧。

外面的世界灯火辉煌，里面的世界水流激荡……

情与欲在他们全身荡漾，再难压抑……

"小安哥哥，我爱你，我好爱你！"

记不得进行了多久，后来，沫沫实在太累了，意识模糊了……

"沫沫？"

她听见他的呼唤，意识里迷迷糊糊地对他笑了笑："我好累。"

之后，她沉沉地睡去。

再次醒来，已是天明。

她睁开眼，看见自己枕着他的手臂……

安诺寒的双手从她背后绕过来，环住她的身体，把她搂在强健的身躯中……